外国惊悚悬疑小说译丛　王逢振◦主编

Dracula's Guest

德古拉的客人

—— 勃拉姆·斯托克奇异故事集 ——

[爱尔兰] 勃拉姆·斯托克　/著

欧阳耀地　/译

漓江出版社

·桂林·

图书在版编目（CIP）数据

德古拉的客人：勃拉姆·斯托克奇异故事集 /
(爱尔兰)勃拉姆·斯托克著；欧阳耀地译；王逢振主
编. -- 桂林：漓江出版社，2023.1
（外国惊悚悬疑小说译丛）
ISBN 978-7-5407-9276-3

Ⅰ.①德… Ⅱ.①勃… ②欧…③王… Ⅲ.①短篇小
说—小说集—爱尔兰—现代 Ⅳ.① I562.45

中国版本图书馆 CIP 数据核字 (2022) 第 101054 号

DEGULA DE KEREN

德古拉的客人

——勃拉姆·斯托克奇异故事集

[爱尔兰] 勃拉姆·斯托克 / 著

欧阳耀地 / 译

出版人：刘迪才
丛书策划：沈东子　辛丽芳
责任编辑：辛丽芳
封面设计：周泽云
责任监印：张璐

出版发行：漓江出版社有限公司
社址：广西桂林市南环路 22 号　邮编：541002
发行电话：010-65699511　0773-2583322
传真：010-85891290　0773-2582200
邮购热线：0773-2582200
网址：www.lijiangbooks.com
微信公众号：lijiangpress
印制：北京中科印刷有限公司
[北京市通州区宋庄工业区 1 号楼 101 号　邮编：101118]
开本：880mm × 1230mm　1/32
印张：11.5　字数：227 千字
版次：2023 年 1 月第 1 版
印次：2023 年 1 月第 1 次印刷
书号：ISBN 978-7-5407-9276-3
定价：56.00 元

[爱尔兰] 勃拉姆 · 斯托克
(Bram Stoker，1847—1912)

伏案中的勃拉姆·斯托克

目 录 Contents

译本序

德古拉的客人——勃拉姆·斯托克奇异故事集

附 录

译本序

海边的勃拉姆·斯托克

欧阳耀地

离我家一个半小时左右的车程，小镇惠特比是国内亲友来英，我必带他们游玩之处。虽地处边隅，但惠特比小巧精致，具有四合一的特征：一是它风景如画，二是它滨海而立，三是它历史悠久有趣，四是它文学遗产丰厚。英国为数众多的滨海城镇，没有几个能与之媲美。

面向广阔的北海，背靠北约克高地国家公园，埃斯克河从小镇中间流过，惠特比的美丽自不待言。它是库克船长学习航海技术的地方，1766 年，船长指挥建造于此的著名的“奋进号”，初启太平洋海上冒险之旅，完成了有记录以来，欧洲与澳大利亚东海岸首次接触、首次环新西兰航行的历史壮举。

小镇与文学结缘颇深，甚至可以说，最初的英国文学发源于惠特比，因为历史上第一个为人所知的盎格鲁 - 撒克逊诗人凯德蒙，正是惠特比修道院的僧侣。之后，《爱丽丝漫游奇境》的作者路易斯·卡罗尔来过这里，《南方与北方》的作者盖斯凯尔夫人来过这里，

《月亮宝石》的作者威尔基·柯林斯来过这里,《双城记》的作者查尔斯·狄更斯来过这里，无数的文人墨客，都曾在惠特比弯曲狭窄的街道、大风横扫的陆岬、引人注目的古修道院废墟、蝙蝠飞扑的圣玛丽教堂，留下了足迹。

1890 年 7 月底，一个风尘仆仆、高大魁梧的身影出现在惠特比美丽的画面上。此人刚刚在苏格兰完成了一次艰辛异常的戏剧巡演，听从一位好友的建议，到此休假。在等待妻子、儿子前来会合的一个星期里，他尽情地欣赏碧蓝广阔的大海，参观高高在上、统压全镇的惠特比修道院废墟，从峭壁底拾级而上，迈过 199 级教堂阶梯，时不时地驻足俯瞰沿河修建的红顶民居，徜徉于圣玛丽教堂墓地。他认真地阅读那些简短的碑文，甚至记下了死者的名字。他饶有兴致地倾听当地海员讲述，五年前一艘满载细沙的俄国货船在悬崖下失事的故事。8 月 8 日，他来到码头尾咖啡厅，走进公共图书馆，在那儿，找到一本出版于 1820 年的图书，书中记录了一位驻今罗马尼亚的英国领事在布加勒斯特的经历，其中提到一位 15 世纪名叫弗拉德·特彼斯的王子，喜欢用尖木桩将他俘获的敌人刺穿示众，直至死亡。这位嗜血残忍的王子，别号德古拉。他记下了这个名字，连同日期。

差不多七年之后,《德古拉》一书出版，惠特比风景如画的海港、修道院废墟、当风的教堂、红顶的民居，还有当地海员讲述的故事，都变为了该书的原料。书中，8 月 8 日，一只大狗（德古拉的化身）从失事的货船残骸中跳出来，跑上 199 级台阶，直奔教堂，自此，吸血鬼德古拉踏上了英国的领土……

是的，此人正是勃拉姆·斯托克，世界名著《德古拉》的作者，一位对惠特比影响最深远，作品与惠特比联结得最紧密的作家。

勃拉姆·斯托克（Bram Stoker，1847—1912），出生于爱尔兰首都都柏林近郊，七岁之前因为一种怪病，一直缠绵床榻，靠他妈妈夏洛特讲述故事打发寂寞的时光。这些讲鬼讲怪的故事，尤其是 1832 年霍乱流行，夺去了无数人生命的残酷的故事，在年幼的斯托克的脑海里，激发出丰富无尽的想象。成年后，斯托克依然着迷于奇幻故事，出版了一本短篇故事集《夕阳之下》，就是专门写给孩子们看的。

谁能够想到，当初行动不便的病儿，到十六岁离家前往都柏林三一学院注册入学的时候，已是一位红发“巨人”。在大学里，高大健壮的斯托克表现出引人注目的运动天赋，在竞走、跑步、拳击、跳远、划桨、橄榄球等多项运动中，成绩突出，曾当选为“大学运动员”。他还是一位博览群书的运动员，曾担任大学哲学社团主席和学院历史社团审计员，这两个社团均为辩论和阅读的学生组织，成员众多，在大学生活中影响深远。斯托克在都柏林三一学院获得文学学士和文学硕士学位，成绩优异。

毕业后，斯托克步父亲后尘，成了一名公务员。这一做，就是将近十年。

这十年中，斯托克从未放弃文学艺术的梦想，发表了一些短篇小说，如《报春花道》《命运之链》等。他热爱戏剧，免费为《都柏林晚间邮报》写剧评，尽管该栏目已有付酬的撰稿人了。同时，斯托克对艺术怀有浓厚的兴趣，是 1874 年成立的都柏林素描社发起人之一。

生活可能会一直这样平稳地运行下去，要不是戏剧对斯托克具有无穷的诱惑，同时又机缘凑巧的话。亨利·欧文是维多利亚时期最著名的舞台演员，也是英国第一位受封为爵士的演员，1876 年到都柏林演出《哈姆雷特》时，注意到《都柏林晚间邮报》上一篇极具洞察力的剧评，于是邀请作者斯托克共进晚餐，两人话语投机，相谈甚欢，成为朋友。1878 年年底，当欧文终于成为兰心大剧院的老板，问斯托克愿不愿意做他的演务经理时，得到了一句毫不含糊的回答:“愿。”这声沉甸甸的“愿”，意味着斯托克不顾父母的反对，放弃公务员安稳的生活，意味着他将携新婚娇妻弗罗伦丝·巴尔科姆从都柏林迁居伦敦，意味着他此后长达二十六年之久的繁忙的演艺圈职业生涯。

除了身高相当之外，斯托克和欧文在出身背景、受教育程度、性格气质方面，均相去甚远。斯托克视欧文为偶像，对其忠心耿耿、鞠躬尽瘁，可以说，他出色的组织能力、管理能力、社交能力、运动能力，全都发挥出来，贡献给了欧文以及欧文的兰心大剧院。那么，欧文又是如何对待这份追随和付出的呢？似乎不是全然对等。不过，这种既是朋友，又是老板和雇员的关系，在他俩之间行得通，两人经常彻夜长谈，友谊维持至欧文的猝死。1906 年，《对亨利·欧文的个人回忆》（2 卷）出版，斯托克在书中满怀敬意地追忆了这位对自己影响深远的时代明星。

应该承认，为欧文工作和身处伦敦戏剧文化中心，确实给斯托克带来了一些好处。我们从为数不多的照片中看到的斯托克，是个没有笑容，甚至有点严厉的人，但他其实为人和蔼，口才极佳，非常擅于结交朋友，保持友谊。他是伦敦文化界的一部分，和查尔斯·狄更斯、阿瑟·柯南·道尔、霍尔·凯恩，甚至奥斯卡·王尔德（斯托克妻子当年的追求者），均有交往，和报刊、出版界人士也联络密切。值得一提的是，借着剧组到美国巡演的机会，1884 年 3 月，斯托克终于第一次与大洋彼岸的沃尔特·惠特曼相见了。作为惠特曼的粉丝，青年时期的斯托克曾给自己的文学偶像写过两封“情书”，并且得到了偶像的回信。此后他们又见了两次面，这段友谊，传为文坛佳话。

尽管结交广泛，工作繁忙，但勤奋的斯托克一直笔耕不辍，相继出版了《蛇道》《德古拉》《水口》《海之谜》《七星宝石》《披裹尸布的女人》《白虫之穴》等长篇小说，其中，《德古拉》独领风骚，抢去了斯托克所有其他作品的风头，一直是学术研究和流行文化的兴趣所在。

《德古拉》是以书信体的形式讲述的故事，由一系列信件、日记、报纸文章、海志等构成，间或插入相关事件的剪报，而非直接见证的事实，叙述者均为故事主角。这种形式使虚构的小说显得十分真实，而且可以自由地展示不同的观点和视角，是斯托克曾作为报刊撰稿人所擅长的一种技巧。故事讲述了吸血鬼德古拉从罗马尼亚的特兰西瓦尼亚到英格兰寻找新鲜血液，传播不死之人的诅咒，并与亚伯拉罕·范·海辛教授领头的一小群男人及一个女人展开战斗。

斯托克并不是第一个写吸血鬼的人，但他塑造的德古拉，现在已经成为吸血鬼的代名词，并且为他之后的吸血鬼文学创建了许多惯例和规矩。到今天，全世界已有超过两百部电影是关于吸血鬼德古拉的，仅次于夏洛克·福尔摩斯。要是斯托克能重返人间，看到德古拉如此风靡，肯定会瞠目结舌吧。他该和《哈利·波特》的作者 J.K. 罗琳一样，富可敌国的。

遗憾的是，和许多死后享有盛名、生前清贫的文学艺术大家一样，斯托克的晚年是相当贫困的。虽然替欧文把公司打理得井井有条，但斯托克对于自己的投资理财，却不够精明。1906 年，斯托克中风，行动和视力大受损害。当时《德古拉》虽不乏好评，但并非畅销书，没有给他带来财富。他去世后，妻子被迫将他的藏书、笔记和作品提纲等拿去拍卖，换钱度日。直到 1922 年，未经授权，擅自改编《德古拉》的德国恐怖默片《诺斯费拉图》上映，斯托克的遗孀弗罗伦丝将之告上法庭，长达三年的法律纠纷，使这部作品开始受到广泛关注。1931 年，好莱坞美国版的《德古拉》公演，从此，这本书再也没有停止过印刷。

斯托克于 1912 年 4 月 20 日在伦敦去世。

在斯托克的出生地都柏林，一年一度，人们以嬉戏的方式庆祝以这位作家名字命名的节日，内容包括吸血鬼文学、电影、户外活动等，以纪念其文学成就。

斯托克是典型的以一部作品流芳千古的作家。他一生写作了十三部长篇小说、两部传记、一部戏剧、一本公务员手册，以及为数众多的演讲稿和短篇小说，然而，一个吸血鬼的故事成为高度聚光的中心点，将他的其余作品全排挤到了黯然失色的位置，对希望更多地了解这位作家的读者来说，视角未免单一。

《德古拉的客人及其他怪异故事集》是斯托克的三部短篇故事集之一，也是一本经常重印的图书，它是斯托克去世后的 1914 年，由其遗孀弗罗伦丝整理出版的，包括九个故事。

斯托克的短篇故事总体可划分为三类，一类是收入三部集子中的故事，一类是零散的未收入集的故事，一类是其长篇小说节选，同时又可独立成篇的故事。本书在《德古拉的客人及其他怪异故事集》的基础上（前九个故事），增加了四个零散的故事和一篇小说节选（最后一个故事），较为全面地反映了斯托克的短篇小说创作情况，取书名为《德古拉的客人——勃拉姆·斯托克奇异故事集》。

《德古拉的客人》是一个情节简单但又巧妙模糊的故事。弗罗伦丝在《德古拉的客人及其他怪异故事集》的前言中提到，它是《德古拉》最初的开篇章节，出版社因篇幅的原因而建议作者删除了（有些专家对这一说法感到难以认同）。故事中那个“又高又瘦的男子”和解救了叙述者的巨狼，以及他们和波维尔[1]的德古拉之间的关系，自始至终都没有给出解释，遗留下非常怪异的余味，充分地展示了斯托克作为哥特派作家的高超技巧。《法官的房子》中细节的描述、气氛的营造和紧张感的不断增强，令读者印象颇深。《印第安妇人》里黑猫拟人化的复仇，探索了动物和人类之间的界限。“吉卜赛人的预言”似乎应验了，但读者的心依然高悬，生怕还有更坏的命运等待着年轻的新娘。《鼠的葬礼》完全是一部动感十足的追杀片，难怪它是本书中唯一一个被改编为电影的故事。它们都可当之无愧地被列为维多利亚时期哥特派故事精品。

虽然被定位为恐怖小说作家，但斯托克的作品并不限于这一内容。其未收入集的故事，大致可归为浪漫或者奇遇类，不过始终带有恐怖、怪诞和黑色幽默的色彩，这一特点，在《老霍根：未解之谜》中表现得尤其突出。

本书中的最后一个故事《预见者》，摘自《海之谜》，为该书的第一和第二章节。《海之谜》是斯托克 1902 年出版的一部长篇小说，包含有很多和《德古拉》一样引人入胜的元素，却令人遗憾地没有获得足够的关注。

斯托克的短篇故事和他的长篇小说一样，具有人物刻画泛化，情节过于戏剧化的倾向。对现代读者来说，一些故事，比如《血手噩梦》《克鲁肯沙滩》，宗教、说教意味稍嫌浓重。

1893 年至 1910 年间，斯托克是苏格兰克鲁登湾的常客。本书

① 沙俄一贵族阶层，此阶层后来被彼得大帝废除，也指罗马尼亚一特权阶层。

中的两个故事,《克鲁肯沙滩》和《预见者》,原文有大量模仿苏格兰口音的对话,这里却不得不以通常的口语译出,不可避免地丢失了一些原味,特此说明。

最后一次去惠特比,是个晴和的夏日,埃斯克河入海口处,孩子们专心致志地垂钓小鱼小蟹,飘香的鱼条店外排着长龙。由于翻译斯托克作品的缘故,我格外细心地探寻他的踪迹:他下榻过的皇家新月街 6 号,他走过的鹅卵石小街,他迈过的 199 级教堂阶梯,他流连过的教堂墓地,他参观过的古修道院废墟,还有,他凝望过的浩渺的北海。海边出生的斯托克,对大海变幻、海港渔村、沙滩海岛、海湾岩石、岬角暗礁、沙丘植被等生动准确的描写,赢得了评论家们的一致赞誉。我好奇地想,在这如织的游人中,有多少是慕《德古拉》之名而来?他们又来自世界的何处?因产业结构变化而逐渐失去竞争力的惠特比,旅游业已成为其经济支柱,而一年一度的“斯托克电影节”和每个周末的“寻找德古拉”夜游活动,是惠特比常备的旅游项目。一百多年前在这儿获得灵感的斯托克,可曾设想,他将是永久造福此地的名人?时光流转,世事变迁,最光彩照人的戏剧主角,不是斯托克偶像化的明星亨利·欧文,而是一直隐身后台的他自己。

2019 年 11 月 17 日
英国利兹市

德古拉的客人——勃拉姆·斯托克奇异故事集

《德古拉的客人及其他怪异故事集》前言

我丈夫过世前几个月，或许可以说，即便死亡的阴影已经笼罩着他，他仍在计划着三个系列短篇故事的出版，目前的这卷正是其中之一。这本书中，在他最初所列的故事名单之上，我增加了一篇迄今为止从未发表过的《德古拉》的章节。它当初由于全书篇幅的原因而被删除了。众多读者将《德古拉》视为我丈夫最引人注目的著作，他们对此可能会感兴趣。其他故事均已在英国和美国的期刊上发表过了。这本书中的作品，大部分写自他努力奋斗的一生的早年时期，要是我丈夫能够活得更长久一些，可能会对它做出修改。但是，命运委托我来处理这本书，我想，按照他遗留下来的样子出版，是适宜并且恰当的。

弗罗伦丝·斯托克

德古拉的客人

我们驾车出发的时候，慕尼黑阳光灿烂，空气里洋溢着初夏的欢快。正要动身，德尔布鲁克先生（我入住的四季旅店的经理）帽子都没戴，下来走到马车旁边，祝我旅行愉快，然后手仍抓着厢门把柄，对车夫说：

“记得天黑前回来。天空看起来明朗，但北风里有种寒冷，预示可能有场突如其来的暴风雪。不过我肯定你们不会晚归的，”他微笑了，加了一句，“因为你知道今晚是什么日子。”

约翰加重语气回答：“是的，大人。”同时轻轻碰一下帽子，飞车而去。出了城，我示意他停下，问：

“告诉我，约翰，今晚是什么日子？”

他画着十字，简单地答道：“沃尔帕吉斯夜[1]。”然后他掏出一块和芜菁一般大小、老式巨型的德国银表，看看时间，眉毛蹙起，有点不耐烦地耸耸肩。我意识到这是他对毫无必要的耽搁礼貌性的

① 指4月30日晚上。在德国民间传说中，这是一个庆祝黑暗力量或者女巫安息的节日。

抗议，于是缩回车厢，打了个手势，让他继续前行。他马上启动了，好像要追回失去的时间似的。时不时地，马儿们扬起头，狐疑地嗅着空气。这样的情形下，我时常惊惧地环顾四周。道路相当荒凉，因为我们正穿行于地势颇高、大风横扫的高原。行驶的时候，我看到一条少有人迹的道路，似乎向下通到一个小巧而蜿蜒的山谷。它看起来那么诱人，即便冒着让约翰生气的风险，我还是让他停车——当他减速停下时，我说我想走那条路。他千推万辞，还边说边画十字。这在某种程度上激起了我的好奇心，于是我问他各种各样的问题。他小心戒备地应答，不停地看表，以示抗议。最后我说：

“嗯，约翰，我想走那条路。我不勉强你一起去，除非你愿意；但是请告诉我你为何不想去，我就只问这个问题。”为了回答我，他好似要把自己甩出车厢一样，飞快地落了地。然后他向我伸出双手，乞求我不要去。他德语里夹杂的那点英语，刚刚够我明白他的大意。他似乎总想告诉我什么事——明显把他吓坏了的那个念头，但每次他挺直身子，就画着十字说：“沃尔帕吉斯夜！”

我试图和他争论，但我不懂他的语言，和他争辩太困难。他肯定占有优势，因为虽然他开始讲英语了，但讲得既生硬又蹩脚，他总是很激动，于是又说回他的母语，而且每次这样做的时候，他就看表。然后马儿们变得不安起来，嗅着空气。这样一来，他变得十分苍白，心惊胆战地环顾四周，突然，他向前跳去，拉着马笼头走了大概二十英尺。我跟着，问他为何如此。他画十字回应我，指着我们离开的地方，拉住马车朝着另外一条路的方向，先是用德语，然后用英语，说："埋了他——杀死自己的他。"

我记起在十字路口埋葬自杀者的老习俗[1]："啊！我明白了，一个自杀的人。真有意思！"但我一辈子也搞不清楚，为何马儿们都那么惊恐。

我们说话的时候，听到一种介于嚎叫和犬吠的声音。声音很远，但马儿们变得非常烦躁，约翰费了好长时间才使它们安静下来。他面色苍白，说："听起来像狼，可现在这里已经没狼了。"

"没有了？"我问他，"狼群出没于近郊，不是很久以前的事了吗？"

"很久了，很久了，"他答道，"在春天和夏天。但如果下雪的话，狼群在这一带出没，还是不久前的事。"

当他安抚马儿，试图让它们安静下来的时候，黑云快速地飘过天空。阳光消失了，似乎有一阵冷风穿过我们身旁，但只是一瞬间，更像一种警告而非事实，因为太阳又明晃晃地冒出来了。约翰手搭凉棚盯着天边，说：

"暴风雪，早早来了。"然后他又看看表，立刻紧紧地抓住马缰——因为马儿们仍然不安地刨着地，摇着头。他爬上车夫的位置，好似时间已到，我们该继续前进了。

我有点执拗，没有马上回到车厢里。

---

① 结束一个人的生命被基督教徒视为罪恶。自杀者被埋葬在十字路口，木桩刺穿他们的身体，他们的财产将被充公。

“告诉我，”我说，同时向下指去，“这条路通往的那个地方。”

在回答我之前，他又画了个十字，含糊地祈祷了一句，说：“它是邪恶的。”

“什么是邪恶的？”我询问。

“那个村子。”

“那么说，有个村子？”

“不，不。几百年来没有谁住在那里。”

我的好奇心被挑了起来：“但你说了，曾有一个村子。”

“曾经有。”

“现在它怎么啦？”

于是他用德英双语迸发出一个长篇故事，双语如此混杂，以至于我无法完全明白他所说的内容，但我大概归结出来，很久以前，几百年前，人们死在那里，被埋葬在坟墓里；从泥土下，传来声音，当打开坟墓，发现男人们和女人们，好像仍有生命一样，面颊红润，嘴巴血红。于是，为了活命（对，还有他们的灵魂！——说到这里他又画了一个十字），那些剩下来的人，赶紧逃往其他地方，那些地方活人就是活的，死人就是死的，而不是——不是某种东西。他明显害怕说出后面那几个词。当他往下叙述时，变得越来越激动。想象力似乎牢牢地控制了他，他在恐惧大发时打住了——面色苍白，大汗淋漓，浑身颤抖，四下观望，好像预期某种可怕的东西会显现在光天化日之下这块开阔的平地。最后，在绝望的痛苦中，他哭喊道：

“沃尔帕吉斯夜！”同时指着车厢让我进去。这时，我身上所有英国人的血液升腾起来，往后站了站，说：

“你害怕了，约翰，你害怕了。回家吧。我自己一个人回去。走走路对我有好处。”车厢的门是开着的。我从座位上拿起我的橡木手杖——假期短途旅行我总是带着它，关上门，指着慕尼黑的方向，说：“回家吧，约翰——沃尔帕吉斯夜和英国人无关。”

马儿们比之前更躁动不安了，约翰一边努力控制它们，一边激烈地恳求我不要做傻事。我同情这个可怜的家伙，他是如此热忱，但我还是忍不住大笑起来。他的英语现在已荡然无存。在焦急中，他忘了让我明白的唯一办法，就是说我的语言，因此他用本地德语急促含糊地说啊，说啊。这开始有点无聊起来。“回家！”在给出方向之后，我转身走下十字路口，进入山谷。

约翰做出一个绝望的姿势，然后调转马儿，朝慕尼黑而去。我身倚手杖，目送着他。他沿着路慢慢地行进了一会儿，这时小山顶上走来一个又高又瘦的男子。在远处我只能看见这么多。当男子靠近马儿们时，它们开始又跳又踢，然后惊惧地嘶叫。约翰没办法拉住它们，它们像箭一般冲下马路，疯了似的跑开了。我看着马车消失不见了，转而寻找那个陌生人，但我发现，他也消失了。

怀着轻快的心情，我转向那条岔路，走下缓缓变深的山谷，去往约翰反对的地方。我丝毫看不出约翰反对的因由，我敢说，我徒步走了好几个小时，都没想到时间或者距离，而且肯定没有看见一个人或者一座房子。就这个地方来说，它是自我隔绝的。但我并没有特别关注这一点，直到在路上转了一个弯，来到一片疏落的树林边缘，我才意识到，不知不觉地，我对这片走过的区域的那种与世隔绝印象极深。

我坐下来歇歇脚，开始四下张望。天气比我开始步行时冷得多，我大为惊讶——一种叹息的声音似乎环绕着我，一种压抑的喊叫时不时地从头顶高处传来。抬头看，我注意到大片厚厚的云朵，正在高处从北向南快速移动。高高的空气层显示了暴风雪即将到来的迹象。我感觉有点冷，应该是走路运动之后静坐的缘故，于是我重新上路。

我现在经过的地方更加风景如画。没有让眼睛特别留意的惊人美景，但总体来说有种迷人的美丽。我几乎没有注意时间，当越来越深的暮色警醒了我，我才开始考虑如何回家。白天的明亮已经消失了。空气很冷，头顶高空云朵的流动更为显著，伴随着远方一种急促的声音，间断地传来，似乎是车夫所说的来自狼的神秘哭喊。我犹豫了一阵子。我已经说过想看看荒芜的村庄，于是我继续前行，很快来到一片小山环抱、开阔伸展的旷野。山上树木葱茏，向下铺展，到达平地，更缓和的山坡和洼地上，这儿那儿地散布着丛丛树林。我的眼睛顺着蜿蜒的小路，看到它弯向一片最茂密的树丛，消失于丛林之后。

我看着那儿的时候，空中发出一阵寒意，下雪了。我想到已经走了这么多英里的荒凉乡路，急忙跑到前面的树林躲避。天空变得越来越暗，雪下得越来越急，越来越密，直到我前面和身边的大地变为洁净的白地毯，地毯远处的边缘化于模糊的迷蒙之中。路还在，但是若隐若现，在平地上，它的边缘不像穿过山谷时那么清晰。很快，我发现自己肯定走岔了，因为我的脚并非站在硬硬的路面，而是在小草和苔藓里陷得比较深。风刮得更大了，风力不断加强，我不得不跑开。空气变得冰冷，尽管我在跑动，还是感觉冷。雪现在下得很厚，在我身边打转乱舞，我几乎都睁不开眼。时不时地，天空被耀眼的闪电撕裂，在电光中，我看到前面的一大片树木，主要是紫杉和柏树[①]，全都身披厚厚的雪衣。

我很快就躲避在树木之间，那儿相对安静，我可以听到头顶高空风的呼啸。不久，暴风雪的黑暗便和夜的黑暗融为一体了。又过了不久，暴风雪似乎正在渐渐远去：它现在只是一阵猛吹或一阵发作。这样的时刻，狼的怪叫像是我身旁很多相似的声音的回音。

月光在大片流动的黑云空隙，时不时地投射下来，照亮了苍茫大地，我看到自己站在丛生的柏树和紫杉林边上。雪已经停了，我走出避身处，开始更近地察看。我感觉，在我已经走过的那么多地基之上，似乎还有一座没倒塌的房子，虽然破败不堪，但可供我暂时避身。我沿着灌木丛边走，发现有堵矮墙围着它，顺着矮墙，我很快看到一片空地。在这儿，柏树形成一条小径，通到貌似一大块方形的建筑物处。可是，我刚看到这里，流云遮蔽了月亮，我只能在黑暗中沿着小径走。风更冷了，我走动的时候都在打抖，不过心怀找到避难所的希望，我一路摸黑前行。

---

① 紫杉通常植于墓地，被认为是悲伤的象征；柏树的枝条经常用于葬礼，代表悲悼。

突然，万物俱寂，我停了下来。风雪已经过去了，或许是应和着大自然的静默，我的心好像也停止了跳动。但这只是一瞬间，因为月光突然冲破云层，倾泻而出，我看到自己站在一片墓地中，面前的那个方形物，是一座巨大的大理石坟墓，和它顶部及周边的雪一样洁白。和月光一同到来的，是暴风雪的一声巨大叹息，带着又长又低的咆哮，重新上路，好像很多狗或狼在叫唤似的。我又惊又惧，感觉寒冷在我身上不断加强，直到冰住了我的心。如水的月光依然照亮着大理石坟墓，而暴风雪再次来临的信号也愈发明显，好像它正重归轨道。被某种着迷推动着，我走近墓冢察看：它是什么？为何这样一个东西孤零零地站在这样一个地方？我绕着它转，多立克柱墓门上用德文写着——

格拉茨家族多林根伯爵夫人

施泰尔马克州

搜找到时已故

1801

坟墓顶部是一个巨大的铁钉或者铁桩，像是被敲打插入结实的大理石，因为整个结构只是由为数不多的巨大石块组成。走到墓冢后面，我看到用俄文刻着一行大字：

死人行进迅疾。

整个东西离奇怪异，促使我态度转变，头脑晕乎乎的。头一次，我开始后悔，要是听从约翰的建议就好了。在神秘无解的情境下，一个念头带着可怕的冲击力，命中了我。这是沃尔帕吉斯夜！

沃尔帕吉斯夜，根据数百万人的信念，是魔鬼四处游动的夜晚——是坟墓打开，死人出来到处走动的夜晚，是地上、空中、水里所有邪恶的东西处于同一平面的夜晚。这里正是车夫刻意避免的地方，是几个世纪前人口流失的村庄，是安置自杀者之所，而我孤身一人待在这里——胆量尽失，雪衣裹身，颤抖不止，肆虐的风雪仍不断聚集在我的身上！我拿出所有的哲学原理，所有受过教化的宗教信仰，所有的勇气，才没在恐惧爆发时崩溃倒地。

此时恰好一阵龙卷风猛地刮起。大地摇动，好像万马齐奔，呼啸而过。而这一次，风暴冰冷的翅翼挟带的，不是雪，而是大颗的冰雹，狂轰乱砸，好似来自巴利阿里吊带[①]的鞭打——雹块把树叶和树枝打下，使得柏树的庇护并不比直立的谷秆强多少。起先我冲向最近的树，但很快又不得不离开，寻求似乎唯一能提供安身的地方：大理石墓冢那深进的多立克柱墓门口。在那儿，我紧靠青铜大门蹲伏着，躲过了雹块的袭击，获得了一定程度的保护，现在只有从地面和大理石侧弹起的冰雹才能击打到我。

当我倚靠着墓门时，它轻微地动了动，朝内张开了一点儿。在无情的风暴中，即便是墓冢的庇护，也是令人乐于接受的。我正准

① 古代的一种抛掷性武器。

备往里面挪动，一道叉形闪电照亮了整个苍穹。就在此刻，我，作为一个活人，目光转向黑暗的坟墓时，看见一个美貌妇人，圆脸红唇，似乎睡在棺材里。头顶一声惊雷，我好像被一只巨人之手攫住，甩到了暴风之中。整个事情发生得太突然，在我精神上还有肉体上能够意识到这一打击之前，我发觉无数冰雹打在了身上。与此同时，我有一种奇怪的、强烈的感觉，那就是我并不是孤身一人。我朝坟墓看去。那时候，另一道亮瞎眼的闪电袭来，似乎击中了坟墓顶上的铁桩，通过它穿到地上，爆炸了，粉碎了大理石，火光冲天。死去的妇人坐起来，极度痛苦地直身片刻，火光舔舐着她，她凄厉痛苦的尖叫淹没在雷声里。我最后听到的，就是这种可怕的声音的混合。这时，我再次被巨人之手抓住，拽开了，同时冰雹击打着我，周围的空中似乎回荡着狼的嗥叫。我记得最后看到的，是一团移动的、模模糊糊的、白色的东西，好像我四周的坟墓都发送出片状的幽灵，它们通过白蒙蒙倾泻而下的冰雹，向我逼近。

渐渐地，有了一种微弱的知觉，然后是一种非常难受的疲劳感。有一阵子，我什么也记不起来，但是，慢慢地，我的神志恢复了。我的脚实实在在地感到疼痛难忍，却又不能移动。它们好像麻木了。我的脖子后面感到冰冷，一直冷到下面的脊梁骨，还有我的耳朵，像我的脚一样，僵了一般，却又疼痛不已，但我的胸口，有一种温暖感，相较而言，这种温暖感实在美妙。这是一场噩梦——一场肉体的噩梦，如果能用这样一个说法的话。因为有重物压在我的胸口，我呼吸艰难。

这段半昏半睡的时间似乎很长，它消退的过程，我肯定睡过去了或者昏死过去了。然后涌上一种恶心的感觉，像晕船的初期阶段，还有一种要从某种东西里解脱出来的强烈愿望——我不知道是什么东西。无边的静止封住了我，好像整个世界在熟睡或者死了——只被我身边某种动物的低声喘息所打破。我感到喉咙那里一种温暖的磨刮，然后明白了可怕的真相，吓得心里发凉，血直冲脑门。某种大型动物躺在我身上，现在正在舔舐我的喉咙。我不敢动，因为谨慎的直觉命令我静静地躺着，但那野兽似乎意识到现在我起了变化，因为它抬起了头。透过睫毛，我看到上面一条硕狼火焰般的一双巨眼。它锋利的白牙在张开的红嘴里发着微光，我能感到它呼出的热气强劲又刺鼻。

又是一段我什么也记不起来的时间。然后我意识到一声低沉的咆哮，接着是一声短促的尖叫，一次次地重复着。再然后，似乎非常遥远的地方，我听到“喂！喂！”的声音，好像很多声音在一起呼唤。我小心地抬起头，看向声音传来的方向，但是墓地挡住了我的目光。狼仍然继续发出奇怪的尖叫，一道红色的强光开始在柏树林里兜转，好像循声而来。那些声音越来越近时，狼叫得更急更高了。我不敢发出声音，也不敢有任何动作。红光更近了，照射到伸入我周围黑暗里的棺材罩衣上面。然后，突然地，从树林那边快步来了一队手持电筒的骑手。狼从我的胸口起身，跑往墓地。我看到一个骑手（从他们的帽子和长披风来看，是士兵）端起卡宾枪瞄准。

一个同伙碰碰他的手臂，我听到子弹嗖地从我头上飞过。很明显，他把我的身子当成狼了。另外一个人看到了溜开的狼，打了一枪。接着，白驹过隙般，队伍前进——一些朝着我，一些追赶消失于白雪覆盖的柏树间的狼。

他们更接近时，我试图移动身体，但是全身无力，尽管我能够看见和听见发生在我周遭的一切。两三个士兵从马上跳下，跪在我身边。有一个抬起我的头，把手放在我的心脏部位。

“好消息，战友们！”他叫道，“心脏还在跳动！”

然后一些白兰地灌进我的喉咙，给我带来了生气，我能够完全睁开眼睛，环顾四周了。亮光和阴影在树丛间移动，我听到人们互相叫唤。他们集合起来，发出恐慌的惊呼。电筒光乱闪，其他人仓促地从墓地里涌出来，好像魔鬼附身一般。当他们来到我们身边时，围在我身边的那些人热切地问：

“哦，找到它没有？”

回答冲口而出：

“没！没有！快点离开，快点！这儿不是能停留的地方，不能整个晚上待在这里！”

“它是什么？”这个问题，是解锁各种问题的关键。回答既不统一，也不明确，好像这些人被某种共同的力量推动着张口说话，又被某种共同的恐惧限制说出自己的想法。

“它……它……真的！”有个人急促不清地说，显而易见大脑在这一刻停止运行了。

“一匹狼……可又不是一匹狼！”另外一个人战栗地补充道。

“没有神圣的子弹[①]，对它是不起作用的。”第三个人以更平常的态度评说。

“让我们在这样的晚上出来，做得真对！我们确实挣了一千分了！”第四个人冷不丁地喊出来。

“碎掉的大理石上有血迹，”一阵停顿之后，另外一个人说，“闪电不会把血带到那里。至于他……他没事吧？看他的喉咙！瞧，战友们，狼一直躺在他身上，保持他的血液温度。”

军官看着我的喉咙，回答说：

“他还好，皮肤没有被刺破。这都是什么意思？要不是狼的尖叫，我们永远不可能发现他。”

“它后来怎样啦？”正抬着我的头的那个人问，他似乎是这伙人里最不受惊吓的那个，因为他的手很稳，没有颤抖。他的袖子上有军士的臂章。

“它回它家了，”长脸苍白的那个男人答道，当他害怕地扫视周围时，实际上怕得打抖了，“那里有够多的坟墓让它躺在里面。来，战友们，快来！让我们离开这个受诅咒的地方。”

那军官把我扶起成坐姿，发出一声命令，然后几个人把我放在马上。他敏捷地跳上我后面的马鞍，用双臂环着我，说声前进；同时，我们把脸从柏树林方向转开去，以一种快速的、军队的秩序骑行而去。

---

① 那时人们普遍认为，狼人对普通的武器免疫。

到目前为止我的舌头还是拒绝帮忙，我不得不默不作声。我肯定睡过去了，因为我记得的下一件事，是发觉自己站着，一边一个士兵支撑着我。几乎是大白天了，一条通向北方的红路反射着阳光，如荒漠白雪之上的一道血路。军官告诉那些人，除了说发现一个陌生的英国人被一只大狗守护之外，不要提起看到的事情。

“狗！那不是狗，”那个曾显露出十分害怕的神色的人插话进来，“我想我看到一条狼时，认得出来。”

年轻的军官镇静地回答：“我说是一只狗。”

“狗！”另外那个讥讽地重申道，他的勇气明显地和太阳一道升起。然后，指着我，他说：“看他的喉咙。那是狗的活儿吗，主人？”

我本能地抬起手摸摸喉咙，当我触碰到它时，痛得大叫起来。大伙儿围过来看，有些人从马鞍上弯下身来。年轻军官镇定的声音再次响起：

“一只狗，照我说的。如果说是其他的东西，我们只会被笑话。”

接着我被安置于一个骑兵身后，我们继续前行，进入慕尼黑的郊区。在这儿，我们遇到一辆孤零零的四轮马车，我被抬进去，然后朝四季旅店驶去——年轻的军官陪着我，一个骑兵和军官的马跟在后面，其他人则扬鞭策马回军营了。

当我们到达时，德尔布鲁克先生飞快地冲下阶梯来迎接我，显而易见，他一直在里面观望。他双手牵引着我，关切地领我进门。军官朝我敬礼，转身要走，当我明白他的意思时，坚持让他进到我的房间。一杯酒后，我对他以及他勇敢的战友们表达了诚挚的谢意，谢谢他们救了我。他简单地答说乐意效劳，是德尔布鲁克先生最早采取办法，使整个搜救队愿意接受任务的。当军官有事离开时，旅店经理对这套模棱两可的说辞微笑了。

“可是德尔布鲁克先生，”我询问道，“士兵们是怎么，又是为什么去搜寻我的？”

他回答的时候耸耸肩，好像要甩掉他自己的功劳：

“我有幸从我所效劳的团部长官那儿获得准许，征求志愿者。”

“但你怎么知道我迷路了？”我问。

“车夫带着四轮马车的残骸回到这里，马儿们跑开时，车翻了。”

“可你肯定不会仅仅由于这个原因，就派一支士兵搜救队来吧？”

“噢，不会！”他回答，“但在车夫回来之前，我就收到了这封来自波维尔的电报，说你是他的客人。”他从口袋里拿出一封电报，递给我，我看到：

毕斯翠兹[1]

请留意我的访客——他的安全对我至关重要。如果他发生了什么事，或者如果他走丢了，务请不遗余力地找到他，确保他的安全。他是英国人，因此非常喜欢冒险。来自雪和狼以及黑夜的危险时有发生。如果你怀疑他有危险，不要浪费片刻时间。我会以我的财富回报您的热忱。——德古拉

① 罗马尼亚一州府城市。

我手拿电报，房间似乎围着我打转，要不是殷勤的旅馆经理抓住了我，我想我已经倒下了。在这整个事件中，有种奇怪的东西，如此怪异和不可想象，以至于我滋生出一种感觉，我像是处于相反力量的较量之中——这个模糊的念头刚刚冒出，就似乎在某种程度上令我瘫痪了。我肯定处于某种形式的神秘保护之下。一条信息，发自一个遥远的国度，正好在关键的时刻，使我避免了在雪中睡去，把我从狼牙的危险中解救了出来。

法官的房子

当考试时间越来越临近时，马尔科姆·马尔科姆森决心找个地方独自静心读书。他担心海边的诱惑，也担心乡下完全与世隔绝，因为他老早就知道它的迷人魅力，于是他决定找一个朴素的小城，那儿没有什么东西可以让他分心。他忍住没有征求任何朋友的建议，因为他想他们都只会推荐他已经知道的地方，或者他有熟人的地方。由于马尔科姆森希望避开朋友们，那他也不希望朋友的朋友的关注妨碍了自己，因此他决定自己给自己找个地方。他收拾了一些衣物和所有需要的书籍，塞进旅行皮箱里，然后买了一张去往当地时刻表上第一个出现，而他从不知其名的地方的车票。

三个小时的旅程之后，他在本丘吉下了车。他感到很满意，目前为止，他已经抹去行踪，以确保有个宁静地专心求学的机会。他径直去往这个沉睡的小城的一家客栈，暂住一夜。本丘吉是个集镇，每三星期人满为患一次，但其余的二十天，它像沙漠一般迷人。到后第二天，马尔科姆森四处看看，试图找到比这家安静的旅行家客栈还要僻静的住所。只有一个地方让他喜欢，这地方肯定能满足他对于安静的最狂热的要求。事实上，用“安静”这个词来形容它并不恰当——荒凉，才是唯一能够描述它的偏远的合适用语。它是一座老旧凌乱的、结实的詹姆士一世时期风格的房子，有着厚重的山墙和小得不同寻常的窗户，窗户设置比同类房子的通常高度要高，房子被一堵大规模建造的高砖墙围起。真的，细看之下，它更像一座要塞，而非普通的住宅。但所有这一切都令马尔科姆森称心如意。“这里，”他想，“正是我一直要找的地方，如果能有机会使用它，我会十分高兴。”当他确定房子目前无人居住时，兴奋又增加了几分。

从邮局那儿他要到了中介的名字，中介十分惊讶竟有人申请租用这老房子的一部分。当地律师和中介坎福德先生，是个上了年纪的和蔼可亲的绅士，毫不掩饰地承认，他很高兴有人愿意入住这房子。

“实话跟你说，”他说，“我代表房主表示，只要能让人们看到这房子有人居住，便会十分高兴地免除入住者一个租期的租金。它空置得太久了，有些荒谬的偏见开始流传，有人入住能很好地堵住谣言。但愿，”他偷偷地瞄了马尔科姆森一眼，加上一句，“是个像你这样需要安静一段时间的学者住进来。”

马尔科姆森心想没必要问中介关于“荒谬的偏见”的事情，他知道，就这个话题，他询问其他人的话，会得到更多的信息。他付了三个月的租金，得到一张收据，还有一个可能会为他处理家务的老妇人的名字，钥匙放进口袋里，便离开了。然后他去到开朗乐观又非常和善的客栈女房东那儿，向她询问关于食物贮藏和供应这些他可能用得着的建议。当他告诉她他将在何处安顿时，她惊讶地举起了双手。

“别去法官的房子！”她说，而且说话的时候脸色变得苍白。他解释了房子的位置，说他并不知道它的名字。他一说完，她就答道：

“啊，肯定是的，肯定就是那个地方啦！肯定是法官的房子。”他让她说说那个地方，为什么这样叫它，它有何不对头。她告诉他当地人这么叫它，是因为很多年前它一直是——多久她也说不清楚，因为她自己也是从另外一个地方迁来的，但她想肯定有一百年或者更久——一个法官的住所，这个法官以在巡回法庭上判刑严厉和仇视犯人而令人十分畏惧。至于房子本身有何不对头，她也说不上来。她经常问别人这个问题，但没人能告诉她。不过大家不约而同地感觉，那儿有某种东西。要是她自己的话，就算把德林克沃特银行里所有的钱都取给她，她也不会单独在那座房子里待上一个小时。然后她为说了这些令人不安的话而向马尔科姆森道歉。

“我太不该了，先生，还有你——一位年轻的绅士——请原谅我这么说，要单独去那里居住。如果你是我儿子——请原谅我这么说——我不会让你去那儿睡一个晚上，就算我不得不自个儿去那里，拉响房顶的大警钟！”这好心人如此热诚，如此善意，马尔科姆森虽然觉得好笑，但也被感动了。他对她温和地说非常感谢她的关心，接着说道：

“可是，亲爱的威瑟姆夫人，你真的不必替我担心！一个正在为数学荣誉学位考试而勤奋读书的人，要想的东西太多了，是不会被任何神秘的‘某种东西’所干扰的，而且他的工作属于高度精确和实事求是的那种，不允许他的思想给任何神秘的事物留有余地。调和级数、序列和组合，还有椭圆函数，[①]对我已经足够神秘！”威瑟姆夫人收下他的佣金后，善意地答应那就看看吧，然后他就自个儿去找那个被推荐给他的老妇人了。几个小时后，当他要和老妇人一块儿回到法官的房子时，他看到威瑟姆夫人本人和几个男子还有伙计正扛着大小包裹等着他，马车上有个装修工和一张床，因为她说，虽然房子里的桌子和椅子可能都还可用，但五十年没有晾晒过的床不适合年轻的骨骼睡在上面。她显然很想看看房子的内部，但又明显地害怕“某种东西”，因而一点细微的声响，都会使她抓紧马尔科姆森。自始至终，她紧跟着他，走过了整个地方。

查看完房子后，马尔科姆森决定在宽大的饭厅住下来，那里大得可以满足他的一切需求，而威瑟姆夫人在打杂女佣登普斯特夫人的协助下，进一步安排其他事宜。当盛食品的大篮子被提进来打开时，马尔科姆森看到，她已经预先周密地考虑过了，从她自家的厨房里送来了丰足的食物，够吃好几天的。临走时，她表达了诸多良好的愿望，到了门口，她转身说：

“或许，先生，因为房间宽大又透风，晚上用块大屏风绕着你

---

① 这些数学专业术语的罗列，在后续故事里继续发生，点明了理性逻辑和法官超自然的威胁之间的斗争。

的床可能好些——不过说真的，如果我被各种各样的‘东西’包围着的话，它们的头或在四周，或在顶部，盯着我，我会被吓死的！”她描述的画面压迫着她的神经，她无法继续设想下去，便慌慌张张逃也似的离开了。

女房东一走，登普斯特夫人便以超高姿态轻蔑地评论说，她自己是不害怕王国疆域之内的任何妖魔鬼怪的。

“我可以告诉你它是什么，先生，”她说，“鬼怪可以是各种各样的东西——除了是鬼怪！大老鼠和小老鼠，还有甲壳虫；嘎吱作响的门，松散的石板瓦，残破的窗玻璃，还有僵硬的抽屉把手，你拉它不动，然后半夜时却自己掉了下来。看看这房间的墙根！它很老旧了，有几百年了！你认为那儿能没有老鼠和甲虫吗！你能想象，先生，你压根儿不会看到它们吗？我跟你说，老鼠是鬼怪，鬼怪就是老鼠，别东想西想其他东西了！”

“登普斯特夫人，”马尔科姆森对她礼貌地鞠了一躬，庄重地说，“你比数学荣誉学位考试的第一名懂得还多！要我说，出于对你头脑和心灵无可置疑的强大的尊重，等我离开时，我该让你拥有这座房子，让你在我租期的最后两个月独自待在这儿，因为四个星期对我已经够用。”

“十分感谢，先生！”她回答，“但我不能离家在外留宿，一夜都不行。我在接受格林豪慈善会的帮助，要是我在自己屋子之外过上一宿，就会失去我赖以生存的一切。规矩非常严格，太多人垂涎我的位子，我不能冒一点儿风险。要不是这个原因，先生，我很乐意在你逗留期间过来照顾你的起居。”

“好夫人，”马尔科姆森急忙说，“我来这里就是为了图个清静。相信我，虽然已故的格林豪把他令人钦敬的慈善会——不管它是什么——管理得如此井井有条，以至于我被迫失去这样一个好机会，但我还是对他心怀感激！圣安东尼[①]本人在这一点上，都不会比他更严厉！”

老妇人刺耳地大笑。“啊，年轻人，”她说，“你无所畏惧。在这儿你会得到你想要的清静的。”她开始动手收拾房间了。夜幕降临，当马尔科姆森散步回来——他散步时总是随身带一本学习的书——发现屋子已经被清理干净了，老旧的壁炉里生了火，灯点亮了，桌上摆着威瑟姆夫人美味的晚餐。“真的好享受啊。”他搓着手说。

用过晚餐，把餐盘放到大橡木餐桌的另一端，他又拿出书本，给炉子添些柴，修剪了灯芯，然后坐下来专心致志地学习了。他一直学到大概十一点，才暂停下来，去修整壁火和灯芯，给自己泡了杯茶。他一直有喝茶的习惯，在校期间，秉烛夜读，他经常深夜喝茶。接下来是莫大的享受，他怡然自得、心满意足地品着茶。加了柴的壁火跳跃闪动，在宽大的屋子里投下奇特有趣的影子。品啜着热茶，他陶醉于远离尘嚣的孤单感。也就是在那个时候，他第一次注意到老鼠们发出的嘈杂声。

“肯定的，”他想，“我读书的时候它们不可能一直在吵，要不我

---

① 圣安东尼常被誉为基督教修道院生活方式的创始人，同时也是掘墓人的守护神。或许，他正是这位苦行僧似的学生命运的不祥预兆。

早就注意到了！”不久，噪声更大了，他安慰自己这确实是刚刚发出的声音。显然，老鼠们起初被陌生人，还有火光及灯光吓着了，但随着时间的推移，它们的胆子变得大起来，现在正像平常那样相互嬉戏着。

它们玩得多欢！听听这些奇怪的噪声！老墙根后面的上上下下，天花板和地板上，它们追逐，啮咬，刮擦！马尔科姆森想到登普斯特夫人说的“老鼠是鬼怪，鬼怪就是老鼠”，自顾自地微笑起来。茶的提神醒脑作用开始生效，他高兴地预见夜里还能再攻读好一阵子，心里感到十分安慰，于是他许可自己一点闲暇，好好地环顾这间屋子。他一手擎灯，绕着屋子走，奇怪这么古色古香、精美漂亮的老房子，却被人们长久地忽略。墙根壁板的橡木雕刻巧妙精致，门窗及周边的雕琢漂亮又稀贵。墙上挂着一些旧画，布满了厚厚的尘垢，尽管他尽力把灯高举过头，仍辨不清细节。绕行的时候，这儿那儿，他看到一些老鼠的脸堵着缝隙和洞口，明亮的眼睛在灯光里闪烁，旋即消失不见了，接着是一声吱吱尖叫和一阵惊惶逃窜。不过，最让他印象深刻的东西，是房顶大警钟的绳子，悬吊在壁炉右边的那个角落。他拉了张高背雕花大橡木椅靠近壁炉，坐下来喝最后一杯茶。喝完茶，他给火添些木柴，坐在桌角，火在左边，又读起书来。有一阵子，老鼠们永不停歇的仓促奔跑有点干扰到他，但他逐渐习惯了那种噪声，就像一个人习惯于钟的嘀嗒或者流水的咆哮一样，而他渐渐地沉浸于学习之中，除了正在试图解决的难题，世上的所有东西，都离他远去了。

他猛地抬起头来，难题还未解决，空气里有种黎明降临之前的时间感，对举棋不定的人生来说，这种感觉令人生畏。老鼠们的噪声已经停止。实际上，他觉得噪声才刚刚停下，而正是噪声的戛然而止，才惊动了他。火苗已经低落了，但仍发出深深的红光。他看过去的时候，尽管沉着镇定，还是吓了一跳。

那儿，壁炉右边那张高背雕花大橡木椅上，坐着一只硕大的老鼠，邪恶的眼睛正定定地看着他。他做了一个动作，好像要把它赶跑，但它一动不动。然后他做了一个扔东西的动作。它还是一动不动，还愤怒地露出它的大白牙齿，残忍的眼睛带着更深的仇恨，在灯光里闪闪发亮。

马尔科姆森大为吃惊，从壁炉处抓起拨火棒跑过去杀它。可是，就在他击中它之前，那只老鼠，发出一声满腔仇恨的吱吱声，跳到地板上，顺着警钟的绳子跑上去，消失于超出绿色灯罩光范围的黑暗之中。奇怪的是，墙根处鼠们吵闹的奔跑声，立刻又恢复了。

这个时候，马尔科姆森的思绪已经远离难题，外面高亢的鸡鸣提示他清晨的来临，他上床睡觉了。

他睡得很沉，以至于登普斯特夫人进来给他打扫屋子，都没有惊醒他。直到她清理清楚，准备好早餐，轻敲围在他床边的屏风，他才醒过来。一夜苦读，他仍有些疲倦，但一杯浓茶很快焕发了他的精神，他拿起书本，外出开始他上午的散步，还随身携带了些三明治，他懒得回来吃午餐。他在镇子外围发现一条安静的小路，两旁植有高大的榆树，他在那儿待了大半天，学习拉普拉斯方程。回来的路上，他顺道探望了威瑟姆夫人，感谢她的友善。当她透过内屋飘窗的菱形窗玻璃看到他时，走出来会他，请他进去。她上下打量他，摇着头说：

“你不要过于劳累了，先生。你今早气色差多了。睡得太晚，用脑过度，对任何人都没有好处！不过告诉我，先生，你昨晚怎么过的？嗯，可如我希望的那样？可是，我的心一直悬着啊！先生，今早登普斯特夫人告诉我你一切正常，她进门时你睡得很香，我感到多么高兴。”

“噢，我还好，”他笑着回答，“那个‘某种东西’到现在还没让我发愁。只是那些老鼠，它们像个马戏团，我跟你说，到处都是。有一只样子邪恶的老魔鬼，坐在火边我的椅子上，直到我拿了拨火棒去打它，它才肯动身，然后顺着警钟的绳子跑上去了，跑到墙上或天花板上的什么地方去了——太黑了，我看不清在哪里。”

“老天垂怜，”威瑟姆夫人说道，“一个老魔鬼，坐在火边的椅子上！小心，先生！小心！玩笑里有很多真话。”

“你是什么意思？我真的不明白。”

“一个老魔鬼！或许该说，就是那个老魔鬼。嗨！先生，你不要笑，”因为马尔科姆森已经声如洪钟地大笑起来，“你们年轻人总是认为使我们老年人害怕打抖的东西很可笑。没关系，先生！没关系！老天保佑，希望你能一直笑到最后。这也是我所希望的！”他的快乐感染了她，善良的夫人带着关切面露笑容，她的恐惧暂时隐去了。

“噢，请原谅！”马尔科姆森马上道歉，“不要认为我无礼，但这个想法对我来说太好笑了——那个老魔鬼本人昨晚坐在椅子上！”想到这点，他又笑了起来。然后他回去吃晚餐了。

这一晚，鼠们的奔跑戏逐开始得更早一些，实际上，在他到家之前就已经开始了，只是他带着外面的清新出现在家里，才打断了它们。晚餐过后，他在壁火边坐了一会儿，抽了支烟，然后，清理桌子，像之前那样开始工作。今晚，老鼠们比头一夜更加扰人。它们是如何在头顶脚下上蹿下跳的啊！它们是如何尖叫、抓挠和啮咬的啊！它们胆子变得越来越大，出现在洞口和墙根的裂缝，直到它们的眼睛随着火光的起落，像小灯般闪闪发亮。他现在无疑已经习惯它们了，并不觉得它们的眼睛是邪恶的，只是它们的嬉闹骚扰到他了而已。有时候，最胆大的那些会冲出来到地板上，或者沿着壁根装饰线跑动。它们干扰到他时，他就用手击打桌子，或者发出一阵猛烈的嘘嘘声，制造一点声响吓唬它们，这样它们就会马上逃回洞里。

前半夜就这样慢慢地过去了，尽管杂音不断，马尔科姆森渐渐地沉浸于学习当中。

他猛地停下来，和头晚一样，被一种突如其来的安静惊动到了。连最细微的啮咬、抓挠、吱吱声都没有了，房间如坟墓般静默。他记得头晚发生的怪事，因此本能地朝壁炉旁的椅子望去，一阵非常怪异的战栗穿过他的身体。

那儿，坐在壁炉旁古老的高背雕花大橡木椅子上的，还是那只硕大无朋的老鼠，邪恶的双眼正死死地怒视着他。

他本能地抓起手边最近的东西，一本对数书，朝它砸去。书砸歪了，硕鼠不为所动，因而，头晚的拨火棒行动再次上演。又一次，就在即将被击中之前，那只老鼠顺着警钟的绳子逃掉了。同样奇怪的是，这只老鼠一离开，整个老鼠社区的噪声便又立刻重新响起。和头晚的情形一样，马尔科姆森看不见这只老鼠消失于房间的哪个方位，因为绿色的灯罩遮住了光，房间的上部分一片黑暗，而壁火已经烧得差不多了。

他看看表，快午夜了。这段插曲并没有败他的兴，他给火添些柴，给自己沏上一壶例行夜茶。他已经认真学习了好一阵子，心想可以犒劳犒劳自己，抽支烟，于是他对着火，坐在那张雕花大橡木椅上，美美地抽着烟。抽烟的当儿，他开始思考那只老鼠消失于何处，因为他很肯定，接下来得设个捕鼠圈套。因此，他点亮了另一盏灯，把它放在能很好照亮壁炉右边墙角的地方。然后他把他所有的书放在伸手可及的地方，用来砸那个祸害东西。最后，他提起警钟的绳子，把绳端放在桌上，用灯压着绳的末梢。当他这么做的时候，不禁注意到，这么粗壮的绳子，多年不用，居然还这么柔韧。“都可以用它来吊死人。”他暗想。一切准备就绪时，他环视房间，满意地说：

“好了，我的朋友，我想这次该了解了解你了！”他又开始埋头工作，虽然和原来一样，开始的时候有点被鼠们的噪声干扰，但很快就沉浸于各种命题和难题之中了。

又一次，他突然被身边的情境召回。这次引起他注意的，可能不仅仅是静默的骤然降临，还有绳子的轻微移动，以及灯的晃动。他先不动声色地查看他的那堆书是否近在咫尺，然后眼睛沿着绳子往上看。他看见那只巨鼠从绳子上落下，掉到橡木扶手椅上，坐在那儿怒视着他。他右手拿起一本书，仔细瞄准，朝它砸去。那鼠敏捷地跳到一边，躲过投掷物。接着他拿起另外一本书，然后是第三本，一本接一本地朝它飞去，可是每次都没有命中。最后，他抓紧一本书站起来砸，那鼠尖叫起来，显出害怕的样子。这使马尔科姆森比以往任何时候都更急切地想击中它，书飞出去，重重地打在巨鼠身上。它发出一声惊恐的尖叫，朝它的追捕者恶狠狠地看了一眼，跑上椅背，用力跳上警钟的绳子，如闪电般向上蹿去。灯在突然的张力之下摇晃起来，不过底座很沉，并没有倒下。马尔科姆森眼睛一直追随着那鼠，借着第二盏灯的光亮，看到它跳到墙顶的一条嵌线，消失于墙上挂着的一幅巨画的洞里。画面因为蒙着厚厚的尘垢而模糊不清，难以辨认。

“天亮以后我该好好查看我朋友的住处，”大学生去捡书本时说道，“壁炉右边第三幅画像，我不要忘了。”他把书一本本捡起，边捡边议论，“《圆锥线》，它不在乎，《摆线振荡》，它也不在乎，《基本原理》《四元数》《热力学》，它都不在乎。现在看看拿下它的那本！”马尔科姆森捡起书看，禁不住打了一个激灵，面色突然变得苍白。他不安地看看四周，微微颤抖，低声自言自语：

“妈妈给我的《圣经》！多么奇怪的巧合。”他又坐下来学习，墙脚的老鼠们重又开始闹腾，但他并不觉得它们烦人，某种程度上，它们的存在，给他一种伙伴的感觉。然而他无法专心学习了，在徒劳无功地努力掌握他正在研习的课题之后，他绝望地放弃了。当东边的窗户透进黎明的第一缕曙光，他上床睡觉了。

他睡得很沉，但十分不安，接连不断地做梦。日上三竿，当登普斯特夫人唤醒他时，他显得心神不宁，有好几分钟，似乎不知自己身在何处。他的第一个请求使用人吃了一惊。

“登普斯特夫人，我今天出门之后，希望你能找来梯子，掸去或清洗掉那些画像上的灰尘，尤其是壁炉过去的第三幅，我想看看它们都是些什么。”

那天下午，马尔科姆森在绿荫遮蔽的小路上攻读，白天慢慢过去，头天的轻快心情重又回到他的身上，他的阅读进展得非常顺利。所有难住他的问题都得到了圆满的解决，他怀着一种欢欣鼓舞的心情去拜访旅行家客栈的威瑟姆夫人。在温暖舒适的客厅里，他看见女房东和一个陌生人在一起，经介绍，是桑希尔医生。她的神态不很自然，加上医生一上来就问了一连串的问题，马尔科姆森意识到，医生的出现并非偶然，于是他省去寒暄，说道：

“桑希尔医生，我很乐意回答任何你想问的问题，不过你得先回答我一个问题。”

医生似乎有点惊讶，但很快笑着说：“好的！什么问题？”

“是威瑟姆夫人让你来这儿见我，给我忠告的吗？”

桑希尔医生吃惊地迟疑片刻，威瑟姆夫人脸涨得通红，别往一边，不过医生是个坦率又有所准备的人，他立即开诚布公地答道：

“是的，但她没打算让你知道。我猜是我的笨拙心急引起了你的怀疑。她跟我说，她不喜欢你独自待在那座房子里，还有她认为你喝太多浓茶了。实际上，她想让我建议你，能不能不喝茶，还有不要睡得太晚。我读书的时候也很用功，所以我想我可以以学者的身份冒昧地给你提些建议，而不是像个陌生人那样，让你感觉受到冒犯。”

马尔科姆森笑容灿烂地伸出手。“握握手吧，像美国人喜欢说的那样。”他说，“我得谢谢你还有威瑟姆夫人的好意，我将对你们的好意做出回应。我保证不再喝浓茶——连茶都不喝了，直到你允许我喝为止，还有今天我最晚一点钟上床睡觉。怎么样？”

“好极了，”医生说，“现在，告诉我们你在那老房子里留意到的一切。”于是马尔科姆森当即详细地描述了头两个夜晚所发生的一切。他时不时地被威瑟姆夫人的惊叹打断，一直到最后他讲到《圣经》那一节，她那被抑制的情绪才在一声尖叫中找到出口，一杯烈性白兰地和水灌下去之后，她才重新镇定下来。桑希尔医生倾听着，脸色愈来愈凝重，当讲述结束，威瑟姆夫人恢复常态时，他问道：

“那只老鼠总是顺着警钟的绳子跑上去？”

“总是。”

“我想你知道，”停顿一下后，医生说，“那绳子是什么来头。”

“不知道！”

“它，”医生慢慢地说道，“正是刽子手用来吊死所有被法官判死刑的犯人的那根！”说到这儿，他被威瑟姆夫人的另一声尖叫打断了，他们不得不采取措施帮她恢复神志。马尔科姆森看看表，快到晚餐时间了，于是在她完全恢复之前，他回家了。

当威瑟姆夫人清醒过来时，她愤怒地质问医生，往这个可怜的年轻人的脑海里塞入这么可怕的东西，是什么意思。“那儿已经有够多让他难过的东西了。”她加上一句。

桑希尔医生答道：

“亲爱的夫人，我是深有用意的！我想把他的注意力引到那根钟绳上，把注意力放在那儿。虽然我敢肯定，以我看到的情况，从精神和身体两方面来说，他似乎是个健康明智的年轻人，可能他过于神经紧张了，而且学习一直太刻苦，因而产生那些老鼠，还有那个魔鬼的联想。”医生摇摇头，继续说下去，“我想提议，和他一起待一个晚上，但我感觉这肯定会冒犯到他。夜里他可能会产生一些奇怪的恐惧或者幻觉，如果这样的话，我希望他拉动钟绳。他一人独处，钟声可以给我们发送信号，这样我们或许可以及时赶到，给予帮助。今天我会睡得很晚，双耳竖起。天亮之前，如果本丘吉有什么大事发生，你不要惊慌。”

“噢，医生，你这是什么意思？你这是什么意思？”

“我的意思是，可能——不，是非常可能——我们今晚会听到来自法官的房子那口大警钟的钟声。”医生竭尽所能，尽快脱身告辞了。

马尔科姆森到家时，发觉比平常晚了一点，登普斯特夫人已经走了——格林豪慈善会的规矩不容忽视。他高兴地看到整个地方明亮又整洁，壁火很旺，台灯干净。这一夜，比通常的四月天更为寒冷，大风越吹越猛，明白无误地预示着，夜里会来一场暴风雨。他走进家门后，鼠们的噪声停歇了几分钟，不过它们很快习惯了他的存在，又开始肆无忌惮地喧闹了。他很高兴听到它们的声音，因为再一次，在它们的噪声里，他生出那种伙伴的感觉。他的思绪回到奇怪的事实上，那就是，只有当那只有着邪恶双眼的硕鼠出现时，它们才停止宣示自己的存在。供阅读的台灯点亮，绿色的灯罩遮住了光，使得天花板和屋子的上部分隐没在黑暗中，而壁炉里燃得正旺的火光映照着地板，把铺在桌端的白布照亮，给房间带来了温暖和愉悦。马尔科姆森情绪饱满，胃口大开地坐下来吃晚餐。用过餐，抽完烟，他心无旁骛地坐下来学习，决心不让任何东西干扰到他，因为他记得对医生的承诺，所以决定要好好利用可利用的时间。

大约一个小时，他进展不错，然后他的思想开始从书本游离出来。他周围实实在在的环境，那个对他注意力的召唤，还有他神经的敏感性，是无可否认的。这个时候，风已经转为大风，大风转为了暴风雨。老房子虽然坚固，但好像根基都动摇了，暴风雨穿过它的许多烟囱和怪异的老山墙，发怒咆哮，在空荡的房间和走廊里，产生奇异、神秘的声响。即便是屋顶上的大警钟，也肯定感到了风的威力，因为绳子微微起落，像是警钟时不时地轻晃。柔软的绳子落到橡木地板上，发出沉重又空洞的声音。

马尔科姆森倾听着这声音，开始想到医生的话，“它正是刽子手用来吊死所有被法官判死刑的犯人的那根”，他走到壁炉角落，把它抓在手里端详。它似乎带有一种致命的趣味，当他站在那儿的时候，有一会儿迷失了自我，猜想那些受罪的都是些什么人，还有那个法官残酷的愿望，竟然让这样一个恐怖的遗物置于他的眼皮之下。他站在那儿，屋顶上警钟的晃动仍然使绳子时不时地收起，但是，一种新的感觉很快传导过来了——绳子发出一种震颤，好像有东西正顺着它移动。

本能地朝上望去，马尔科姆森看到那只硕鼠正慢慢地朝他而来，目不转睛地怒视着他。他扔下绳子，低声诅咒着向后一跳，那只老鼠转而向上跑去，消失得无影无踪。就在此时此刻，马尔科姆森意识到，那些停止了一会儿的老鼠的闹声，重又开始响起。

这一切使他思索，他想起原本打算查看那只老鼠的洞穴还有那些画像的，都忘了呢。他点亮另外那盏没有罩子的灯，举着它，走到壁炉右边第三张画像前，头晚他看见那只老鼠是从这儿消失的。

最初的一瞥吓得他猛地往后仰退，灯都差点掉落了，脸色变得死白。他的膝盖发抖，大颗大颗的汗珠从额头冒出，他抖得像棵风中山杨。好在他年轻有胆，镇定了下来，停顿几秒钟后，再次移步向前，举起灯，仔细查看那张已经除尘清洗，现在已清晰可辨的画像。

这是一幅身着猩红貂皮长袍的法官的画像。他的脸强硬无情，邪恶狡诈，布满仇恨，一张充满肉欲的嘴，红色的鹰钩鼻好似猎鸟的尖喙。脸部的其余部分，却如死人般枯槁。双眼怪异地明亮，充满深深的恶意。看着这双眼睛时，马尔科姆森感觉发冷，因为他在那只硕鼠的眼睛里，看到了一模一样的东西。灯差点从他手中滑落，他看见画像角边的洞里，那只眼睛邪恶的老鼠，正朝外窥探，同时他注意到，其他老鼠的嬉闹突然停止了。不过，他还是强自镇定下来，继续研究这幅画。

法官坐在一张高背雕花大橡木椅上，右边是一座很大的石头砌成的壁炉，壁炉角边，一根绳子从天花板上垂下来，尾端盘卷在地板上。带着一种恐怖的感觉，马尔科姆森认出这场景正是房间的样子，他敬畏地环顾四周，好像预感自己身后有怪物似的。然后他朝壁炉角望去——他大叫一声，灯从手中掉落了。

那儿，在法官的扶手椅上，坐着那只拥有和法官一样邪恶的眼睛的老鼠，现在它眼里的恶毒更加强烈，正用以残忍为乐的眼光睥睨着他。椅子后面，绳子悬荡。除了暴风雨的咆哮，屋里一片寂静。

掉落的灯把马尔科姆森的魂招了回来。幸运的是，灯是金属制的，灯油没有洒落出来。处理这盏灯的实际行动很快将他不安的忧惧安定下来。当他把灯灭掉时，擦擦额头，思忖了一会儿。

“这样不行，”他自言自语，“如果这样下去，我要变成疯子了。这必须打住！我答应过医生不喝茶了。一定要信守诺言，他说得很对！我的神经肯定在慢慢进入一种奇怪的状态。真好笑，我竟然没有注意到，反而自我感觉良好。不过，现在没事了，我再也不做傻事了。”

然后他给自己灌了一杯烈性白兰地和水，意志坚定地坐下来学习。

一个小时左右，他被一阵突如其来的寂静打断，从书本中抬起头来。风的呼啸比之前更加猖獗，雨排山倒海似的打在窗户上，好像冰雹打在玻璃上一样。要是没有这些，房子里面，除了风在大烟囱里怒吼的回音，以及暴风雨减弱时几颗雨点从烟囱落下的嘘嘘声，却是一片寂然。炉火已经低落，没有了火焰，但仍发出红光。马尔科姆森侧耳倾听，马上听到了细细的吱吱声，非常微弱。声音来自垂吊着绳子的角落，他想，肯定是地板上绳子的嘎吱声，因为钟的摇晃，搞得绳子起起落落的。然而，向上一望，他看到在暗淡的光线里，那只硕鼠正抱着绳子啮咬。绳子差不多已被咬断了——他可以看见光秃秃的绳须更轻淡的颜色。就在他看着的当儿，任务完成了，被咬断的绳子掉到橡木地板上，发出啪嗒一声，同时，那只硕鼠像块疙瘩或者穗子似的，还在前后摇摆的绳端停留了一会儿。马尔科姆森立刻再次感到强烈的恐惧，因为他想到向外界求助的可能性被割断了，但是强烈的愤怒占据了上风，他抓起正在阅读的书本朝那鼠掷去。砸得很准，不过在命中之前，那鼠已经掉落下来，砰的一声，轻软地跳到了地板上。马尔科姆森立马朝它冲过去，可它迅速地跑开了，消失于房里阴影的黑暗中。马尔科姆森觉得当晚的学习已经完成了，当即决定改变单调的学习进程，转而对这鼠进行围剿。他把灯的绿色罩子拿掉，以确保更大范围的照明。这样，房间上部的阴暗一扫而光，在如瀑的新光线里，和之前的黑暗相比，墙上的画像赫然挺现。从他站立的地方看，壁炉右边的第三幅画像恰好对着他。他惊讶地揉揉眼睛，接着一阵巨大的恐惧攫住了他。

画像的中心是一大块不规则的棕色画布，好像才刚被绷进画框里似的。背景和之前看到的一样，椅子、烟囱角落和绳子，但是法官不见了。

几乎是害怕得发冷，马尔科姆森慢慢地转过身，接着开始摇晃和打抖，跟中风似的。定力似乎已经离他而去，他动弹不得，思维几乎停止。他只能看和听。

那儿，在高背雕花大橡木椅上，坐着身着猩红貂皮长袍的法官，邪恶的双眼发出恶毒的亮光，当他双手举起一顶黑帽[①]时，一丝胜利的微笑浮现在他坚定而残酷的嘴边。马尔科姆森感到血从他的心脏直往外涌，就好像一个人被长久地悬吊在空中一般。他的耳朵里回旋着一片歌声。要不是这样，他就会听到暴风雨的呼啸怒吼了，还有压过暴风雨而传送过来的小镇午夜报时的钟乐合响。他如雕塑般凝固地站了一段时间，嘴巴开张，满目恐惧，无法呼吸。他感觉，这段时间漫长得似乎永无止境。钟声敲响，法官脸上胜利的笑容更浓了，午夜钟声最后一次敲响时，法官把黑帽戴在了头上。

---

① 一块正方形黑布，是英国法官整体着装的一部分。当判处死刑时，法官会戴上它。

缓慢又故意地，法官从椅子上站起来，捡起铺置于地板上的那截警钟的绳子，用手慢慢地将它一点点拉起，好像十分享受这种感觉，随后开始慎重地给绳尾打结，把它弄成一个套索。弄好后，他用脚试试，狠狠地将它拉紧，直到满意为止，然后，他做了一个活结，套在自己手上。一切弄妥，他开始沿着马尔科姆森对面的桌子移动，眼睛死盯着他，直到越过他所在的位置，然后快速一冲，站在了门前。马尔科姆森这才意识到落入圈套了，开始思考他该怎么办。法官的眼睛从未从他身上移开，眼光里含有某种迷人的魅力，使他不得不盯着看。他看到法官靠近了——仍然保持在他和门之间——举起套索朝他扔来，好像要套住他。拼尽全力，他往边上一闪，看到绳子落在身旁，打在了橡木地板上。法官邪恶的双眼仍然死盯着他，再次举起套索，试图圈住他，借助强大的力量，大学生又尽力躲过了。这样好几个回合下来，法官似乎并不气馁和慌乱，倒像猫和老鼠玩游戏似的其乐无穷。最后，在绝望中，在斗争的最高潮，马尔科姆森朝周围快速地一瞥。灯好像突然亮了起来，房间里光线充足。他看见，在无数鼠洞里，在墙根的裂缝和空隙之中，老鼠们闪烁的眼睛。纯粹出于生理感觉，这，带给了他一丝安慰。他看见大警钟的绳子上，密密麻麻布满了老鼠，没有一点儿空隙，而从天花板的小圆洞里，还在不断冒出越来越多的老鼠，因此，它们的重量使得警钟开始晃动了。

听！钟已经晃动，铃舌碰到了钟的边缘。声音只有一点点，但钟才刚开始晃动，音量会越变越大。

听到钟声，一直死盯着马尔科姆森的法官抬头上望，满脸怒火。他的眼睛像炭火般熊熊燃烧，他用力一跺脚，整个房子好像都晃动了。他再次举起套索时，一阵可怕的雷声在头顶上空轰隆滚过，而老鼠们在绳子上跑上窜下，像是在争分夺秒地赶工。这一次，法官没有扔绳子，而是朝他的猎物逼近，索套大张。当他接近时，身上似乎附带着某种令人麻痹的东西，马尔科姆森如尸体般僵硬地站着，动弹不得。当法官调整绳子时，马尔科姆森感到他那冰冷的手指触碰到了自己的喉咙。索套收紧，收紧了。接着，法官用手臂揽过大学生僵直的身子，扛着他竖放到橡木椅子上，然后自己也踩了上去，站在他身边，伸手抓住警钟摇摆的绳子末端。他抬起手时，老鼠们吓得吱吱乱逃，消失于天花板的洞里。随即他拿起绕在马尔科姆森脖子上的索套尾端，将它绑到悬吊的钟绳上，然后跳下来，抽掉了椅子。

当法官的房子的警钟敲响时，一群人迅速集合起来。灯光火把，交相辉映，大伙儿无声又迅疾地赶到出事地点。他们用力捶门，却无人应答。于是以医生为首，他们破门而入，拥进宽大的饭厅。

在那儿，大警钟的绳子尾端，悬吊着大学生的尸体，而画像里，法官的脸上，浮现出一抹恶毒的笑容。

印第安妇人

那个时候纽伦堡还没有像后来那样被开发出来。欧文还没有出演《浮士德》[①]，这个同名的古老城镇几乎不被旅游大众所听闻。我和太太正在享受蜜月旅行的第二个星期，自然希望有人能加入进来，因此，当乐观开朗的陌生人，来自内布拉斯加州枫树县血峡区峡城[②]的伊莱亚斯·哈奇森，出现在法兰克福车站，随意地说他要去看欧洲最了不得的长寿城，并认为独自旅行太久，足以把一个聪明活泼的公民送入精神病院的忧郁症病房时，我们马上心领神会，提议说一起去。过后我们发现，我俩都想带着犹豫不定的口气来说，不愿显得太热切，否则就不是对我们成功的婚姻生活的赞美了，然而效果却大打折扣，我俩异口同声地开口，不约而同地住口，又再次同时脱口而出。无论如何，不管怎样，最后我们把话说清楚了，伊莱亚斯·哈奇森成了我们中的一员。艾米莉亚和我马上

① 1885年夏天，勃拉姆·斯托克和亨利·欧文，还有艾伦·泰瑞一起去到德国南部的纽伦堡，为兰心公司的《浮士德》演出做准备。《浮士德》是兰心公司最成功的作品，共上演了792次。

② 作者杜撰的美国地名。

发现了这样做的好处，我们不再像原来那样一直争吵，而是因为第三方的抑制作用，现在千方百计地找机会在无人的角落里偷偷亲热。艾米莉亚宣称，根据这一经历，从此她建议她所有的朋友，蜜月旅行时一定得多带一个人。哦，我们一块儿游玩了纽伦堡，非常享受这位来自大西洋彼岸的朋友生动有趣的言谈。他妙语连珠，经历丰富，故事一大堆，好像是从一部小说里走出来的人物。我们在市里参观的最后一站是城堡，在计划参观那天，我们绕着城东边的外墙信步闲逛。

城堡坐落在一块俯视城镇的大岩石上，一条极其深邃的壕堑在北部守护着它。纽伦堡坐享天时地利，从来没有被洗劫过，要是遭受过破坏的话，就肯定不会如此井然有序、亘古如一了。沟渠好几个世纪都没有被使用过，现在底部满是茶园和果园，有些树长势良好，郁郁葱葱。当我们绕着城墙悠然漫步，在炎热的七月阳光里懒洋洋地消磨时光时，常常禁不住停下脚步，放眼欣赏展现在我们面前的风光，尤其是一马平川上，散布着小镇和村庄，远山脉脉，如烟如黛，好像克劳德·洛兰[①]笔下的风景画。每一次收回目光，我们总是带着新的感受转向城市自身，那儿，古色古香的老山墙和镶嵌着天窗的一英亩见方的红屋顶，数不胜数，层层叠叠。我们右边不远处，挺立着城堡，更近一点的地方，静静地站立着阴森严峻的受难塔[②]，它过去是，现在或许还是，城里最有看头的地方了。几个

① 著名画家，常以粗犷的原野为背景，描画浪漫的古城堡或者废墟。

② 曾是纽伦堡审讯办公地点。下文的铁处女是处决拒绝改变宗教信仰的人的刑具。

世纪以来，纽伦堡铁处女，作为人类力所能及的残忍的可怕例证，一直承传了下来。我们早就想一睹其真容，现在终于来到了它的老家。

我们有次停下来，趴在城墙上往下望。下面的园子似乎有五十或者六十英尺深，阳光带着强烈的、好像烤箱里那种静止的热量，倾注其上。城壕另一边，挺立着似乎高耸入云的灰色严峻的城墙，左右两端均隐没于棱堡和外崖的转角。墙顶长满了树木和灌木丛，超出这些之上，又有一些高大华美的房子，它们历经岁月，魅力有增无减。太阳很大，我们无精打采，有的是时间，所以我们徘徊逗留，斜趴在墙上。就在我们的下方，是一番美丽的景象——一只大黑猫四肢舒展地躺在阳光里，一只小黑猫绕着她嬉戏蹦跳。猫妈妈有时摇摆尾巴让小猫玩，有时抬起双脚把小东西推开，以鼓励他进一步玩耍。他们正好在墙脚的位置，伊莱亚斯·哈奇森为了助兴，弯腰从小路上捡起一颗中等大小的鹅卵石。

“看！”他说，“我要把它投到小猫旁边，然后他们两个就会好奇石子是从哪儿来的。”

“噢，小心，”我太太说，“你可能会打中那个亲爱的小东西！”

“不会的，夫人，”伊莱亚斯说道，“啊，我会像缅因州的樱桃树一样温柔。上帝保佑，我不会伤到这个可怜可爱的小动物，正如我不会伤到婴儿的头皮一样。你可以拿你的杂色袜子打赌！看，我把它远远投在外围，这样就不会落到她附近了！”这样说着，他身子倾斜，手臂平举出去，扔下石子。可能是某种吸引力，能把小东西聚成大东西，或者更可能的是，墙不是凸起的，而是倾斜向下通到底部——我们在上面没有注意这个倾向，石头掉落了，发出令人恐怖的砰的一声，通过炎热的空气传到我们耳边。石子正好打中了小猫的头，当场脑花飞溅。黑猫迅疾地朝上一瞥，我们看到她的眼睛像绿色的火焰，在伊莱亚斯·哈奇森身上停留片刻，然后她的注意力转到小猫身上。小猫一动不动地躺着，只有小小的四肢一阵抖动，一条细细的血流从伤口处淌下。黑猫像人类似的发出一声沉闷的哭叫，伏在小猫身上，一边舔他的伤口，一边呜咽呻吟。突然，她似乎意识到小猫已死，再次朝我们狠狠地瞪来。我永远不会忘记这一幕，因为她看上去十足像个仇恨的化身。她的绿色眼睛燃烧着可怕的火焰，白而锋利的牙齿透过沾满血迹的嘴巴和胡须，几乎发出光来。她咬牙切齿，四个脚掌上的爪子完全张开，引人注目。然后她凶猛地冲上墙，好像要冲到我们身边，不过冲力用尽时跌了回去，落在了小猫身上，她站起来时，黑毛蘸上了小猫的脑浆和血液，这使她的样子更为狰狞了。艾米莉亚吓得快要昏了过去，我只好把她从墙边搀扶到后面。附近有个座位，在舒展的法国梧桐树的绿荫里，我把她安置在那儿，让她安定下来。然后我走回哈奇森的身边，他一动不动地站着，看着下面那只愤怒的猫。

我站到他身边时，他说：

“华尔，我想这是我看到过的最野蛮的神态了——除了有一次，一个阿帕奇印第安妇人把刀架在一个混血儿身上，以惩罚他处置了她的孩子。这种白人和印第安人的混血儿，绰号‘裂变人’。他仇恨印第安人把他母亲活活烧死了，作为报复，在一次袭击中，偷走了印第安妇人的孩子。从此她脸上就有了那种野蛮的神态，跟长在那儿似的。她跟踪了裂变人三年，直到最终有勇士将他擒获，交给了她。他们说，没有哪个人，不管是白人还是印第安人，曾被阿帕奇人折磨了那么久，才求得一死。我唯一一次看见她微笑，是我把她了结了的时候。我到达营地时，正好看到裂变人在孽债中死去，而他去得并不遗憾。他是一个硬汉，虽然在偷孩子那件事后我从未和他握过手——因为那太坏了，而他应该像白人那样行事，因为他看上去像个白人——我看到他已经血债血还了。该死，但我从他藏着的毛皮杆上顺走了一块，把它做成了一本口袋书。就在这儿！”他用力拍打着他的大衣胸袋。

他说话的时候，那猫继续拼命地爬上墙。她向后退，然后冲上来，有时候能达到令人难以置信的高度。她似乎并不在意每一次重重的跌落，而是带着新的力量，重新开始。每滚落一次，她的模样就变得更为吓人。哈奇森是个好心肠的人——太太和我都注意到，他对动物和人，常常有些小小的善举——他似乎对那猫身上发生的愤怒状况十分关切。

“华尔，喏！”他说，“我得说那可怜的东西好像很绝望。好了！好了！可怜的家伙，这是一场意外——但没办法挽回你的小心肝了。哎呀！我一千年都想不到会发生这样的事情！正好说明一个笨拙的傻瓜想开玩笑时，都能做些什么！我真该死，甚至和一只猫玩耍都失手。嗨，上校！”——他随意给人赠予头衔真是令人愉快——“我希望你太太不要因为这个不快而对我心生嫌隙。哎呀，我绝不想这事发生的。”

他来到艾米莉亚身边，一个劲儿地道歉。她一贯好心，赶紧安慰他，她非常理解，这是一个意外。然后我们又走到城墙那里看过去。

那只猫，看不到哈奇森的脸了，已经退回壕沟那边，蹲坐着，好像做好准备要弹跳起来。实际上也是，她一看到他，就带着盲目无名的怒火，跳了起来，样子荒诞不经，却是如此可怖地真实。她不再试图跑上城墙，而是对着他直接投射过来，好像仇恨和愤怒能让她插上翅膀，直接穿越他们之间遥远的距离。女人味十足的艾米莉亚变得十分担忧，以警告的口吻对伊莱亚斯·哈奇森说：

“噢！你必须十分小心。那生灵要在这儿的话，她会杀了你。她的眼睛闪着杀人犯的凶光。”

他开怀大笑。“对不起，夫人，”他说，“但我忍不住要笑。想象一个曾与美洲灰熊还有印第安人作战的男人，要小心被一只猫杀死！”

当那猫听到他的笑声时，整个行为举止似乎发生了变化。她不再试图蹦跳或者跑上城墙了，而是静静地走过去，再次坐在死去的小猫身边，舔舐和爱抚着他，好像他还活着一样。

“看！”我说，“这就是强者的效应。即便是怒火中烧的动物，也能辨别主宰者的声音，向他鞠躬！”

“正如印第安女人一样！”当我们继续绕着城市壕堑行走时，

这是伊莱亚斯·哈奇森唯一一句评论。时不时地，我们往城墙那边望去，每一次都看见那猫跟随着我们。起先她不断回到死猫身边，当距离变远时，她改为嘴里叼着小猫跟着。然而，过了一阵，她放弃了这个做法，因为我们看见她是自个儿跟着的。显然，她已经把尸身藏在了某处。艾米莉亚对这猫的不折不挠感到越来越惊恐，好几次重复她的警告，但美国人总是一笑而过，直到最后，看到她开始忧虑不安了，他才说：

“我说，夫人，你不必怕那只猫。我带着枪，真的！”说到这里，他用力拍拍腰后的枪袋，“要是你还担心，我就毙了那家伙，就在此时此地，冒着警察介入调查一个美国公民违反规定，私自携带枪支的风险！”他说话的时候望向城墙，而那猫一看见他，就低沉地咆哮一声，向后退入一片高高的花丛中，藏了起来。他继续说道：“但愿这个生灵比大多数基督徒更明白哪样对她有好处。我猜这是我们最后一次看见她了！她现在肯定走了，回到头骨碎裂的小猫身边，独自给他举行私人葬礼了！”

艾米莉亚不想再多说了，以免他为了向她展示带有误解的善意，而射杀那只猫。于是我们继续前行，跨过通向入口的小木桥。从入口那儿，有一条铺好的陡路，在城堡和五边形的受难塔之间。我们过桥的时候，又看到那只猫在我们下方。她看见我们时，怒火又燃烧了起来，疯了似的想爬上陡墙。哈奇森往下看着她，大笑起来，说：

“再见，老相识。对不起，我伤了你的感情，但是你会及时好起来的！再见！”然后我们走过又长又暗的拱道，来到城堡的大门前。

我们仔细参观了这座最美丽的老建筑，即便四十年前好心干坏事的哥特式建筑的修补者[①]，也未能减损它的美丽——虽然修补得白得耀眼。当我们再次出到外面，似乎已全然忘了上午那不愉快的篇章。古老的欧洲椴树，树干巨大，被过往的差不多九个世纪，扭曲得疙疙瘩瘩；以前的犯人们穿凿过岩石的中心，辛苦挖成的深井；从城墙处放眼看到的迷人景观，在那里，我们听到市里传来各种各样报时的钟乐，合奏齐鸣，几乎响了整整一刻钟。这一切，都有助于将杀死小猫的事件从我们的脑海中抹掉。

我们是那个上午进入受难塔的唯一游客——至少老管理员是这么说的。由于我们拥有这整个地方，因此可以细致和自在地观看，要在平时，这是不可能的。管理员将我们视为他当天唯一的收获来源，非常乐意尽力满足我们的愿望。受难塔真是个阴森的地方，即便现在有好几千的游客源源不断地输入活力，以及伴随活力而来的欢乐，但在我提及它的时候，它依然带着最阴冷严酷、最令人毛骨悚然的特性。岁月的风尘似乎已经在它身上驻足，在某种程度上，它黑暗和恐怖的记忆好像变得可以感知，这样的结果肯定会让信奉斐洛或者斯宾诺莎的泛神论者感到满意[②]。我们进入的底层内室貌似正常，漆黑一片，即便炎热的阳光透过门口照射进来，也好像失落

① 指十八世纪后期起，哥特式建筑风格的复兴。

② 两位哲学家均认为上帝无处不在，“上帝”和“自然”是宇宙中相同现实的两个不同名称。

于墙壁的厚实之中，只显出粗糙的砖石，糙得好像建筑工的脚手架才刚放下来，但却已蒙上厚厚的灰尘，上面零星地散布着深色的污块印迹。要是墙能够开口说话，可能会供出它们自己恐怖而痛苦的可怕记忆。我们很高兴地爬上布满灰尘的木梯子，管理员让外门开着，这样或多或少有点光照亮我们的路，因为对我们的眼睛来说，那根插在壁烛台上，恶魔一般修长，散发着邪恶气味的蜡烛发出的亮光，实在不够。当我们经过上层内室角落里的活动圈套时，艾米莉亚紧紧地贴着我，以至于我都能真真切切地感觉到她的心跳。至于我自己呢，必须承认，对她的恐惧并不感到惊讶，因为这间屋子比起下面那间，甚至更为令人汗毛倒竖。这儿，光线肯定更为充足，但也仅仅只够人辨识这个地方可怕的环境而已。修建这座塔的人，明显地打算只有他们这些到达顶部的人，才有资格获得亮光和眺望的快乐。我们从下面就已经注意到了，这儿有一系列的窗户，尽管是中世纪那种小规格的，但塔里的其他地方，却只有非常少的狭缝，就像大家习以为常的中世纪防御工事。有几个窗户照明了内室，而这些开在墙壁上部的窗户，位置如此之高，要想通过厚实的墙壁看到天空，绝无可能。胡乱靠着墙壁的刑架上，放着些刽子手的剑，是那种要用双手紧握的大家伙，宽宽的刀片，锋利的刀刃。紧挨在旁边的，是几个让牺牲者安放脖颈的断头台，因为钢刀穿过皮肉，顶到木头上，所以上面布满了深深的槽口。环绕着内室，按各种不规则的方式，摆放了各式刑具，让人看到心都疼痛——布满尖钉的椅子，立马给人带来剧痛的联想；有钝圆球的椅子和长榻，看似折磨轻了点，但要人慢慢地领受，效果是同等的；支架、皮带、长靴、手套、领子，全都制成可随意挤压缩紧的样式；必要的话，头在里面会被慢慢压碎成一摊浆水的钢铁篮子；为行刑监视人特制的带着长把手和刀子的钩子，如遇反抗，可以用来砍杀——这儿是旧纽伦堡警察体系的专业领域，还有许多、许多人类用来折磨人类的装置。艾米莉亚因为这些东西的残酷而变得脸色苍白，不过幸运的是，并没有昏过去。因为有点晕，她在一张刑椅上坐下来，但又马上尖叫着跳了起来，人一下子全清醒了。我俩都假装是椅子上的灰尘搞脏了她的裙子，还有生锈的尖钉弄疼了她，哈奇森先生善意地大笑一声，默认了我们的解释。

这整个恐怖屋的焦点，是立于室内中心的发动装置，大名铁处女。它是一个粗略的女人形象，有点像钟的样子，或者说，做个更为贴近的类比，是在孩子们制作的方舟上的诺亚夫人的形象，却没有代表诺亚家族审美观的纤细腰肢和完美浑圆的臀部。要是创始人没有在前额部分塑造一个女人脸部的大致模样，人们根本不会认出它是有意模仿人形的。这台机器锈迹斑斑，却没有布满灰尘。一条绳子系在人形前部的一个环形物上，大概在腰部的位置，穿过一个滑轮，又系在支撑上层地板的木柱子上。管理员拉动绳子向我们展示，前面部分是像门那样一边有铰链的，然后我们看到，发动装置相当厚实，里面只留有够放进一个人的空间。门也同样厚实和沉重，因为管理员使尽全力，并借助于滑轮这个东西，才把它打开。这个重量，部分是由于门有意做得很大，因此重力就往下压了，这样，当张力释放时，它就可以自动关上。内部布满了蜂巢状的铁锈——不，不是的，历经岁月的铁锈本身是不可能把铁墙侵蚀得如此之深的，残酷的斑斑锈点颜色真的很深！然而，只有当我们走近来看门内时，才完全明白了设计的险恶毒辣。门内部有几个方形大长钉子，底部很宽，尖端很利，当门关上时，上面那些钉子就会刺穿牺牲者的眼睛，而下面那些，则刺穿心脏和要害部位。这景象对可怜的艾米莉亚来说，实在是太过了，这次她昏死了过去，我不得不把她抱下楼梯，把她放在外面的长椅上，直到她苏醒。她对此事的直接感受，日后在我大儿子的身上显示了出来，至今，他的胸口还有一块粗略的胎记，全家人一致认为，它正代表了纽伦堡的铁处女。

当我们回到那间内室时，发现哈奇森仍然面对着铁处女，显然一直在思考，现在开始郑重其事地向我们端出他的思考成果了。

“华尔，在夫人克服昏厥的时候，我想我在这儿学到了一些东西。我发现在大气磅礴方面，我们这边远远落后了。我们凭空以为在令人不舒服这一点上，印第安人可以给我们挣分，但我想你们历史悠久的中世纪治安维护者，每次都可以更上一级。分裂人在恐吓印第安妇人方面已经做得够好了，但这儿这位女士比他更魔高一尺。虽然钉子边缘的锋芒已经被空气侵蚀了，但尖端仍然锐利无比。要是能带些这个玩具的样本给我们的印第安人，让他们给保守党寄一些去，只是为了把他们吓得屁滚尿流的，还有那些印第安妇人，让她们看看古老的文明是如何胜过她们的绝活的，那就好了。

想想看，要是我进入那个盒子待上一分钟，是什么感觉！”

“噢，不！不要！”艾米莉亚说，“太可怕了！”

“猜猜看嘛，夫人，对喜爱探索的头脑来说，没有什么事是太可怕的。我这一生有过一些奇怪的境遇。曾在一匹死马的身体里待过一夜，任蒙大拿州的草原大火从我身上掠过；另外一次是睡在死公牛的身子里，在印第安科曼奇族作战的路上，我根本不在乎把自己的访问卡[①]留给他们。我曾在新墨西哥州的比利·布朗乔金矿隧道里待过两天。我们设置布法罗大桥基座时，沉箱滑往一边，我是被关在里面大半天的四人之一。我一次都没有因为害怕而躲避奇怪的遭遇，现在也没打算起这样的头！”

我们看出他想尝试，于是我说：“嗯，那就快点，老伙计，快进快出，如何？”

“遵命，将军，”他说，“但我估计我们还没准备好呢。那位先生，就是站在那个金属筒里的我的前任，还不想给我腾位置呢——不是很情愿！我猜在那一记重击之前，还有一些捆绑的前戏。我想公平公正地进入这个家伙的身子里，所以我首先必须得被正儿八经地固定好。我敢说这位笨手笨脚的老先生能够举得起几根细绳，把我按样本那样绑起来？”

这话是带着问号对老管理员说的，而管理员，虽然也许未能完全领会方言和意象的微妙，但大体还是明白了话的意思，摇头回绝了。然而，他的反对只是官方的反应，并不是没有回旋的余地。美

① 相当于现在的名片。

国人突然把一块金币塞进他的手里，说："拿着，伙计！这是你的运气，别害怕。又不是要你去扎领带的晚会上帮忙！"管理员弄来一些磨损了的细绳，非常细致地把我们的同伴绑了起来。当他的上身绑好时，哈奇森说：

"等一下，法官。要你把我搬进那个金属筒，我太重了。你只要让我走进去，然后你就可以摆弄我的腿了！"

说话的当儿，他已经后退进入刚好够容纳他的空处，紧紧贴着，不大不小。艾米莉亚满眼恐惧地看着，但明显地不想说什么。接着管理员把美国人的双脚绑在一起，大功告成。这样，他现在绝对是无依无助了，被固定在自愿选择的监狱里。他似乎真的很享受这种感觉，总是挂在脸上的笑容绽开成一朵花，他说：

"我猜这个夏娃是用一个侏儒的肋骨做成的！都没有多少空隙让一个发育完全的美国公民硬挤。在爱达荷州，我们的棺材都做得比这个大。现在，法官，你只要把门放下来，慢慢地，放到我身上。我想感受其他多事之人在那些尖钉开始朝他们的眼睛逼近时，曾经体验过的快乐！"

"噢，不！不！不要！"艾米莉亚歇斯底里地爆发了，"太可怕了！我看不下去了！我不能！我不能！"

但美国人很执拗。"我说，上校，"他说，"为何不带夫人出去散散步？我决不想伤害她的感情，但我现在都在这儿了，穿越八千英里才来到这个地方，要我放弃我梦寐以求的体验，是不是太难了？一个人可不是天天都可以尝到像是装在罐头里的感觉！我和法官在这儿很快把事办完，然后你们回来了，我们将一块儿开怀大笑！”

天生的好奇心再一次胜出，艾米莉亚留了下来，当管理员开始一点点地放松控制铁门的绳子时，她紧紧地抓着我的手臂，抖个不停。哈奇森的眼睛追随着尖钉的最初移动，满脸容光焕发。

“华尔！”他说，“我想自离开纽约，我再没有过这样的享受。除了在瓦平[①]和一个法国水手打架——而那也不过像一次野餐而已——我在这片腐朽的大陆上，还没找到真正的乐子呢，既没有美洲灰熊，又没有印第安人，连男人都穿高跟靴子。慢点，法官！不要草草了事！我可是为这游戏付了钱的，得好好表演——我愿意！”

在这座恐怖的塔楼里工作，那管理员肯定具有他的许多前任所拥有的某些特质，因为他能刻意地以极缓慢的速度操控发动装置，五分钟了，门的外部边缘还没有移动到之前一半的幅度。这可把艾米莉亚折磨坏了，我看到她的嘴唇发白，感到抓着我的手臂的力度减弱了。我匆忙环顾四周，看有什么地方可以把她放下，当我再看她时，发现她的眼睛死死地盯着铁处女的旁侧。循着眼光的方向，我看到那只黑猫蜷伏地躲在视野之外。她绿色的眼睛在昏暗里像安全灯般闪亮，脏了她毛发、红了她嘴巴的血迹，使之更为醒目。我叫起来：

“猫！小心那猫！”说时迟那时快，她跳到了发动装置前面。此刻的她，看起来像个获胜的魔鬼。她的眼睛燃烧着凶光，她的毛发直竖，似乎比平时的她大了一倍，还有她的尾巴甩动着，跟老虎

① 瓦平位于泰晤士河北岸，是处决海盗和其他水上犯罪分子的地方。

在猎物当前时甩尾巴那样。伊莱亚斯·哈奇森看到她，被逗乐了，他的眼睛闪着调皮的光，说：

“该死，如果印第安妇人还没有化好她的战装[①]！要是她来跟我玩什么花招，就把她赶走，因为我已经被老板永远地固定住了，真该死，要是她想要我的眼睛的话，我能够不看她就好了！小心点，法官！千万不要松了绳子，否则我就玩完啦！”

这时，艾米莉亚昏了过去，我不得不揽住她的腰，要不她就跌到地板上了。照顾她的当儿，我看到那黑猫做出弹跳前的蹲伏，接着跳了起来，展示出十足的兽性。

就在那一刹那，伴着一种地狱般的凄厉叫声，她把自己直接投向了管理员，而不是我们以为的哈奇森。她的爪子狂野地乱舞，像人们在中国画里看到的巨龙发怒一样，我望过去时，看到有只爪子直落那可怜人的眼睛，实际上撕破了它，一直裂到下面的脸颊，留下一道宽宽的血口，鲜血似乎从每一根静脉喷涌而出。

甚至在痛感到来之前，一声极为恐怖的喊叫就已经脱口而出，管理员本能地往后跳，控制铁门的绳子从手中掉落了。我跳起来想抓住它，但是太晚了，绳子如闪电般随着滑轮组跑动，那个大家伙依靠自身的重力向前运行。

门关上的时候，我瞥见我们可怜的旅伴的面孔。他似乎吓呆了。他的眼睛带着可怕的痛苦直瞪着，好像失魂落魄一般，他的唇间，没有发出一丝声响。

---

① 印第安人出征前涂在脸上和身上的颜料。

然后，尖钉执行了它们的任务。所幸的是，一切结束得很快，当我扳开门时，它们已经深深地刺穿过去，卡在头骨里面了。它们压碎了头骨，实际上把他——已经不再是他了——撕裂开来，门打开后，他脱离了他的铁监狱盒子，还像被绑着时那样，随后，是令人作呕的砰的一声，他全身落到地板上，脸朝着上面。

我冲到太太身边，把她抬起来，扛到外面，因为我害怕她从昏迷中醒来，看到这样一幅场景。我把她放到外面的长椅上，又跑了回来。靠着木柱子，管理员正在痛苦地呻吟，用血红的手帕压着他的眼睛。而那只猫，正坐在可怜的美国人的头上，舔着从被刺穿的眼窝里淌下的鲜血，高兴地发出响亮的咕噜声。

我想没人会说我残忍，我抓起一把古老的行刑利剑，将坐在那里的她，一劈两半。

生生不息的黄金之谜

当玛格丽特·达兰特去布伦特的洛克庄园生活时，整个街坊四邻嗅到了一股崭新的丑闻的气息。不管是达兰特家族，还是洛克庄园的布伦特家族，闹出的丑闻可真不少，要是把全郡的过往秘密全记录下来，就会发现，这两个名字是很突出的代表。两家的社会地位相差悬殊，以至于似乎分属不同的大陆，或者说分属不同的世界也可以，因而迄今为止，他们的运行轨道从未相交。布伦特家族，在整个国家占据独特的社会优势，享有很高的待遇，远远高于玛格丽特·达兰特所属的自耕农阶层，并且因西班牙名门贵族出身，而凌驾于他家的佃农之上。

和布伦特家族一样，达兰特家族历史久远，他们以自己的方式据此为傲。但是这个家族从未摆脱务农的命运而向上突破，虽然在与外国交火和国家保护政策的好年头，他们曾做得挺不错，但在自由贸易和“太平盛世”的炙热里，他们的财富萎缩了。正如老一辈家族成员断言的那样，他们已经“依附于土地”，接受身体和灵魂扎根于土地的结果。实际上，他们已经选择了蔬菜般的生活，和植物一样生长——在好时节开花兴旺，在坏时节衰败凋零。他们租种的土地，丹德小农场，似乎已被算计好了，成为居住其间的家庭的典型。后人逐渐衰落了，一代不如一代，在这期间，家族时不时地派些不安分的家伙去当兵或者做水手，他们都只做到卑微的级别，就止步不前了，究其原因，不是英勇未被赏识，就是不思进取——意识到再往上走，他们将无法胜任。因此，一步一步地，家族地位越跌越低，男人们冥思苦想，闷闷不乐，好酒贪杯，烂醉至死；女人们在家里辛苦劳碌，或者下嫁给比她们地位更低的男人，或者更差。时光流逝，这一切都随风而去了，现在只剩下两个人还在小农场里，威克汉姆·达兰特和他的妹妹玛格丽特。两人分别继承了家族男性和女性的不良性情，虽然表现形式不同，但阴郁悲伤、风骚性感和鲁莽轻率的行为准则，却如出一辙。

布伦特家族的历史演变与此类似，但衰败的过程以贵族式而非庶民式的形态呈现。他们也派人上战场，但地位不同，常常获取荣誉——因为毫无瑕疵而勇敢高尚，在花天酒地的放纵把他们的身体搞垮之前，就已经完成了英勇善战的壮举。

家族目前的元首——如果直系血脉仅有一人留存，也能称为家族的话——是杰弗里。他几乎代表一个气数将尽的种族的类型，在某些方面显示出最聪颖出色的品质，而在其他方面，却异常堕落潦倒。他也许可以和画家们留存给我们的那些意大利古老贵族相提并论，带着勇气、狂妄，以及肉欲和残酷并存的精致——实际上就是具有恶魔潜质的酒色之徒。他毫无疑问是英俊的，深肤色，鹰钩鼻，居高临下的美色，女人们普遍将之归为优良物种。对男人，他疏远而冷淡，但这样的行为举止从未阻碍女人们为之神魂颠倒。谜一般的性别规律就是这么安排的，即便是一个胆怯的女人，也不害怕冷酷无情、傲慢自大的男人。因此，生活在布伦特的洛克庄园视野范围之内的女人，不管属于哪个种类或处于哪个阶层，几乎没有一个不对这位英俊的废物心怀一些秘密的爱慕之情的。这个视野范围非常宽泛，因为布伦特的洛克庄园是在一片平坦的地域中心陡然突起，在方圆一百英里之内，又处于地平线上，有着高高的楼塔，还有好似切割过平齐的树林边缘、力压整个村庄的陡斜的屋顶，以及散布得很远的宅邸。

只要杰弗里·布伦特将他声色犬马的生活局限于伦敦、巴黎和维也纳——他的家乡听闻不到的任何地方——舆论便是静默的。倾听远处的回音，我们容易无动于衷，或以不信，或以轻蔑，或以鄙视，或以适合我们的任何冷淡态度，轻描淡写地对待它们。但丑事发生在家附近，就是另外一回事了。在每个社区，人们身上还未完全泯灭的既独立又融合的情感，会表明立场，要求谴责的声音得以传达。不过仍然会保留一定程度的含蓄，绝不会毫无必要地超出既有的事实。玛格丽特·达兰特表现得如此无畏和公开——她接受自己作为杰弗里·布伦特的合法伴侣的地位，接受得如此自然而然，以至于人们开始相信，她已经和他秘密成婚了，因此，大家认为最好管住自己的舌头，免得时间证明她的合法性，而徒然与她为敌，日后结怨。

有一个人，如果介入的话，能够解除所有的疑惑，却被现实情形阻挡，无法介入此事。威克汉姆·达兰特和他妹妹吵了一架，也或许是她和他吵了一架，两人不仅吵得火力相当，仇恨也势均力敌。争吵发生在玛格丽特去布伦特的洛克庄园之前。她和威克汉姆差点动了手。双方肯定互相威胁恐吓了，最后，气急败坏的威克汉姆命令他妹妹滚离他家。她立马站了起来，甚至连自己的私人物品都没有收拾，就走出了家门。走到门槛那里，她驻足片刻，对威克汉姆撂下一句狠话：他将为他当天的行为羞愧悔恨，痛苦绝望，直到生命的最后一个小时。几个星期过去，街坊邻舍都认为玛格丽特去了伦敦，直到有一天她突然现身，和杰弗里一起驾车外出。天黑之前，整个地区的人都知道她已经在洛克庄园栖身了。布伦特出人意料地回来，没什么好奇怪的，因为这是他的惯常做派。甚至他自己的仆人都从不知道什么时候恭候他，因为家里有扇私人进出的门，只他一人有钥匙，有时他进到屋子，房里都没有一个人觉察到他进来了。在长期的无影无踪之后，这是他通常的再现方式。

威克汉姆对这消息大光其火。他发誓报复——为了让他的头脑和盛怒保持相当水平，酒喝得比以往更多了。他试了几次要求面见妹妹，然而她轻蔑地拒绝了。他试图和布伦特谈一谈，也被拒绝了。然后他想在路上拦住他，但徒劳无功，因为杰弗里可不是那种可以逆其意随意被挡下的人。两个男人实际上只相遇了几次，被恐吓威胁和避免碰面的次数更多。最终，威克汉姆·达兰特只好接受了郁郁寡欢、满腔仇恨的状况。

玛格丽特也好，杰弗里也好，都不是平和安静的性情，没多久，他们开始拌嘴了。一件事引发另一件事，布伦特的洛克庄园里，酒水任意乱流。时不时地，争吵呈现尖锐的冲突，毫不妥协的言语你来我往。恐吓谩骂，让听到争吵的仆人们相当惊惧。不过这样的争吵总体上像家庭口角那样终结，双方和解，并且对与他们的表现成比例的战斗力表示彼此的敬意。普天之下，有一类人，发觉吵架本身非常有趣刺激，没有理由认为，家庭状况良好，就可以减弱其效力。杰弗里和玛格丽特偶尔会离开布伦特的洛克庄园，每次发生这样的情形，威克汉姆·达兰特也赶紧离开家，但他得到消息通常太迟了，总是错过他们，每次回到家里，他的心情比之前更为苦涩和不快。

终于，机会来了，他俩要离开布伦特的洛克庄园的时间比以往更长。就在几天前，发生了一场比之前任何一次都激烈的争吵，不过这一次也和好了，当着仆人们的面，还提到了要去欧洲大陆旅行。几天后，威克汉姆·达兰特也外出了，过了几个星期才回到家里。大家注意到，他浑身充满了新的骄傲——满足、兴奋，不知道如何形容才恰当。他直接去了布伦特的洛克庄园，要求面见杰弗里·布伦特，当被告知主人还没有回来时，他带着令仆人们注目的严厉口吻说：

“我会再来。我说话算数，走着瞧！”然后转身走了。一个星期接着一个星期过去了，一个月接着一个月过去了，传来流言，在采尔马特峡谷，发生了一起事故，这个消息后来得到了证实。在穿过一处危险的关口时，载着一位英国女士和马车夫的四轮马车跌下了峭壁，而同行的杰弗里·布伦特先生，因为走上坡去安抚马匹而得以幸免。他给出了证词，搜救工作展开了。折断的围栏、擦花的路面、马匹最终栽进激流前在下跌处挣扎的痕迹，无一不在诉说这个悲伤的故事。那是一个潮湿的季节，冬天下了很多雪，因此河水比平常涨高了不少，漩涡带着冰块在水面上打转。搜救工作很仔细，最终，人们在河水的涡流里发现了马车的残余，还有一匹马的尸身。后来，马车夫的尸体也在靠近塔什的一片激流扫掠的荒野沙地找到了。然而，那位女士的尸体，连同另外一匹马，还有那时车上的所有东西，却一直没有找到，该是在罗纳河的旋流里打转，一直被冲到日内瓦湖了吧。

威克汉姆·达兰特四处打听，都没能探听到那位失踪的女士的蛛丝马迹。可是，在不同的旅店里，他发现登记簿上留下的名字，都是“杰弗里·布伦特先生及夫人”。他在采尔马特以他妹妹的婚后名，立了一块石碑，以示纪念，并在布伦特的洛克庄园和达兰特的小农场同属的教区——布雷顿的教堂里，竖起了一块碑牌。

差不多一年后，这件事掀起的波澜已经退息，整个街邻又恢复到老样子。布伦特仍然出门在外，达兰特比以往更烂醉如泥，更阴郁孤僻，更满腔仇恨。

然后，令人兴奋的消息传来了。布伦特的洛克庄园正在做准备，迎接新的女主人。消息是杰弗里本人正式发布的，他在写给教区牧师的信里，说他已于数月之前，娶了一位意大利女士，他们现在在回家的路上。接着一支装修小队进入房子，响起了锤子和刨子的声音，糨糊和油漆的气味弥漫在空气里。老房子的南边耳房完全翻修一新。然后装修队离开了，只留下等杰弗里回来后装修老厅堂的材料，因为他已经下令，那里的装修必须在他的眼皮子底下进行。他随身带着新娘父亲房子的厅堂详图，因为他希望为她重现她已经习惯了的环境。由于装饰线要全部重做，一些脚手架的杆子和板子被拿了进来，放在大厅的一边，还有一个用来混合石灰的木箱或者盒子，旁边堆着石灰袋。

布伦特的洛克庄园的新女主人到达时，教堂的钟声齐响，一派喜气。她是一个美人儿，充满了南方的诗意、火热和激情。她只会几句英语，说得如此甜美和蹩脚，大家完全被她音乐般的声音和温柔的黑眼睛征服了。

杰弗里·布伦特看起来似乎比以往更幸福，但他脸上有种阴沉、焦虑的神色，对那些熟悉他的人来说，这是未曾见过的。他还时不时地打激灵，好像听到了一些别人听不到的声音。

几个月就这样过去了，大家交头接耳，说布伦特的洛克庄园终于要后继有人了。杰弗里对他妻子非常温柔，两人之间的新纽带似乎软化了他。他比以往更关心他的佃户以及他们的需求。他自己，同时还代表他年轻可爱的妻子，大做善事。他似乎把他的全部希望，寄托在了即将到来的孩子身上。当他遥想未来时，脸上的乌云似乎渐渐地消散了。

威克汉姆一直在培育他的报复之意。在他内心深处，复仇的欲念已经成长，只需等待一个机会，就能具体成形。他模糊的念头大概集中在布伦特的妻子身上，因为他知道，打击一个人的最好办法，莫过于伤害他至亲至爱的人，而他渴求的机会的到来，似乎正捂在子宫里。一个晚上，他独自坐在家中客厅里。这曾是一间漂亮的屋子，但时光流转和疏于打理侵蚀了它，如今它只比一座废墟好一点点，毫无尊严和美感。他已经胡喝乱饮好一阵子了，精神恍惚，昏昏沉沉。他觉得听到一种声音，好像有人站在门口，于是抬头望过去。然后他粗野地大吼“进来”，却没有回应。他低声咒骂一声上帝，又开始喝了起来。很快，他忘记了周遭的一切，陷入昏沉茫然，但突然醒了过来，看到一个像他妹妹似的残破的鬼影，像人又像物，站在他面前。起初他感到害怕。站在他面前的女人，面貌变形，双眼喷火，几乎不成人样，唯一可以确定是他妹妹的，是她一直拥有的一头浓密的金发，现在间有几丝白发了。她久久地、冷冷地盯着她的哥哥，而他也盯着她，开始意识到她确实在这里。带着曾经有过的恨意，他心中的怒火再次升腾，过去一年的压抑苦闷和不得其解，立刻化为一个声音，他问她：

“你干吗在这里？你已经死了，埋了。”

“我在这里，威克汉姆·达兰特，不是因为爱你，而是因为比起你，我更恨另外一个人！”她的眼里，一种强烈的情感在闪烁。

“他？”他问道，虽然如耳语般，却凶猛激烈，以至于那女人吓了一跳，才重又恢复镇静。

“是的，他！”她答道，“但别搞错了，复仇是我自己的事，我只是借用你来达成目的。”

威克汉姆突然问：“他娶你没有？”

女人扭曲的脸变宽了，像鬼想笑。这是一种骇人的嘲笑，因为碎裂的五官和接合的伤疤的形状和颜色十分怪异，由于紧绷的肌肉扯着未愈的瘢痕，古怪的白线暴露了出来。

“这么说，你想知道！你妹妹真的结婚了，会满足你的虚荣！哦，你不该知道。这是我对你的报复，这一点，一丝儿也不会改变。我今晚来这里，只是让你知道我还活着，这样，我要去往的地方，如果发生什么不测，也好有个证人。”

“你要去哪里？”她哥哥盘问。

“那是我的事！我根本没打算让你知道！”威克汉姆站起来，但酒精的作用使他眩晕而倒地。他躺在地上的时候，扬言要跟踪他妹妹。他胆汁质的气质大爆发，跟她说他将借着她头发的光彩，还有她的美色，穿越黑暗而尾随她。听到这话，她转向他，说除了他，还有人会对她的头发和美色感到悔恨。“他会的，”她发出嘶嘶的声音，“因为美色虽去，但头发仍存。当他拿掉马车的车轴销，把我们从峭壁处送进激流里时，压根儿没想到我的美貌。要是他像我一样在菲斯普[①]的礁石间的水中打转，冻僵在流水中的浮冰上，或许他的美貌也和我的一样，伤痕累累。但他得小心点！他的时间到了！”她怒气冲冲地打开大门，消逝于夜色之中。

---

① 地名，在瑞士。

那个晚上晚些时候，半睡半醒的布伦特夫人，突然醒了过来，对她丈夫说：

“杰弗里，我们窗下的哪个地方，是不是有个锁发出了咔嗒声？”

然而杰弗里——虽然她认为他也被那声音吓了一跳——似乎睡得很香，呼吸粗重。布伦特夫人又睡了过去，但这一次，却是被她丈夫半裸起身而惊醒。他脸色死白，当他手中台灯的光照到他脸上时，她被他眼里的神色吓住了。

“怎么啦，杰弗里？你干吗？”她问。

“嘘！小家伙，”他答道，声音怪异嘶哑，“睡吧。我睡不着，想去做完没干完的活儿。”

“拿来这里做吧，亲爱的，”她说，“我独自一人，你不在身边，感到害怕。”

作为回答，他只是吻了她一下，然后出去了，把门在身后关上。她睁着眼睛躺了一会儿，然后睡意袭来，又睡着了。

突然，她耳里一阵似曾相识的哭声将她惊醒，睡意全消。哭声窒息压抑，好像从不远处的哪个地方传来。她跳起来，跑到门口倾听，却没有任何声响。她替丈夫担心起来，于是大喊：“杰弗里！杰弗里！”

过了一会儿，大厅的门打开了，杰弗里出现在门口，但没有拿着台灯。

“嘘！”他说，声音虽然低沉，却冷酷严厉，“嘘！去睡觉！我正忙着呢，不喜欢受干扰。去睡觉，不要吵醒整座房子里的人！”

她心里一阵寒冷，因为丈夫声音里的冷酷对她而言，是新鲜事物。她爬回床上，躺在那里，身子发抖，仔细倾听每一点声响，因为太害怕而哭不出来。房子里一片静默，良久之后，是一些铁器沉闷的击打声！接着，一块大石头跌落的咚隆声传来，随后是一声低声诅咒。然后是拖拉的声音，再然后，是石头落在石头上的噪声。她一直躺着，怕得要死，心跳剧烈。她听到一种不寻常的刮擦声，然后就悄无声息了。没多久，门轻轻地打开，杰弗里回来了。他妻子假装睡着了，但透过睫毛，她看到他把手上看起来像石灰的东西洗掉了[①]。

早上，他对头晚的事只字不提，而她也不敢问任何问题。

从那天起，杰弗里·布伦特的身上，似乎笼罩着一层阴影。他改变了原来的吃睡习惯，而他以前突然转头，好像听到背后有人说话的老毛病又犯了。老厅堂对他似乎具有某种吸引力。白天，他老往那里跑，要是有人，包括他妻子，进入厅堂，他就会变得很不耐烦。当建筑工头来询问后续工作时，杰弗里正好不在，工头进入厅堂。杰弗里回到家，仆人告诉他工头来了，现在在哪里，他恶狠狠地骂了一句，把仆人推到一边，急匆匆地朝厅堂跑去。杰弗里冲进房间时，工头也正朝外面跑，两人差点在门口撞上了。工头道歉道：

“对不起，先生，我正想出来问些事情。我让人送了十二袋石

---

① 除了作为一种建筑材料，生石灰由于其高碱性，也在大型墓地广泛用于处理尸体。

灰到这里，但只看到十袋。”

“去他妈的十袋，还有十二袋！”得到的是这样粗鲁无礼、深奥难解的回答。

工头看起来很惊讶，试图调转话题。

“明白了，先生，还有件小事，肯定是我们的人做的，但主管肯定会将它纠正过来，费用自担。”

“你什么意思？”

“就是那块壁炉底石，先生，哪个傻瓜肯定把脚手架的杆子放在了上面，中间那里开裂了，它很厚实，什么东西都可以放到上面。”杰弗里足足沉默了一分钟，接着态度缓和了，以克制的口吻说：

“跟你的人说，目前厅堂的工作暂停。我想就这样再放一阵子。”

“好吧，先生。我会派些小子过来，把这些杆子和石灰袋拿走，把这地方清理干净。”

“不！不用！”杰弗里说，“就这个样子好了。我会派人告诉你什么时候再开工的。”于是工头走了，他对老板是这么报告的：

“我会把已经完工部分的账单寄过去，先生。我觉得那地方资金出了问题。”

有一两次，达兰特试图在路上截住布伦特，最终发现无法达到目的，于是跟在马车后面大喊：

“我妹妹，也就是你老婆，究竟怎么样了？”杰弗里抽打着马匹，驾车疾奔，而那个喊话的人，看到他苍白的脸，还有他妻子快要昏厥的样子，目的达到了，便怒容满面，大笑一声，扬长而去。

那个晚上，杰弗里进入厅堂，直奔大壁炉而去，他吓得猛地向后一退，低声叫了起来。然后，他强自镇定下来，走开了，带着一盏灯折了回来。他俯身往破裂的壁炉石望去，想看看是不是从窗户透进来的月光欺骗了他的眼睛。接着，带着痛苦的呻吟，他双膝一软，跪倒在地。

那儿，肯定的，穿过破壁炉石的裂缝，伸出许多金色的发丝，还略显灰白！

门口的声音惊扰了他，他转身看去，发现他妻子正站在门口。为了防止秘密曝光，他不顾一切地采取行动，用灯火点亮了一根火柴，弯下腰，烧掉从破裂处生出的头发。然后尽量不动声色地直起身子，假装惊讶地发现已站在身边的妻子。

接下来的那个星期，他处于水深火热之中，不管是有意还是无意，他发觉自己无法独自待在厅堂里，哪怕片刻时间。每次去到那里，总有新的头发从裂缝处长出来，他不得不密切关注，唯恐他可怕的秘密被人发现。他试图在房子外面为那个被谋杀的女人的身子找个容器，但总是有人打断他。有一次，他从那扇私人进出的门出来，碰到了他的妻子，她开始盘问他，他只好勉强给她看了钥匙，她对以前没有注意到这扇门表示大为惊讶。他深深地爱着他的妻子，因此，任何让她发现他不可告人的秘密的可能性，或者甚至是怀疑他的可能性，都会令他痛苦不堪。几天过去，他不得不得出这个结论：至少，她开始怀疑什么了。

“杰弗里，我已经和达兰特那个人讲过话了，他说了些可怕的事情。他告诉我，一个星期之前，他妹妹回到家里，残破腐烂，不复从前的样子，只有她的金发照旧，她还扬言要做一些残忍的事情。他问我她在哪儿——噢，杰弗里，她死了，她死了！那她怎么能够回来？噢！我生活在恐惧中，我不知道转向何处求救！”

作为回答，杰弗里破口诅咒上帝，骂不绝口，把她吓得发抖。他咒骂达兰特还有他的妹妹，以及他们那一类人，他还特别诅咒了她的金发，一咒再咒。

“噢，嘘！嘘！”她阻止道，然后两人都不作声了。看到他气质里的邪恶效应，她感到畏惧。盛怒之下，杰弗里站起来，离开了炉边，但突然停下来，因为他在妻子的眼里，看到了一种新的惊恐。他循着她目光看去，然后他自己也颤抖起来，因为在破裂的壁炉石上，一绺金发赫然在目，发梢穿过裂缝，向上伸出。

“看，看！”她尖叫起来，“那是不是什么鬼！走开，走开！”她狂乱地抓住丈夫的手腕，拉着他离开了房间。

那个晚上，她发起了高烧。本区的医生立刻过来检查了，并向伦敦发了电报，请求特别支援。杰弗里感到绝望，处于危险之中的年轻妻子令他痛苦不堪，几乎忘了他自己的罪行和后果。晚上的时候，医生得去看别的病人，交代杰弗里照顾他的妻子。医生最后说的话是：

“记住，你必须顺从迁就她，直到我早上过来，或者有其他医生照管。最忌讳的是情绪上再受一次打击。注意保暖。除此之外，别无他法。”

当晚晚些时候，房里的其他人都已休息了，杰弗里的妻子从床上起身，呼唤丈夫。

“过来！”她说，“去老厅堂！我知道金子从哪里来的了！我想去看它生长！”

杰弗里想阻止她，但不顺从的话，又害怕危及她的生命，生怕她突然发作，尖声喊出她的怀疑。眼看劝阻无用，于是他用一块温暖的围毯将她裹好，和她一起走去老厅堂。他们进入房间时，她转身关上门，并上了锁。

“今晚，我不想有陌生人插在我们三人之间！”她带着病态的微笑，低声耳语。

“我们三个！可我们只有两个人。”杰弗里打了个激灵，不敢多说了。

“坐在这儿，”他妻子把灯灭了，说，“坐在炉边，看金子生长。银色的月光都会妒忌！看月光在地板上悄然前行，朝金子进发——我们的金子！”杰弗里越来越害怕，注意到在过去的几个小时里，从破炉石出来的金发，又生长了。他把双脚放在破裂处，试图将它掩盖，而他的妻子，把她的椅子拉过来，放在他旁边，斜过身子，头枕在他的肩膀上。

“现在别动了，亲爱的，”她说，“让我们静静地坐着，仔细观察。我们会发现生生不息的黄金之谜！”他把手臂伸过去揽住她，无声地坐着。月光静静地落在地板上，她睡着了。

他不敢惊动她，时间一点点过去，就这样沉默、苦恼地坐着。

在他惊恐的双眼之前，从破石处出来的金发长啊，长啊，随着它不断增长，他的心变得越来越冷，直到最后，他没有力气移动身子，只能满眼恐惧，坐看他的厄运降临。

伦敦医生早上到达的时候，杰弗里和他的妻子皆不见踪影。大伙儿逐个房间查找，都没找到。抱着最后一线希望，他们撞开厅堂大门，看到了惨不忍睹的一幕。

在废弃不用的壁炉旁边，杰弗里和他年轻的妻子坐在椅子上，冰冷苍白，已经死了。她的脸平静祥和，眼睛像睡觉似的闭着，但他的脸却使所有看到的人毛骨悚然，因为它呈现出一种无法言说的惊恐表情：双眼大张，呆滞地瞪着他的双脚，而他的双脚，丝丝缕缕地缠满了从裂开的炉底石里伸出的金发，间杂灰白。

吉卜赛人的预言

“我真的认为，”医生说，“至少，我们中有个人该去试试，看那是不是骗人的。”

“好！”康西丁说，“晚饭后，我们带上雪茄，散步去营地。”

因此，晚餐结束，拉图尔酒喝完，乔舒亚·康西丁和他的朋友伯利医生，便步行去往荒野东边的吉卜赛人宿营地。他们离开的时候，已经送他俩走到花园尽头巷子口的玛丽·康西丁，在她丈夫身后喊道：

“注意啊，乔舒亚，给他们一个公平的机会，但不要泄露任何线索，让他们发财，可别和那些吉卜赛女郎调情。还有，要照顾好杰洛德，别让他受伤害。”

作为回答，康西丁举起手，好像在舞台上起誓的样子，并吹起《吉卜赛伯爵夫人》那首老歌的口哨。杰洛德也附和地吹了起来，然后，两人爆发出一阵欢快的笑声，随即沿着小径，走到公用草地，并时不时地转身朝玛丽挥挥手。她倚着门，在暮色里，目送着他们。

这是一个可爱的夏日傍晚，空气里洋溢着悠闲轻松、平和安宁的幸福味道，好像这对年轻夫妇天堂般的家里的那份宁静快乐向外扩散。康丁西的生活经历并不复杂。他所遭遇的唯一不顺是向玛丽求婚，遭到了她野心勃勃的父母的长期拒绝，因为他们希望唯一的女儿找到一位绝佳的配偶。当温斯顿先生和夫人发现这位律师对女儿的爱慕之情时，他们试图将他俩拆散，把女儿送去游历了一大圈，还要她承诺在外期间绝不与她的情人书信往来。然而，爱情，经受住了考验。分离和忽视似乎都没能将这位年轻人的激情冷却，他乐观的天性好像对妒忌这种情感懵懂无知，因此，漫长的等待之后，父母让步了，年轻人喜结连理。

他们已经在乡下别墅住了几个月，刚刚开始有了家的感觉。杰洛德·伯利是乔舒亚大学时期的老朋友，也曾经为玛丽的美貌倾倒。他一个星期前过来和他们待在一起，打算能够把在伦敦的工作抛开多久，就待多久。

当丈夫的身影从视线中完全消失不见了，玛丽回到房子里，在钢琴前坐下，弹奏了一个小时的门德尔松[①]。

穿过公用草地，只是一小段路，需要重续雪茄之前，两人已经到了吉卜赛人的宿营地。这地方和吉卜赛营地——当设置在村庄里，生意红火的时候——通常的那样，美丽别致。有几个人围着篝火，出钱算命，而大部分没钱的或者小气的人，则站在边界之外，却又

① 德国作曲家，其最知名的作品是《婚礼进行曲》。

近得可以观看一切正在进行的活动。

两位绅士走近时，认识乔舒亚的村民让了让路，一个长相漂亮、眼睛犀利的吉卜赛女孩轻快地走上来，说要给他们算命。乔舒亚伸出手，但女孩像没看见似的，样子非常古怪地盯着他的脸看。杰洛德用手肘轻轻地碰了他一下：

“你得给她钱，”他说，“这是谜团最重要的一部分。”乔舒亚从口袋里掏出一枚半克朗的硬币，递给她，但是，她看都没看，回答说：

“你得给更多的钱。”

杰洛德笑了起来。“作为一个主题，你很昂贵啊。”他说。乔舒亚是那种人——一切都好讲的那种——可以忍耐一个漂亮女孩盯着他看，于是，他思索一下，说道：

“好吧，给你，美丽的女孩，但你必须给我一个真正的好运。”他递给她半个金币，她收下了，说：

“好运坏运，不是我给得了的，我只能解读星相。”她拿起他的右手，把它转为手掌向上，但眼睛一看到它，就赶紧松开手，好像扔掉一个烫手的山芋似的，同时，带着一种受惊的表情，飞快地跑开了。她撩起占据在营地中心的大帐篷的帘子，闪身不见了。

“又被卖了！”杰洛德愤世嫉俗地说。乔舒亚有点惊愕地站着，不是很满意。他俩都看着大帐篷。过了一会儿，从开口处露面的，不是那个年轻的女子，而是一个模样庄重、仪态威严的中年妇女。

她现身的一刹那，整个营地似乎静止不动了。舌唇的喧闹、笑声、做事的杂音，有那么一两秒钟，全都被抑制住了。每一个男人或者女人，坐着的，蹲着的，卧着的，全都站了起来，面对着这位帝王风度的吉卜赛人。

“女王，当然了，”杰洛德小声嘀咕，“我们今晚真走运。”

吉卜赛女王搜索的眼光扫了一圈营地，然后，毫不迟疑地径直走过来，站在乔舒亚的面前。

“把手伸出来。”她以一种命令的口吻说。

杰洛德又一次悄悄地说：“离开学校后，还没人这样对我说过话。”

“你得给金币。”

“百分之百是在搞鬼把戏了。”当乔舒亚把另外半枚金币放在朝上的手掌上时，杰洛德耳语道。

吉卜赛人双眉紧锁地看着手纹，接着突然抬头看着他的脸，说：

“你有没有强烈的愿望——你有没有一颗真心，能为你的爱人英勇无畏？”

“我希望如此，但我恐怕没有那么自负，敢直接说‘是’。”

“那么我就替你回答，因为我在你的脸上读到了决心——必要的时候，那种孤注一掷、毅然决然的决心。你有一个你深爱的妻子？”

“是的。”断然坚决的回答。

“那么马上离开她，再也不要看到她的脸。现在就走开，当爱情新鲜，你的心能够摆脱邪恶的意念时。赶快走，走得远远的，不要再看到她的脸！”

乔舒亚马上抽回他的手，带着挖苦硬邦邦地说：“谢谢！”随即转身欲走。

“我说！”杰洛德说道，“你不能就这样走了，老朋友。犯不着跟星象或者他们的预言发火。还有，再说，你的金币，就这么算了吗？至少，把话听完嘛。”

“住口，粗俗小人！”女王命令道，“你根本不知道你在做什么。让他走，要是不警告他的话，他就能一无所知地走开。”

乔舒亚突然转回来。“无论如何，我们要把这事搞清楚，”他说，“现在，女士，你已经给了我忠告，可我付钱是为了算命。”

“小心！”吉卜赛人说，“星象已经沉寂了很久，还是让神秘包裹着它们吧。”

“亲爱的女士，我不是每天都会接触到神秘事物，而且我希望我的钱换来的是知识而不是无知。无知这种东西，我想要的话，可以免费得到。”

杰洛德随声附和。“至于说我，现在手头上正好存有一大堆卖不出去的无知。”

吉卜赛女王严厉地看着两个男人，然后说：“如你所愿。你已经做了选择，无视我的警告，轻率地提出请求。你上面有厄运！”

“阿门！”杰洛德说。

带着专横的姿态，女王又拿起乔舒亚的手，开始算命了。

“我看到这儿有血的涌动，短时间之内还会涌动，在我看来，是奔流。它流过一个断裂的指环。”

“接着说！”乔舒亚微笑着说。杰洛德没作声。

“还要我说得更明白吗？”

“当然啦，我们普通的凡人想要明确的东西。星象太遥远玄乎了，在信息传达的过程中，它们的言辞会变得有点晦涩难懂。”

吉卜赛人战栗了，然后令人印象深刻地开口说话。“这是一只杀人犯的手，杀死妻子的犯人！”她把手扔下，转身便走。

乔舒亚笑了起来。“知道吗，”他说，“我想，如果我是你的话，我该在预言这个体系里注入一些法理。比如，你说‘这是一只杀人犯的手’。嗯，不管它将来可能是什么，或者潜在可能是什么，目前它还不是。你应该这样描述你的预言，‘它将会是杀人犯的手’，或者，‘一个将会杀死他妻子的人的手’。在技术问题上，星象确实不怎么样。”

吉卜赛人没做任何回应，而是垂头丧气地慢慢走向她的帐篷，然后，撩开帘子，不见了。

两人转身回家，穿过荒野，谁都没有说话。不久，稍做犹豫之后，杰洛德开口了。

“当然了，老朋友，这全是一个笑话。很恐怖，但仍是一个笑话。不过，我俩保密是不是好一点？”

“你的意思是？“

“嗯，不要告诉你妻子。这可能会吓着她。”

“吓着她！我亲爱的杰洛德，你想什么呢？哎呀，她不会被吓着或者怕我的，即使所有那些不是来自波希米亚[①]的吉卜赛人都认为我要杀了她，或者甚至对她起坏心，她都不会有那样的闪念。”

---

① 在中欧，今捷克共和国的中西部。“波希米亚”曾是吉卜赛人的同义词，因为人们认为吉卜赛人起源于那里。

杰洛德告诫道：“老朋友，女人们很迷信，远比我们男人迷信，而且，她们被祝福，或者说是被诅咒，拥有一套对我们来说完全陌生的神经系统。在工作中，这我见多了，都习以为常了。听我的，别让她知道，否则你会吓着她的。”

乔舒亚的嘴唇不自觉地抿紧了，他回答说：“亲爱的老朋友，我不会对妻子隐瞒什么的。啊，这会在我们之间开启一种新的秩序。我们之间没有秘密。如果有，那你可能就会看到我们之间有种别扭。”

“还是那句话，”杰洛德说，“冒着不受欢迎的干涉之险，我再说一次，及时小心为好。”

“和吉卜赛人的话如出一辙，”乔舒亚说，“你和她异口同声。告诉我，这是不是密谋好了的？是你告诉我吉卜赛营地的，你是不是和女王陛下串通一气？”这话是带着一种打趣的一本正经说的。杰洛德保证是那天上午才听说了营地，但乔舒亚对朋友的每一个回答都取笑一番。在善意的逗弄中，时间过去了，他们走进别墅。

玛丽正坐在钢琴旁，但并没有弹奏。暗淡的暮光唤起了她胸中十分温柔的情感，她的眼里满含柔情的泪水。男人们进来时，她悄无声息地走到丈夫身边，吻了他。乔舒亚做出悲惨的样子。

“玛丽，”他声音低沉地说，“在你靠近我之前，听听命运之音。星象已经预言，劫数难逃。”

“是什么，亲爱的？说出来吧，但别吓我。”

“不吓你，亲爱的，但有一点，你知道了会更好些。不，有必要让你知道，这样你就可以提前做好安排，有条不紊地完成每一件事。”

“说下去，亲爱的，我在听。”

“玛丽·康西丁，你的雕像以后有可能放在杜莎夫人蜡像馆里，供人瞻仰。法理不严谨的星星们已经宣告残酷的消息，这只手沾满鲜血——你的血。玛丽！玛丽！天哪！”他向前跳起，不过太晚了，没抓住，她昏倒在地。

“我告诉过你，”杰洛德说，“你不像我这样了解她们。”

过了一会儿，玛丽从昏厥中苏醒，却进入歇斯底里的状态，又笑又哭又闹，胡言乱语：“让他离我远点，离我远点，乔舒亚，我的丈夫。”还有其他恳求和恐惧的言语。

乔舒亚·康西丁濒临痛苦的边缘，当玛丽终于平静下来，他跪在她的身边，吻她的脚、她的手、她的发，用尽甜美的名称呼唤她，说尽他的嘴唇能够表达的温言细语。整个晚上，他坐在她的床边，握着她的手。漫漫长夜，一直到清晨，她不断从梦中惊醒，害怕地大叫，直到意识到丈夫就在身边看护着她，才缓和过来。

第二天上午，早餐开得很晚，就餐的时候，乔舒亚收到一份电报，要他驾车去往差不多二十英里之外的威瑟灵。他不想去，但就算他留下来，玛丽也神志模糊地不知晓，因此，正午之前，他独自驾着狗拖车出发了。

他走后，玛丽退回她的房间。她没有出来吃午餐，但下午茶端到大柳树下的草坪上时，她出来和客人一起喝茶。她看起来已经从头晚的疾病中恢复过来了。几句随意的聊天后，她对杰洛德说：“昨晚确实太傻了，但我情不自禁地感到害怕。真的，要是让自己多想的话，我会感觉全身僵硬。但是，毕竟，这些人只是想象出事情来，而我有一个测试，保证可以证明那个预言是假的——如果它真的是假的的话。”她悲哀地补充道。

“你有什么主意？”杰洛德问。

“我要自己去吉卜赛人的宿营地，让女王替我算命。”

“好主意。我可以和你一起去吗？”

“噢，不！那样会坏事。她可能记得你而对我做出猜测，从而相应地说些合适她的话。今天下午我自己去。”

下午茶之后，玛丽·康西丁走去吉卜赛人的宿营地。杰洛德陪她一起走到公用草地靠近家里的这边，便独自折返了。

半个小时不到，杰洛德还躺在客厅的沙发上读书，玛丽进来了。她面色死白，情绪非常不稳定。刚跨过门槛，她就倒在地毯上，悲叹呻吟。杰洛德冲过去帮她，她费了很大的劲才控制住自己，示意他不要说话。他静静地等待着，这种顺从她的意愿的关注正是她最需要的，因此，几分钟后，她有点恢复了，告诉他发生了的事情。

“我到营地的时候，”她说，“好像一个人影儿都没有。我走到营地中心，站在那儿。突然，一个高个子女人站在我旁边。‘某种预感告诉我，有人要找我！’她说。我把手伸出去，放上一块银币。她从脖子上取下一个金色的小饰品，也把它放在那儿，然后，猛地抓起这两样东西，扔进旁边流淌的小溪。接着她拿起我的手，放在她的手里，说：‘在这个有罪的地方，除了血，什么都没有。’便转身走了。我抓住她，要她说详细点。犹豫了一阵子，她说：‘唉！唉！我看见你躺在你丈夫的脚下，他的手沾满了鲜血。’”

杰洛德根本没有感觉自在轻松，但他试图对此一笑置之。“肯定的，”他说，“这女人对谋杀有种狂热。”

“别笑，”玛丽说，“我受不了了。”然后，像是一阵突发的冲动，她离开了房间。

没多久，乔舒亚兴高采烈地回来了，长时间的驾车外出，他饿得像个打猎的人。他的出现使妻子开心，她似乎好多了，但她没有提起去吉卜赛人的营地这段插曲，因此杰洛德也没有说。似乎出于心照不宣的默认，整个晚上，这个话题都没有被提及。但玛丽的脸上有种奇怪、安妥的表情，杰洛德无法忽略不见。

上午，乔舒亚比平时晚下来吃早餐。玛丽已经起来了，很早就在房子里忙来忙去的，但随着时间渐渐过去，她似乎变得有点紧张，时不时焦虑地四下看看。

杰洛德注意到，享用早餐的人，没有一个对饭菜感到满意。并不是排骨太硬，而是刀具太钝了。当然，作为客人，他没有表露出来，但不久他看到乔舒亚无意识地用大拇指去试刀具的边缘。这一举动使得玛丽脸色转为苍白，差点昏了过去。

早餐后，他们都去到外面的草坪上。玛丽想扎一束花，对她的丈夫说：“亲爱的，给我弄些茶味玫瑰花来。”

乔舒亚从前院拉下一簇花，茎虽然弯曲了，但非常柔韧，难以折断。他把手伸进口袋掏小刀，没在那儿。“杰洛德，借用一下你的刀。”他说。但杰洛德也没有，于是他走进吃早餐的房间，从桌上拿了一把。他出来时一边试试刀刃，一边低声嘀咕：“这些刀到底都怎么啦，刀刃好像都磨掉了？”玛丽急忙转身离开，走进了房子。

乔舒亚试图用钝刀割断花茎，就像乡下厨子割断家禽的脖子一样，好似在校生割麻绳。费了些劲，他完成了任务。这簇玫瑰长得很茂密，所以他决定采一大束。

在放刀叉的餐柜里，他连一把锋利的小刀都找不到，于是他把玛丽叫过来，告诉她事情的原委。她看起来如此焦虑不安，如此苦恼沮丧，他一下子明白过来了，好像既惊愕又受伤，问她：

“你是说这都是你干的？”

她打断他：“噢，乔舒亚，我太害怕了。”

他顿住了，僵在那儿，脸上闪过苍白的神色。“玛丽！”他说，“这就是你对我的全部信任？我真不敢相信。”

“噢，乔舒亚！”她哀求地叫道，“原谅我。”并难过地哭了起来。

乔舒亚想了一会儿，然后说：“我明白了。我们最好结束这一切，否则我们都会疯掉。”

他跑进客厅。

“你去哪儿？”玛丽差不多是尖叫了。

杰洛德明白了他的意图——他不想因为迷信而一直被钝刀束缚，因此，当乔舒亚从落地长窗走出来，手里拿着一把大格尔卡刀[①]时，他并不吃惊。这把刀通常放在中央台上，是乔舒亚的哥哥从北印度寄给他的。那是一种品质优良的狩猎刀，兵乱期间，忠诚的格尔卡人就是用这种刀近距离地与敌作战，重创敌军的。它非常重，但抓在手里又均匀平衡，因而样子看着很轻巧，刀刃像剃刀一样。有一把这样的刀，格尔卡人可以把一只羊一切两半。

当玛丽看到他手里拿着武器走出房间，她惊恐痛苦地失声尖叫起来，头晚的歇斯底里立马再次发作了。

乔舒亚朝她跑去，看到她倒下，他把刀一扔，试图抓住她。

然而，他晚了一步。当他们看到她倒向裸露的刀锋时，两个男人同时惊恐地大叫起来。

杰洛德冲过去，发现倒下时，她的左手碰到了落在草地上部分朝上的刀锋。一些细小的血管被割破了，血从伤口处喷涌出来。当他包扎伤口时，指给乔舒亚看，结婚戒指被钢刀切断了。

他俩把昏迷的她抬进房子里。过了一阵，她胳膊吊在悬带上出来了，显得精神轻松，神情愉快。她对丈夫说：

“亲爱的，吉卜赛人的预言差一丁点儿就成为现实了。目前看来，真实发生的一切和预言太接近了。”

乔舒亚弯下腰，吻着那只受伤的手。

---

① 一种重而弯曲的尼泊尔刀，既可作为工具，亦可作为武器。

阿贝尔·本汉纳回来啦

漫长严寒的冬天过去，太阳似乎开始驻扎下来，早春四月，康沃尔的宾卡索尔小港轻快明亮。在天空渐渐地隐没于薄雾之中，海天相连的背景之下，岩石背衬色调渐变的蓝色，兀然阴暗地屹立着。悬崖下深不可测之处，密封的岩洞张着无情的大嘴，除了此处是深翠绿色之外，这片大海是真正的康沃尔色调——蔚蓝色。斜坡上，草色枯焦棕黄。荆豆丛的尖刺是灰白色的，但它们金黄色的花朵却顺着山坡蔓延流淌下来，在岩石裸露的地方，成行地浸漫出来，然后逐渐缩小为一片片、一点点，最终在海风横扫的突出的悬崖处，消失殆尽。那儿，海风似乎持有一把不停工作的空中剪刀，将所有的植被全部截断。整个山坡，棕黄的山体和亮黄的浮华，恰如一只巨型的金翼啄木鸟。

在高耸的悬崖之间，一块孤零零的礁石之后，小小的海港面向大海。那块礁石被许多穴洞和通风孔刺穿，暴风雨来临的时候，大海通过它们，传来雷鸣般的咆哮，还有喷涌漂流的泡沫。由此，海港宛如蛇行一般，向西蜿蜒，入口处左右两边，各有一条弧形的突堤，护卫着它。突堤做工粗陋，巨大的横梁由铁丝箍紧，固定住安置于尾端的深色石板。从那里，大海涌上布满岩石的溪流的河床。冬天，湍急的溪流冲破群山，远道而来。起初它很深，漫延变宽的地方，浅水处露出残破的岩石，这儿一片，那儿一片。岩石布满洞孔，退潮的时候，可以看见螃蟹和龙虾附在上面。乱石之间，竖立着一些牢固的杆子，用来牵引时常出入港口，沿岸航行的小船。更高处，溪流静水流深，因为虽然海潮深入内陆，但最猛烈的风暴的力量，已经在下面被破解掉了。内陆四分之一英里处，溪流水位很高，水很深，但在低潮的时候，河岸两边也裸露出和下面一样一小片、一小片残破的岩石。潮水消退之后，甘美的自然泉水从岩石的缝隙潺潺流过。这儿，也竖立着一些给渔夫们的船只系泊的柱子。溪流两边各有一排村舍，建在和涨潮时的水位几乎平齐的岸上。它们非常漂亮，坚固又舒适，前面是整洁的小型花园，种满了怀旧风味的花草，正在开花的醋栗、黄色的报春花、桂竹香、苔景天等等。很多房子的前墙上，攀爬着铁线莲和紫藤。所有房子的窗户和门柱，都洁白得像雪一般，通往房子的小径，铺着色彩淡雅的石头。有些门口带小小的门廊，而其他的，则放着用树干或者旧木桶做成的质朴的座凳。差不多每个窗台上，都摆放着栽种了花儿或者绿叶植物的盒子和罐子。

渔村有两个人正好隔河面对面住着。这两个人，都年轻、英俊、富足，自孩提时代起，就一直既是伙伴，又是对手。阿贝尔·本汉纳有着吉卜赛人的深肤色，这是腓尼基采矿人遗留下来的特征；埃里克·山森——当地古文物收藏家称为萨迦的变种——肤色白皙，气色红润，代表了粗犷古老的斯堪的纳维亚人。这两个人似乎从一开始就挑出对方，一块儿工作、奋斗，尽一切力量背靠背地站立，共同作战。现在，他俩把压顶石放在了联合体的堂宇之上，因为他们爱上了同一个女孩。莎拉·特里富西斯绝对是宾卡索尔最漂亮的女孩，很多年轻人都想追求她，但无论如何，最终都得和这两个人竞争，两者之一是全港最强壮、最坚定的人——要是没有另外一个的话。条件一般的男人，认为追求成功太困难了，基于这一点，他们对这三个人毫无善意好感。而条件一般的女子，唯恐更坏的结果发生，因而不得不忍受她们心上人的埋怨，还有埋怨里隐含的她们只是次佳选择的感受，肯定的，她们也视莎拉为眼中钉。结果，一年左右乡下人求爱的漫长过程中，这两男一女经常厮混在一起。他们自得其乐，所以也无所谓别人的态度，虚荣轻佻的莎拉，还以此不动声色地反击那些男人和女人呢。当一个年轻女人“外出”，炫耀身边只有一个并不那么令人满意的男人，却看到他色眯眯地盯着一个身旁有两位护花使者的更漂亮的女孩时，这绝对不是什么乐事。

终于，莎拉最害怕的时刻到来了，她一直尽力避免的时刻——在两个男人之间做出选择。她偏偏两个都喜欢，说真的，他俩任何一个都能满足哪怕要求更高的女孩的条件。但她的思维构成是这样的：想得更多的是她可能会失去什么，而不是可能会获得什么。每当她自以为下定了决心，又立刻变得十分困扰苦恼，怀疑自己的选择是否明智。那个她假想要失去的人，比起他如果被接受的话，总是能获得一种全新的、更加丰富多彩的优势。她分别对两人承诺，她生日那天，答案将会揭晓，而这一天，4 月 11 日，现在已经到来。承诺是私下里单个给出的，但两个男人都牢牢地记在心上。一大早，她就发现这两人在她的门口流连徘徊。他们都没有向对方吐露实情，只想寻求早点得到答案的机会，如果有必要的话，会提前做出请求。作为一种规矩，达蒙求婚的时候，是不会带上皮西厄斯①的，而两人的心里，自个儿的事务远比友谊的要求更高。因此，整个白天，他们不断和对方相遇。这种情形无疑让莎拉有点尴尬。虽然被人如此爱慕的虚荣心带给她的满足感，着实令人十分愉快，但某些时刻，她还是对两人都如此锲而不舍感到气恼。气恼时刻的唯一安慰，是她看见其他女孩子经过家门时，注意到她家有双人把守，妒忌充满了心田，脸上挂着一言难尽的微笑。莎拉的妈妈是个庸俗卑劣之辈，一直关注着事态的发展，她不厌其烦、直截了当地告诉女儿，要如此如此行事，以便最大限度地从两个男人身上捞取油水。带着这个目的，她狡猾地躲在女儿婚事的背后，尽可能地深藏不露，静观其变。起初，莎拉对母亲卑下的想法感到十分气愤，但是，一如既往地，她软弱的天性在坚持不懈面前让步了，现在她已到了消极接受的阶段。当母亲在房子后面的小院子里对她耳提面

① 在希腊神话里，达蒙和皮西厄斯代表信任、忠诚、真正的友谊。皮西厄斯被控密谋推翻暴君戴奥尼夏一世，被判死刑。达蒙以自己的性命替朋友皮西厄斯担保，让他回家向亲人作别。要是皮西厄斯未归，达蒙将被处死。最终，皮西厄斯按时回来了，戴奥尼夏深受感动，赦免了皮西厄斯。

命的时候，她并不感到吃惊。

“去山坡上待一会儿，我要跟这两位谈谈。他们两个都为你眼睛发红，现在是最好操纵的时候！”莎拉稍做抗议，但她母亲打断了她。

“告诉你，姑娘，我主意已定！两个人都想要你，只有一人可以如愿，但在你选择之前，照我说的做，你就能得到两个人的所有！别生气，孩子！去山上吧，等你回来，我会把事情解决掉——我有一条简单的妙计！”于是莎拉沿着金黄色荆豆花夹道的小路上山去了，而特里富西斯夫人则在小房子的客厅里，与这两个男人面谈。

她以天下所有母亲考虑到自己的孩子时，都会拥有的那种孤注一掷的勇气打开话题，全然不顾这些想法有多么卑鄙刻薄。

“你们两个，都爱我家莎拉！”

他俩羞怯的沉默，无声地同意了这露骨的说法。她继续说下去。

“你们两个有的都不多！”他俩再次安静地默认了这一温和的指责。

“我不知道你们哪个能养活妻子！”尽管两人都没作声，但他们的表情和体姿对此表现出明显的不认同。特里富西斯夫人接着说：“但要是把你俩的财产加在一起，就能给你们其中之一，还有莎拉，一个温暖舒适的家！”说这话的时候，她半眯着狡诈的眼睛，敏锐地观察两个男人。通过细致观察，她发现这个提议被接受了，她感到大为满意，于是飞快地说下去，好像为了避免争执似的：

“我家姑娘你们两个她都喜欢，要她来选，很难。为何不抛硬币定胜负，替她决定？先把你们的钱放在一起——我知道，你们两个都有点储蓄，让那个幸运儿把钱拿去做点生意，然后回来娶她吧。我想，你们两个都不害怕吧！你们两个都不会说，我不想为心爱的姑娘做这么多吧！”

阿贝尔打破了沉默：“抛硬币定胜负对莎拉似乎不公平！她本人不会喜欢这样的，这好像……好像对她不够尊重——”

埃里克插进话来，他意识到万一莎拉希望在他俩之间做选择，自己的机会不如阿贝尔的那么好：“你怕冒险？”

“才不是！”阿贝尔无畏地说。特里富西斯夫人见她的主意开始奏效了，乐于顺水推舟。

“不管你们是抛硬币还是由她选择，你俩把钱放在一起，给她营造一个家，就这么定了？”

“是的。”埃里克飞快地说，而阿贝尔也带着同样的豪气同意了。特里富西斯夫人狡黠的小眼睛闪闪发亮。她听到院子里莎拉的脚步声，于是说道：“哦！她来了，我把这事留给她处理。”便出去了。

在山坡上短暂漫步的当儿，莎拉一直试图下定决心。两个男人害得她如此优柔寡断、难取难舍，她差不多是感到愤怒了，进到屋子里，她简短地说：“我要跟你们两个谈谈。去旗杆岩吧，那里没有别人。”她拿起帽子，出了门，走上蜿蜒小路，去往顶上插着一根高高的旗杆的陡峭的岩石，那儿曾经是沉船肇事者燃烧火桶的地方[①]。这块岩石构成了小码头的北部钳口。小道不宽，只够两人并肩行走，这一安排暗含深意，很好地表明了事态。莎拉走在前面，两个男人跟在后面，肩并肩，齐步走。到了这个时候，两个男人心里的妒忌热浪翻滚。到了岩石顶，莎拉背对旗杆站着，两个年轻男人站在她对面。她是有意选择这个位置的，这样就没有余地让人站在她的身边了。

他们都沉默了一会儿，然后莎拉笑起来，说："我答应了你们两个，今天给你们一个答复。我一直在想啊，想啊，想啊，直到我开始对你俩如此折磨我而感到气愤。即便是现在，我也没有比以往更下定决心。"

埃里克突然说："我们抛硬币来决定吧，姑娘！"

莎拉对这个提议没有显露任何不快，她母亲没完没了的启发训导了她，使她接受了这类东西，而她软弱的天性又促使她抓住任何可以摆脱困境的方式。她双眼低垂地站着，茫然无益地摆弄着裙袖，似乎已经默认了这个建议。两个男人本能地意识到了这一点，各自从口袋里掏出一枚硬币，让它在手掌上飞快地旋转，然后用另一只手覆盖其上。好几秒钟，他们就是这个样子，都不作声，然后心思更为缜密的阿贝尔开口了："莎拉！这样做好吗？"说话时，他把盖在上面的手移开，把硬币放回口袋里。莎拉被惹恼了。

"好不好，对我来说够好就行！做不做，由你。"她这么说。他

① 康沃尔崎岖不平的海岸线是沉船肇事者和走私者的天堂。当地居民认为从沉船里获取物品是正当行为，因而一些坏人常常利用火光误导船只，使之触礁沉没。

飞快地答道："别这样，姑娘！和你有关的任何事对我来说都是好事。我只是替你考虑，以免从此往后你会痛苦或者失望。如果你以上帝的名义发誓，你更爱埃里克而不是我，我想我会很男人气概地站到一边。同样地，要是你爱的人是我，就不要让我们两个都抱憾终生！"面对难题，莎拉软弱的天性完全暴露了出来，她手捂着脸，开始哭了起来，说——

"都怪我妈。都是她的主意！"

接下来的沉默被埃里克打破了，他急切地对阿贝尔说："让姑娘自己做主，行吗！如果她想要这样，就让她这样。对我来说这再好不过了——对你来说，也一样！她现在既已这么说了，就该遵从！"

话一出口，莎拉突然对他大光其火，哭道："住口！这对你来说到底算什么？"接着又哭了起来。埃里克惊得目瞪口呆，一句话也说不出来，站在那儿显得尤其愚蠢，嘴巴张开，双手伸出，硬币还夹在手掌之间。大家都默不作声了，直到莎拉把手从脸上拿开，歇斯底里地大笑起来，说："既然你俩拿不定主意，我就回家了！"然后她转身欲走。

"站住。"阿贝尔以一种不容置疑的威严的口气说，"埃里克，要是抛硬币你赢了，我将暗自饮泣。现在，在解决问题之前，让我们清楚地了解规则：赢的人带上我俩所有的钱，去布里斯托尔，上船出海做生意。然后他回来娶莎拉，不管做生意结果钱多钱少，全归夫妻两人所有。这就是我们所理解的意思吧？"

"是的。"埃里克说。

“我会在下一个生日嫁给他。”莎拉说。说完这话，她似乎意识到自己行为里令人难以容忍的唯利是图的市侩气，双颊绯红，猛然把脸别向一边。两个男人的眼睛像着了火似的闪闪发亮。埃里克说：“一年，一言为定！赢的人有一年的时间。”

“抛吧！”阿贝尔大声说，硬币在空中旋转。埃里克接住它，再次把它夹在伸出的双手之间。

“正面！”阿贝尔大吼，一片苍白掠过他的脸庞。他身子前倾看结果时，莎拉也同样俯身向前，两人的头差不多碰到一起了。他能感觉她的头发拂在他的面颊，像火一般穿透他的全身。埃里克抬起上面的手，硬币正面朝上。阿贝尔上前一步，用手臂揽住莎拉。埃里克诅咒了一句，将硬币远远地掷进海里。然后他斜靠着旗杆，双手深深地插进口袋里，阴郁地怒视着另外两个人。阿贝尔低声对莎拉说着欣喜若狂的爱语，她听着，开始相信命运已经正确地诠释了她心中隐秘的愿望，那就是，她更爱阿贝尔。

很快，阿贝尔抬起头，看见了埃里克的脸。最后一抹夕阳落在埃里克的脸上，红色的光线强化了他肤色里透出的自然红润，他看起来好像沐浴在血色之中。阿贝尔并不在意埃里克的怒视，因为现在他自己的心已经安定了，他真心地为他的朋友感到遗憾。他上前一步，伸出手，想去安慰埃里克，说道：

“这是我的机会，老朋友。别因此怨恨我。我会努力让莎拉幸福，而你将是我们两个的兄弟！”

“该死的兄弟！”埃里克只说了这一句，转身便走。他走下布满岩石的小道，走了几步，又折回来，站在手臂挽在一起的阿贝尔和莎拉面前，说：

“你有一年的时间。要好好利用！务必及时回来，迎娶你的妻子！及时回来宣告你们 4 月 11 日结婚的消息。要是你没有及时回来，我告诉你，我就会预告我的婚事，那你就晚了。”

“你什么意思，埃里克？你疯了！”

“没有比你更疯，阿贝尔·本汉纳。你去，是你的机会！我留下，是我的机会！我不会站着不动，任青草在我脚下生长。五分钟之前，莎拉关心你并不比关心我更多，你走后，她可能又回到那五分钟之前！你只赢了一个点——游戏可能改变。”

“游戏不会改变！”阿贝尔简短地说，“莎拉，你会对我忠诚吧？直到我回来，你不会另嫁他人吧？”

“一年之内！”埃里克飞快地加上一句，“那是约定好了的。”

“我承诺一年的时间。”莎拉说。一片乌云掠过阿贝尔的脸，他想说些什么，但控制住了自己，微笑了。

“今晚我不该太严厉或者生气！好了，埃里克！我们一起玩耍，一起作战。我赢得很公平。从头到尾，我公平地遵循我们的求爱游戏规则！你和我同样清楚地明白这一点。现在我要离开了，我不在的时候，希望我真诚的老朋友多多关照！”

“我不会关照你的，”埃里克说，“愿上帝保佑我做到这一点！”

“上帝保佑的人是我。”阿贝尔简短地说。

“那就让他继续眷顾你吧，”埃里克气愤地说，“魔鬼对我来说已经够好！”然后他二话不说，冲下陡峭的小道，消失在岩石后面。

他走后，阿贝尔想和莎拉说些甜蜜的情话，但她开口说出的第一句话，令他打了一个寒战。

“没有埃里克，一切变得好孤单啊！”这话回响在他的脑海里，一直到把她送回家，一直到后来。

第二天一大早，阿贝尔听到门口有声响，他走出去，看到埃里克正快步离开。门槛上放着一个装满了金银的小帆布袋子，一张小纸条别在上面，写着：

“拿上这些钱走吧。我留下。上帝保佑你！魔鬼护佑我！记住4月11日。——埃里克·山森。”那个下午，阿贝尔离开了，前往布里斯托尔，一个星期之后，他乘上了开往彭亨州[①]的“海星号”轮船。他的钱——包括曾是埃里克的——变成了船上的一堆廉价玩具。一位他认识的精明的布里斯托尔老水手给他出了这个主意，这位水手深谙马来半岛的方方面面，他预测投入的每一个便士，都将被收回，还有十二倍的利润回报。

一年的时间慢慢流逝，莎拉越来越心神不宁。埃里克总是不离左右，以他自己坚持不懈、得心应手的方式对她大献殷勤，对此她难以抗拒。阿贝尔只来了一封信，告知他的冒险事业很成功，已经寄了两百镑到布里斯托尔的银行，正在用剩下的价值五十镑的货物去往中国做生意，“海星号”正朝那里乘风破浪，然后从那儿折回布里斯托尔。他建议将埃里克投入冒险事业的那份本钱，连同利润一

① 马来半岛上面积最大的一个州。

块儿归还给他。这个提议使埃里克大为光火，而莎拉的母亲则认为这简直就是太孩子气了。

六个多月悄然流逝，但再也没有其他来信，被彭亨州来信浇灭的希望，再次从埃里克的心中升起。他不断地用“如果”来进攻莎拉。如果阿贝尔不回来，她会不会嫁给他埃里克？如果4月11日过去了，阿贝尔却不归港，她会不会放弃他？如果阿贝尔拿着钱，娶了另外一位姑娘，一旦得知真相，她会不会嫁给他埃里克？如此这般，一大堆无穷无尽的各种可能性。强烈的愿望和明确的目标，在女人软弱的天性之上，随着时间而威力消减，变得越发显而易见。莎拉开始对阿贝尔失去信心，将埃里克视为丈夫人选，而一个丈夫人选，在女人的眼里，是不同于所有其他男人的。她的心中，开始对他产生新的情愫，自由求爱期间的日常接触，相互了解，更有助于这种情感的滋长。莎拉开始视阿贝尔为挡在她生活道路上的岩石，要不是她母亲不断提醒她布里斯托尔银行里已经存入的一大笔财富，恐怕她已经试图紧闭双眼，无视阿贝尔的存在了。

4月11日是星期六，为了那天的婚礼，有必要在3月22日星期天举行教堂结婚预告。从那个月头开始，埃里克就不断提起阿贝尔缺席的话题，他直截了当地表示阿贝尔要不是死掉了，要不就是结婚了的言论，这在莎拉的头脑里开始变为现实。随着3月上旬渐渐过去，埃里克变得更加欢欣鼓舞，15日的教堂活动后，他和莎拉去旗杆岩散步。在那儿，他强烈地表明：“我告诉过阿贝尔，还有你，如果他不能及时在这儿安排11日的结婚预告，那我就会安排

12日的结婚预告。现在我打算这么做的时间到了。他没有遵守诺言。”说到这里，莎拉出于软弱、寡断而插话进来：

“他还没有失信！”

埃里克带着怒气紧咬牙关。

“如果你想捍卫他，”他说，挥拳狠狠地击打了一下旗杆，旗杆发出一阵沉闷震颤的声音，“那好。我将遵守约定里我的那一部分。星期天我会给教堂婚礼预告的通知，如果你不愿意，可以在教堂否决掉它。如果阿贝尔11号在宾卡索尔，他可以取消我的预告，发布他自己的，但那之后，我将会一意孤行，逆我者亡！”说完这话，他冲下满是岩石的小道，穿过山坡，沿着悬崖朝布德方向大步流星地走开了。莎拉不由得对他北欧海盗般的力量和意志充满了钦佩之情。

那个星期，没有阿贝尔的任何消息，星期六，埃里克给了教堂他和莎拉·特里富西斯结婚预告的通知。虽然从未对街邻四坊正式发布过消息，但大家普遍认为，阿贝尔远离家乡，回来便会迎娶莎拉，因此牧师对结婚预告表示了异议，然而埃里克不愿讨论这个问题。

“这是一个痛苦的话题，先生。”他对教区牧师坚定地说。这位牧师非常年轻，不由得思想动摇了。“绝对没有什么理由可以反对我和莎拉。为什么要对这件事挑骨头？”牧师不再多说什么，第二天，他第一次在教堂会众听得见的纷纷议论声中宣读了结婚预告。莎拉也在场，这显然有悖习俗，虽然她羞得满脸绯红，却很享受这种超越其他婚事仍遥遥无期的女孩的胜利感。在那个星期过完之前，她就开始为自己缝起了嫁衣。埃里克经常过来看她做事，这场景令他激动不已。这时候，他对她说尽甜言蜜语，两人不时感到爱意绵绵。

29日，婚礼预告第二次宣读，埃里克的希望越来越明确了，虽然在某些瞬间，当他意识到直到最后一刻，幸福之杯随时可能从他的唇间飞逝，他会感到强烈的绝望。这样的时候，他心中充满了激情——铤而走险和冷酷无情，他桀骜不驯地咬紧牙关，紧握双手，好像他的祖先狂暴战士①的品质仍在他的血液里流淌。那个星期的星期四，他去看望莎拉，看到她沐浴在一片阳光里，正为她白色的结婚礼服做收尾工作。他的心中满是欢喜，这个即将成为他的女人令他目不转睛，他浑身充满了无法言说的快乐，带着悠然的陶醉，意乱情迷。弯下腰，他吻了莎拉的嘴唇，然后在她玫瑰色的耳边轻语——

“你的结婚礼服，莎拉！是为我而备！”

当他站直身子，想要欣赏她的时候，她高傲地抬起头，对他说——

“也许不是为你。阿贝尔还有一个多星期！”听到这话，埃里克悲声大叫，恶狠狠地咒骂了一句，步态狂乱地冲出屋子，重重地甩门而去。这事远比莎拉想象的更让她烦恼，因为这把她所有的担心、疑虑和寡断重新唤醒。她哭了一会儿，然后把嫁衣放到一边，出门到旗杆岩顶小坐一下，舒缓舒缓。当她走到那儿的时候，发现

① 指拥护战神的挪威战士，在战斗之前，他们进入一种嗜血的狂乱状态。

有一小群人正在不安地议论着天气。大海很平静，阳光很灿烂，但海那边有些奇怪的黑色线条和光亮，近岸的岩石边上，堆积着泡沫，随着水流的涌动而呈大白弧线和圆圈分散开来。风又回来了，一阵一阵地吹，又猛又冷。旗杆岩下的风洞，从海湾外面到海港里面，间歇性地发出轰隆隆的声音，而海鸥，则不停歇地尖叫着，在港口上空盘旋。

“看起来很糟糕，”她听到一个老渔夫对海岸警卫队员说，“这种情形我以前只见过一次，就是东方大商船‘乌木号’在迪查德海湾撞成碎片的那次！”莎拉没有待下去继续听。她天性胆小，害怕危险，听不得遇难和灾难。回到家，她重又继续婚服的收尾工作，暗自决心见到埃里克的时候，要用一个甜蜜的道歉安抚他，而且即便成婚后，也要尽早见到他。

老渔夫的天气预言是有道理的。那天傍晚，一场暴风雨来临了。从斯凯岛到锡利群岛，海平面上升，狂扫西海岸，到处留下惊险的故事。宾卡索尔的水手和渔夫们全出来了，在岩石和悬崖上急切地观望。不久，借着一道闪电，可以看见在港口外面大约半英里处，一艘只剩下一张小帆的双桅帆船在海上漂移。所有的眼睛和望远镜都聚焦在它身上，等待着下一道闪电，当闪电到来，大家异口同声地叫起来：是“迷人的爱丽丝号”。它是在布里斯托尔和彭赞斯之间贸易往来的商号，停靠沿途的所有小港口。“上帝保佑他们！”港长说，“因为在布德和廷塔杰尔之间，加上大风上岸，世上没有什么东西可以拯救他们！”海岸警卫队员们在勇士和志愿者的帮助下，卖力地把火箭装置送上旗杆岩顶。然后他们燃起蓝色的火光，万一船能够到达海港，船上的人或许可以看到港口是开放的。船员们奋力地行动着，但人类的技能或力量在这样的情境下，没有什么成效。许多分钟过去，“迷人的爱丽丝号”冲撞上守护着港口出入口的大岛礁，沉没了。船上那些人飞身跳进海里，寻求最后一线生机，他们的尖叫声在暴风雨中，都能依稀听到。蓝色的火光继续燃烧，人们热切的眼睛盯着深水，说不定能看到哪个人的面孔，而救助的绳子也抓在手里，随时准备好抛出去。然而，一张面孔都看不到，乐于助人的手臂闲着无事。埃里克也在这些人中间。他冰岛人的血统在这狂乱的时候，表现得尤其明显。他拿着一根绳子，对着港长的耳朵大喊:“我要下到岩洞上面那块礁石上。海潮正往上涨，可能会有人漂流进那里！”

“靠后，你这家伙！”这就是他得到的回答，“你疯了吗？在那块礁石上滑一下，你就没了。没有人能够在这样的暴风雨中，在黑暗里，在那样一个地方站稳！”

“才不是，”传来这样的回答，“你该记得我的船撞上了海鸥岩，阿贝尔·本汉纳是怎么在一个像这样的夜晚在那儿救了我的。他把我从密闭的岩洞的深水里拖拉上来，现在可能也有人和我一样漂进了那里。”接着他走进了黑暗之中。突出的岩石遮挡了旗杆岩的灯火，不过他太熟悉这条路了，不会走错。他大胆勇敢，胸有成竹，很快就站在了那块被密闭岩洞入口处的海浪磨平了的大圆顶岩石上，那儿的海水深不可测。他相对安全地站在那里，因为凹形的岩石以相同的力量把海浪打回去，虽然他下面的水好似烧滚了一般，像沸腾的大气锅，稍过岩石一点的地方，却有一片几乎是风平浪静的空间。岩石也似乎在这儿把大风的吼叫隔绝了，他一边仔细倾听，一边注意观察。当他一切就绪地站在那儿，手里紧抓着一卷绳子随时准备抛出时，他想他听到了一声微弱、无望的哭喊，就在他下面，水涡过去一点的地方。他大喊一声做了回应，声音划破了夜空。然后他等待着闪电，闪电一过，他把绳子投进黑暗之中，那儿，他看到一张脸从泡沫的漩涡里浮现出来。绳子被抓住了，因为他感受到了拉扯，接着他又声如洪钟地大喊：

“把它系在你的腰上，我会把你拉起来。”当感到绳子速度加快时，他沿着岩石移到岩洞的另一端，那边的水更平静一些，在那儿他可以立足稳当，把被救的人顺着悬突的岩石拖拉过来。他开始用力拉，不久，从拉回的绳子的长短得知，他正在拯救的那个人很快就要接近岩石上面了。他稍稍稳住自己，深吸一口气，再加一把劲就可能完成救援工作了。他刚用力时，一道闪电让这两个人看清楚了对方——拯救者和被拯救者。

埃里克·山森和阿贝尔·本汉纳面对着面——没人知道这次相遇，除了他们自己，还有上帝。

就在那一瞬间，一阵强烈的情感飞掠过埃里克的内心。他所有的希望破碎了，带着凯因[①]般的仇恨，他举目望去。他看到认出

① 凯因是亚当和夏娃的第一个孩子，因上帝偏爱他的弟弟阿贝尔，出于妒忌而杀害了他。凯因由此被上帝诅咒，变为四处逃亡的人。

他的当儿，阿贝尔发现援救之手来自他，脸上露出的惊喜表情，而这更加剧了他的恨意。在激烈的情感猛然冲击之下，他向后一个激灵，绳子从他的手中飞脱了出去。片刻的憎恶之后是他善良的冲动，然而一切太晚了。

还没有恢复过来的阿贝尔，受到本该救助他的绳子的拖累，带着一声惊恐的喊叫，又一头栽进吞噬一切的大海的黑暗之中。

那个时刻，在自己身上体验到了凯因的全部疯狂和厄运，埃里克不顾危险，急忙越过岩石，冲了回去，心里只想着一件事情——回到那些人中间去，他们真实的喧闹声会把他耳里似乎仍在回响的最后一声哭喊排挡在外。当他重新登上旗杆岩，人们围住了他，透过暴风雨的凶猛狂怒，他听到港长说："我们听到一声喊叫，担心你掉进海里了！你好苍白啊！你的绳子呢？有人漂进那里吗？"

"没人。"他大声回答，因为他感到永远都解释不清，他让自己的老朋友重新滑落海里，而就在同一个地点、同样的情境之下，那位朋友曾经救过他一命。他指望通过一个大胆的谎言，把这件事永远地平息下去。没有目击者——如果他能永远地承受住那张在他眼里依然苍白的脸，还有那声在他耳里绝望的哭喊——至少没人知道这事。"没人。"他更大声地喊了一句，"我在岩石上滑了一下，绳子掉进海里了！"这么说着，他离开了人群，冲下陡峭的小路，回到家，把自己锁在屋里。

那个晚上，他和衣躺在床上，一动也不动。眼睛向上瞪着，透过黑暗，似乎看到一张苍白的脸，在闪电中带着水的亮光，认出他时的兴奋表情瞬间转为恐怖的绝望，发出一声哭喊，从此在他的灵魂里再也没有停止过回荡。

早上，暴风雨结束了，除了大海带着未消的余怒依然躁动之外，风景重归明媚。遇难船只的大块残骸漂进港口，绕着小岛礁石的海上散落着其他物件。有两具尸体也漂到海港——一具是失事的双桅帆船船主，另外一具是谁也不认识的陌生海员。

直到傍晚，莎拉才看到埃里克的人影，而他也只是过来看了一下。他没有进屋，只是把头探进敞开的窗户。

“哦，莎拉，”他大声叫唤，尽管这声音在她听来不那么由衷，“婚纱做好了吗？星期天，记住！星期天！”

莎拉很高兴这么容易就和解了，但是，毕竟是个女人，看到风暴过去，自己的担心毫无道理，她立刻又重复起招致埃里克不快的那套说辞。

“是星期天没错，”她头也不抬地说，“如果阿贝尔星期六不在那儿的话！”然后她高傲地抬头看去，尽管心里充满了对她鲁莽冲动的情郎会再次怒气爆发的担心。然而窗口空无一人，埃里克已经走掉了，她生气地噘起嘴，重新埋头工作。她再也没有看到埃里克，直到星期天下午，结婚预告第三次宣读之后，他带着一种非我莫属的神态在众人面前走向她，让她半是高兴，半是气恼。

“还没到时候呢，先生！”她说，将他推开，其他女孩子咯咯地笑了起来。“等到下个星期天再说，如果你愿意的话——星期六之后的那天！”她加上一句，高傲地看着他。女孩子们又咯咯地笑了起来，而小伙子们则大声哄笑。他们以为是傲慢冷落的态度触犯了他，因为他别过脸去时，脸色变得像床单一样雪白。但是莎拉比这些人更懂内情，她笑了起来，因为透过痛苦的脸上的微微抽搐，她看出了其中的胜利感。

那个星期平安无事地过去了。然而，随着星期六的临近，莎拉偶尔会产生片刻的焦灼，至于埃里克，他夜里四处走动，像个中魔的人。有人在旁边的时候，他有所控制，但时不时地，他下到岩石和岩洞之间，在那儿高声大喊。这似乎让他有所缓解，之后一段时间，他又能自我控制得更好一些。整个星期六，他待在自家房子里，闭门不出。因为他明天就要结婚了，邻居们以为他是害羞，所以都没去麻烦或者注意他。只有一个人打扰了他，那就是渔夫头领到他家小坐，犹豫了一下，说道：

“埃里克，我昨天去了布里斯托尔，我去绳缆店，想买一卷绳子，替换暴风雨那晚你掉落的那根。在那儿，我见到了店里的售货员迈克尔·哈文斯。他跟我说，阿贝尔·本汉纳上上个星期已经到家了，坐的是从广州过来的‘海星号’，他在布里斯托尔银行以莎拉·本汉纳的名字存入了一大笔钱。这是他本人告诉迈克尔的，还有他要乘坐‘迷人的爱丽丝号’走一段路，回到宾卡索尔。嘿，振作点，”因为埃里克呻吟了一声，双手覆脸，头垂到了膝盖上，“他是你患难与共的老朋友，我知道。但你帮不了他。那个可怕的夜晚，他肯定和其他人一起淹没了。我想我最好亲口告诉你，以免这消息以其他方式传来，你或许可以帮助莎拉·特里富西斯免受惊吓。

他们曾经是好朋友，女人们容易想不开。总不能让她在结婚那天为这样一件事痛苦难过吧！”然后他起身走了，留下埃里克依旧愁苦地坐着，头垂在膝盖上。

“可怜的家伙！”渔夫头领自言自语，“他把这事放在心里，想不开了。嗯，哦！可以理解！他们曾经是忠诚的战友，阿贝尔救过他！”

那一天的下午，孩子们放学后，和平常一样沿着码头和悬崖附近的小路闲荡。不久，一些孩子非常激动地跑到海港，那儿，少数人正在卸载一条装煤的双桅帆船，更多的人则在监管这一工作。一个孩子大声叫道：“港口那里有只鼠海豚！我们看到它从吹风洞过来！它有一条长长的尾巴，在水下很深的地方！”

“它不是鼠海豚，”另外一个说，“它是一只海豹，但有条很长的尾巴！它从密闭的岩洞那里出来！”其他孩子各说各的，但有两点他们的意见是一致的——它，不管“它”是什么，是从吹风洞过来的，在深水里，有一条又长又细的尾巴，尾巴那么长，他们都看不到末尾。对孩子们的说法，大人们并未当一回事，给予了无情的嘲笑，但孩子们看到了某种新鲜事物，却是明显不过的，因此，许多人，包括年老的和年轻的，男人和女人，便沿着港口两边的高地小路行走，想看看这个当地海洋生物的新品种——一只长尾巴的鼠海豚或者海豹。这时候正在涨潮。轻风吹拂，海面泛起涟漪，因而只有某些时刻才能看清深水之下。仔细观看一阵之后，一个女人喊了起来，说她看见有个东西正在航道上移动过来，就在她站着的地点的下面。大伙儿一齐朝她那儿拥去，然而，人群聚集的时候，又一阵轻风拂来，要想清楚地看见水面之下，是不可能的。大家让她形容看到的东西是什么样子的，可她讲得毫不连贯，因而整个事情被归为出于想象，要不是孩子们之前的报告，她说的话根本就没人相信。她说她看到的东西“像一只内脏在外的猪”，这种半滑稽的陈述只有一位老海警队员听进去了，他摇摇头，但未做评论。白天余下的时间，他一直待在岸边，注视着水下，不过脸上总是挂着明显的失望表情。

第二天上午，埃里克起得很早——整个晚上他都睡不着，能在白天的光线里走动，对他来说是种解脱。他用那只不打抖的手刮了胡子，穿上结婚礼服。他面色憔悴，近来几天，他好似老了几岁。他的眼里，依然闪耀着野性的、流动的胜利之光，他不断对自己低声重复：

“这是我结婚的日子！阿贝尔现在无法拥有她了，不管是死是活！——是死是活！是死是活！”他坐在扶手椅上，以令人难以捉摸的安静神态等待时间的到来。当钟声响起，他起身走出房子，把身后的门关好。他看了一眼河流，发现潮汐刚刚转变。在教堂里，他和莎拉还有她的母亲坐在一起，一直紧紧地握着莎拉的手，好像害怕失去她似的。当礼拜仪式结束，他们一起站起来，当着全体会众的面，成婚了。两人都做了明确的回答——埃里克竟是不那么积极响应的一方。婚礼结束时，莎拉挽着丈夫的手臂，一起走开了。小男孩和小女孩们被年纪更大的人轻拍提示，让他们保持行为端庄，欣然地紧跟在新人后边。

从教堂通向埃里克家后面的路，是一条介于他家和隔壁家的羊肠小道。当新婚夫妻走过这条路时，其余隔着一小段距离跟在他们后面的会众，被新娘发出的一声悠长又刺耳的尖叫吓了一大跳。他们冲过去，发现她站在岸边，双目圆睁，指着埃里克·山森家门对面的河床。

消退的潮水把阿贝尔·本汉纳一丝不挂的身子呈现于嶙峋的岩石上。从他腰间垂曳的绳子，由于水流的推涌，而缠绕在系泊柱上，所以潮水退去之后，柱子将它拉扯住了。他的右手肘卡在岩石的裂缝里，使得他的手伸向莎拉的方向，手掌朝上张开，好像邀请她把手放上去，苍白无力的手指为了抓紧而散开着。

那之后发生的所有事情，莎拉·山森永远都无从知晓了。每当她试图回忆，耳朵就会发出嗡嗡声，眼前一片灰暗模糊，世界停止不动了。她能够记起的唯一一件事——一件她永生不忘的事，是埃里克低声诅咒时那粗重的呼吸，脸比那个死人的还要惨白：

“魔鬼的护佑！魔鬼的信念！魔鬼的代价！”

鼠的葬礼

沿着奥尔良路离开巴黎市，穿过护城工事，然后右转，你会发现自己置身于一片人烟稀少、荒凉破败的城区。左边右边，前面后面，每个方向都是随着时光的流逝而愈积愈高的垃圾堆。

巴黎有它的夜生活和日生活，那些或是深夜入住，或是清晨离开位于里沃利街或圣·霍诺雷街的旅店的客人，在进入蒙鲁日一带的时候——如果他还没有这么做过的话——猜都可以猜得出来，一路经过时，所看到的那些样子像是装在轮子上的锅炉、四处停放的大四轮马车，是干吗用的。

每个城市都有出于自身需求而派生出来的独特群体，而巴黎最为引人注目的群体之一，是捡破烂的居民。大清早——巴黎人的生活开始得很早——在大多数街道上可以看见，对着每个院子和巷子的小路上，或是几所大房子之间，直立着塞满了家政工或者房客清理出来的陈年旧物的大木箱子，这景况类似于美国的一些城市，甚至纽约市的某些片区。当这些箱子被运往新的劳动力领域和更适合它们的地方时，邋遢、饥饿的男人和女人便围拢上来。这些人肩上搭着一个粗制滥造的袋子或篮子，用一个小耙子仔细地在垃圾箱里翻转、推进、搜查，这些就是他们的全部装备。借助于耙子，他们把找到的东西捡起来，放入篮子里，像中国人使用筷子一般灵巧。

巴黎是个高度集中的城市，而集中和分类是亲密的盟友。早期的时候，当集中变为事实，它的前身却是分类。所有相似或可比拟的东西聚集在一起，在组群的类聚过程中，升起一个整体或者中心点。我们可以想见这样一幅图景：众多带着无数触须的长长的手臂，中心升起一个硕大的头颅，它具有综合复杂的大脑、观察四面八方的敏锐的眼睛、听觉灵敏的耳朵，还有，一张吞噬一切的贪婪的嘴巴。

其他城市类似于胃口和消化系统正常的飞禽走兽和鱼类，唯有巴黎近似于章鱼的典范。集中的产物被提高到荒谬的程度，相当绝妙地代表了邪恶的鱼类①，其容纳消解的能力，在任何方面都不亚于消化器官，这种相似性令人惊奇不已。

那些放弃个性，将自己交给库克或者盖茨先生②，三日游完巴黎的聪明的游客，时常搞不懂，为何在伦敦需要花费大概六先令的晚餐，在巴黎王宫的小餐厅里，三个法郎便可以享用。要是他们考虑到分类，这一巴黎人日常生活理论上的专长，并接受五斗橱③自有

---

① 邪恶的鱼类指章鱼、乌贼，或者头足纲动物。这里指章鱼。

② 指当时作为竞争对手的两大旅行社，创始人分别为托马斯·库克和亨利·盖茨。盖茨公司于1903年破产，而库克公司于2019年9月停止营业。

③ 这里指捡破烂者的小社会。虽然巴黎的拾荒者传统上属于边缘和受鄙视的群体，但在城墙之外，他们也自成体系，等级鲜明。一般分为四个不同的等级，最高级的捡破烂者，拥有磅秤和储藏棚。

其起源的事实，便不难理解了。

1850年的巴黎不是今日的巴黎，看到拿破仑和豪斯曼男爵[①]治下的巴黎的人们，根本无法想象四十五年前存在的情形和秩序。

不过，那些藏污纳垢的城区，位列没有变化的事物当中。垃圾就是垃圾，在任何时代，在世上的任何地方，垃圾堆绝对是一样的。因而，那些游玩蒙鲁日周边的旅客，想要回到1850年，丝毫不成问题。

这一年，我在巴黎待的时间很长。我深深地爱上了一位年轻的女子，虽然她也对我有意，但到目前为止，却屈从于她父母的意志，承诺一年之内不与我见面或通信。我也就被迫接受了这样的状况，抱着得到父母同意的一丝微弱希望。我承诺在考验期间，离开本土，不给心上人写信，直至一年期满。

自然，我度日如年。我的家人和朋友，没人能告诉我爱丽丝的健康和幸福状况，而她那边的人，我很遗憾地说，也没有哪个善心大发，给我送来哪怕偶尔的温言软语。我在欧洲大陆漫游了六个月，但在游历的过程中，并未找到排忧解愁的好办法，于是我决定来到巴黎，这儿，在约定的时间到来之前，万一我撞了好运，伦敦那边召唤我的回归，至少在易于招呼的范围之内。那句“被推延的希望令心灵生病”[②]的谚语，用于我的情形，是最好不过的写照，因

① 在拿破仑三世（1808—1873）的统治和豪斯曼男爵（1809—1891）的市政规划之下，巴黎被大规模地重新设计和开发。大片城区被夷为平地，狭窄的老街被宽阔的大道取代，用意在于方便骑兵和大炮进入，也降低了未来挑战政府的革命活动发生的能动性。

② 出自谚语：“被推延的希望令心灵生病，实现的愿望是一树芳华。”

为除了对看到我爱恋的那张面孔的恒久渴求之外，还有一种磨人的焦虑一直伴随着我，唯恐发生一些意外，阻止我正当其时地向爱丽丝表明，在这漫长的考验期间，从头至尾，我一直对她的信任和自己的爱情忠贞不贰。因而，我承受的每一次冒险，由于比一般状态下承担的可能后果要令人担忧得多，反倒蕴含了刺激的快乐。

和所有的游客一样，逗留期间，我在第一个月游遍了名胜古迹，到了第二个月，开始到处寻求可能碰上的娱乐消遣。已经多次去往较为人知的市郊，我发觉在这些迷人的景点之间，躺着一片未被开发的领域，在旅游指南书里，目前仍属于社会的荒漠。于是，我开始了系统的研究，每天捡起头一天探索这个地方落下的线头，不断地接续下去。

时间逐渐推移，我漫游的脚步来到了蒙鲁日附近，我发现这一带隐藏着社会探索的天涯海角，一个如同白尼罗河发源地一般不为人知的王国。所以我下决心对拾荒者展开哲学意义上的调查——他的生存环境，他的生活状态，还有他的生存方式。

这份工作并不美好，难见成效，获得足够回报的希望渺茫。然而，尽管有这些理由，我执拗的个性还是占了上风，带着热情的劲头投入新的调查研究之中，比起做任何通向有价值或值得的结果的调查，干劲更足。

九月末的一天，一个风和日丽的下午，向晚时分，我进入了垃圾城的圣地。那地方显然是一些捡破烂者的住所，这从靠近大路那些垃圾堆的形成及其安置方式便可得知。我走过这些如同井然有序的哨兵般站立的垃圾堆，决心更进一步地深入腹地，探寻垃圾的终极处所。

走过去的时候，我注意到有些东西在垃圾堆后面飞掠闪烁，显然是对陌生人胆敢进入这样一个地方，而在饶有兴趣地观望。该片区形同微型瑞士，前行的时候，我走过的蜿蜒曲折的路径，便在身后阻隔不见了。

不久，我来到了一个看似拾荒者的小城或社区。有许多简陋的小木屋或棚子，在艾伦沼泽地区的偏远部分，或许可以遇到这种粗陋的场景——抹泥的篱笆墙，用马厩废弃物弄成的简陋的茅草屋顶。这种常人想都不用想，就会避而远之的地方，即便在水彩画里，也要经过非常谨慎的评估，才能够被判为风景如画。在这些棚子中央，是我这辈子曾看到过的最为奇特的改造物之一——我实在无法称之为居家。一个巨大老旧的衣柜，好似法国查尔斯七世或亨利二世时期闺房的幸存者，被改造成了一处住房。双开门敞开着，因此所有的家庭活动尽收众人眼底。“衣柜”敞开的那半部分，是个大约二十四平方英尺的普通客厅，六个抽烟管的人，正在里面围着炭火盆坐着，模样不亚于身穿破烂陈旧军服的法兰西第一共和国的老兵。很明显，他们属于饭桶阶级。他们蒙眬的醉眼和松弛的下巴，明白不过地表达了对苦艾酒的热爱。他们的眼睛有种憔悴疲倦的神色，那种喝高后困得睁不开眼的样子，标志着酒鬼的最糟状况。另外那半部分老旧的“衣柜”，分六层架子，除了层和层的间距被压减了一半，架子倒是完整无缺，每层架子便是由破布和稻草铺成的床。我经过的时候，拥有这座建筑物的半打“地方名流”好奇地盯着我看。走开一小段路后，我回头望，看见他们的头聚拢一起，在低声地开小会。我打心眼里不喜欢看到的这一切，因为这地方孤零零的，人们看上去邪恶异常。不过，我并没有看到什么令人恐惧的苗头，因此我继续走我的路，越来越深入“撒哈拉沙漠”。在一定程度上，路径相当迂回曲折，以一系列半圆的形式绕来绕去的，好像一个人在以荷兰滚[①]的方式滑冰似的，我变得不辨东西南北了。

我更深入一些的时候，转过一座已经成形了一半的垃圾堆时，看到一个穿破旧大衣的老兵，正坐在一堆稻草上。

“嘿！”我对自己说，“第一共和国以其军人的形式在这儿得到了很好的体现。”

从他身边经过的时候，这个老头子甚至没有抬头看我一眼，而是不为所动地漠然地盯着地面。我又一次自言自语地评说道：“瞧瞧，残酷的战争生活都做了些什么！这老头子的好奇心已是陈年往事。”

然而，走过去几步时，我突然回头看，发现那份好奇心并未死去，因为这位老兵抬起了头，正带着一种非常奇怪的表情注视着我。我感觉他似乎很像那六个开会的“地方名流”中的一个。他发现我在看，便低下头，我没有多想，继续走路，认定在这些退伍老兵之间，有种奇怪的相似性。

不久，我碰到了另外一位行为举止相似的老兵。我经过的时

---

① 一种滑冰转圈的方式。

候，他，也没有留意我。

这个时候，下午将尽，我开始想按原路折回。于是我转身往回走，却看到在不同的堆垛之间，有几条小道向前伸展，我拿不准该走哪条。为难之际，我想找个人问路，但一个人影儿都看不到。我决定再往前走过几个堆垛，试试看能不能碰到人——不是老兵的人。

我发现了目标，因为走了几百英码后，我看见前面有座如同我原先见过的那种棚屋，不过，不同之处在于，这房子不是用来住人的，只有一片屋顶三面墙，前面敞开。从附近呈现的种种迹象来看，我认为它是用来分类整理的地方。里面有个满脸皱纹、年老伛偻的妇人，我走上前去向她问路。

我走近的时候她站了起来，我向她问路。她马上聊了起来，我感觉，处于垃圾王国中心的这个地方，正是详尽收集捡破烂的巴黎人的史实之处，尤其是我能够从一位看上去最古老的居民的双唇间直接获取。

我开始了探究，而老妇人给了我最有趣的回答——她是法国大革命时期每天坐在断头台前一边织毛衣，一边看人被处死的那些女人之一，并且是大革命中以暴力著称的女人里的积极分子。我们说话的当儿，她突然说道：“先生肯定站累了。”她拂去一张摇摇晃晃的老凳子上面的灰尘，让我坐下。我有很多理由不想这么做，但可怜的老妇人如此客气，我不想因为拒绝而伤害她的好意，而且，一位参加过攻占巴士底狱的人的谈话是如此有趣，于是我坐下来，继续闲聊。

我们聊天的时候，一个老男人——甚至比这妇人还要老，还要皱巴巴，还要佝偻——从棚屋后面走出来。“这是皮尔，”她说，“先生要是愿意的话，现在可以听好多故事了，因为皮尔参与了一切活动，从巴士底狱到滑铁卢。”老男人应我的要求，拿来了另外一张凳子，我们海阔天空地谈起了大革命时期的很多往事。尽管这个老男人穿得像个稻草人，却很像那六位老兵中的任何一个。

我现在坐在低矮棚子的中央，女人在我的左手边，男人在我的右手边，两人某种程度上都在我的面前。这地方堆满了各种各样奇怪的木制品，还有好多我根本不愿触碰的东西。有个角落是一堆烂布，好像因为里面包藏着无数虫子而在晃动，而另外一个角落是一堆骨头，散发出令人震惊的臭味。时不时地，我的目光瞟向这两堆东西，可以看见成群出没于这个地方的老鼠那闪闪烁烁的眼睛。这些恶心的东西已经够糟糕了，而更令人恐怖的是，右手边斜靠着墙的一把屠夫用的老斧头，铁把手，上面沾着血的凝块。这些东西仍然没有引起我的过多关注。两位老人的谈话太迷人了，我继续待下去，直到夜晚降临，垃圾堆在他俩之间的空地上投下浓重的阴影。

过了一阵子，我开始感觉不安。我说不出是如何的或者为什么，但我或多或少感到不对劲。不安，是一种本能，意味着警告。心灵感应常常是智力的哨兵，当它拉响警报，或许不自觉地，理智便开始行动了。

这就是发生在我身上的情况。我开始考虑自己身在何处，被什么东西所环绕，想知道如果被袭击的话，我该如何行动。接着，虽然没有任何明显的因由，一个想法突然在我脑中爆炸：我正身处危险之中。谨慎在脑里低语："保持不动，不要流露痕迹。"于是我保持镇静，不动声色，因为我知道四只狡猾的眼睛正盯着我。"四只眼睛——要是没有更多的话。"上帝，这是多么可怕的想法！整个棚屋的三面可能被恶棍们包围着！我可能正处身于仅仅半个世纪前周期性革命才能产生出来的那样一群暴徒当中。

危机感使我的思维和观察加速，我比平常更加警戒。我注意到，那个老妇人的眼睛不断地朝我的手瞄过来。我也看自己的手，发现了因由——我的戒指。在我左手小指上，有个大大的图章戒指，右手上，有枚品质优良的钻戒。

我心想，要是有危险，我首先要注意的就是避免疑心。于是，我开始把话题绕到捡破烂上，绕到下水道上，在下水道那儿发现的东西，这样就容易转到珠宝上。接着，抓住一个好机会，我问老妇人是否对这类东西有所知晓。她答说懂得，懂一点儿。我伸出右手，向她展示钻戒，问她觉得这枚戒指怎样。她回说她的眼神不好，弯下腰看我的手。我尽量若无其事地说："对不起！你这样会看得更清楚些！"我把戒指退下，递给她。她碰到戒指的时候，一种卑劣的神色浮现于干枯的脸上。她迅速敏锐地偷看了我一眼，跟一道闪电一样。

她弓身细看了一会儿戒指，脸部隐藏起来，好像在仔细端详。老男人从棚屋前面直视出去，同时在口袋里摸索，找出包在纸里的一些烟草和烟管，随后把烟草填进烟管。我利用这一停顿——不间歇地在我脸上搜索的眼睛稍息的片刻，仔细地环顾了这个现在沉浸于暮色之中，阴暗模糊的地方。所有散发浓臭的不同堆垛仍在那儿，那把右手边靠墙而立带血块的可怕斧头也还在，尽管光线昏暗，却到处都是老鼠眼睛邪恶的闪烁。我甚至可以透过地面木板的一些裂缝看到后边的它们。但是别动！这些后边的眼睛，似乎比通常的更大，更亮，更邪恶！

我的心瞬间停止了跳动，我感到了在思维旋转的状态下，一种精神上的酒醉，好像身子之所以能够保持直立，只是因为在酒醒前没有时间倒下而已。接下来的一秒钟，我镇定下来——冰凉的镇定，带着身体焕发出来的全部能量，带着我感觉完美的自控，带着完全警惕的感应和直觉。

现在我明白了危险的严重性：我被铤而走险的人们监视和包围着！我甚至无法猜出究竟有多少人，正埋伏在棚屋后面的地上，等待着袭击的时刻。我知道自己高大强壮，而他们也明白这一点。他们知道，正如我明白的，我是一个英国人，会拼死作战，因此，我们都等待着。我感觉，我在最后这几秒钟占据了优势，因为我知道了自己的危险，理解了局势。现在，我心想，是考验我的勇气的时候了——忍耐力的考验，而战斗力的考验还在后面！

老妇人抬起头，满意地对我说：

“非常好的戒指，真的，一枚漂亮的戒指！噢，老天！我曾经有过这样的戒指，好多，还有手镯和耳环！噢！那些风光的日子，我引领着整个镇子跳舞！但是现在他们都把我忘了！他们忘了我！

他们？为什么他们从来没有听说过我！也许他们的祖父们记得我，有些祖父！”她发出刺耳沙哑的笑声。然后，我不得不说，她令我大为吃惊，因为她带着一种不无伤感的老式优雅，把戒指递还给了我。

老男人带着一种突然的凶狠看着她，从凳子上半立起来，出其不意地对我粗声说：

“让我瞧瞧！”

我准备把戒指递过去的时候，老妇人说：

“别！不要，不要把它给皮尔！皮尔是个怪人。他老是掉东西。这么漂亮的戒指！”

“婊子！”老男人恶狠狠地说。老妇人突然以超出需要的高音说：“等等！我想告诉你关于戒指的一些事。”她的声音里有种令我不安的调子。或许是我高度敏感，神经紧张到了极点的缘故，但我感觉她好像不是在对我说话。我偷偷扫视这个地方，看见了骨头堆里老鼠们的眼睛，但不见了屋后的那些眼睛。但在我偷看的当儿，它们又出现了。老妇人的一声“等等”延缓了我被攻袭，男人们又退回俯卧状态。

“我曾经丢失了一枚戒指，一个曾经属于皇后的精美的钻石指环，它是一位纳税的农场主送给我的，这位农场主后来割颈自刎了，因为我要把他打发走。我想戒指是被人偷了，拼命搜查自己人，但毫无踪影。警察来了，认为它掉进排水管了。我们下到下水道——我还穿着漂亮的衣服，因为我不放心他们和我精美的戒指在一块儿！自那以后我对下水道懂了很多，还有老鼠！我永远都不会忘记那个地方的可怕——就在我们火把的光亮之外，一整墙的老鼠，活生生的，眼睛像在燃烧。嗯，我们到了我家房子下面。我们检查了排水口，在那儿，在秽物里，发现了我的戒指，我们就出来了。

“但我们发现了先于我们进来的别的东西！当我们朝出口走的时候，很多下水道老鼠——这次是人中鼠辈——-朝我们走来。他们告诉警察，有个同伙进入下水道里，但没有回来。他只比我们进去得早一点点而已，要是迷路了，不会走远。他们请求帮忙找他，这样我们又折了回去。他们想阻止我去，但我非去不可。这又是一个新刺激，我的戒指不是失而复得了吗？没走多远，我们碰到了某种东西。那儿只有一点儿水，排水管的底部抬高，堆满了砖头、垃圾和诸如此类的东西。他曾拼死求生，甚至他的火把还没有熄灭，但他寡不敌众，它们的数量太多了！它们没用多久就享用完了大餐！骨头还是温热的，但被吃得很干净。它们甚至吃它们自己死去的同类，老鼠的骨头和那个人的骨头同在一堆。它们够冷酷的，其他那些——人形的那些——当他们发现同伴已死，还拿他开玩笑，虽然他们愿意帮他活下来。呸！有什么要紧——活着还是死去！”

“你不害怕吗？”我问她。

“害怕！”她大笑一声说道，“我害怕？问问皮尔！但我那时还年轻，当我走过那可怖的下水道，墙上全是贪婪的眼睛，总是随着火把的光圈而移动，我并不感觉轻松。尽管如此，我还是走在男人们的前面！这就是我的方式！我从不让男人们在我前面得到！我所想要的，不过是一个机会和手段！它们把他吃了，吃得一干二净，除了骨头。没人知道，也没人听到他的喊叫！”说到这里，她发出一阵我们这类人所能听到和看到的最为恐怖的快乐的轻笑。有位著名的女诗人是这么形容她的女主角唱歌的：“噢！看她或听她开口歌唱！我不知道哪样才是至高神圣。”

我认为诗中妙意同样适用于这个干瘪老丑婆——排除神圣性，其他都适用，因为我说不出哪样才是最可恶的，是刺耳、恶毒、满意、残忍的笑，还是露齿的淫笑，那可怖的嘴张开成方状，像一副悲剧的面具，在不成形的牙龈上，几颗变色的牙齿闪着黄色的微光。带着那样的咧嘴笑容，在那样的笑声中，窃笑的满足感使我明白，惊雷般的话语仿佛就是对着我说的，谋杀我已是铁板钉钉，杀手们只不过在等待圆满完成任务的下手良机而已。我能读懂她令人毛骨悚然的故事中字里行间命令她的同伙的意思。“等等，”她似乎是说，“你们等着。我要第一个出手。帮我找来武器，我就能创造机会！他逃不了！让他闭嘴，就没更加聪明的人了。不会有喊叫，接下来的活儿就交给那些老鼠！”

天越来越暗，夜幕降临了。我偷扫了一眼棚屋，一切都还是老样子！角落里带血的斧头，臭烘烘的垃圾堆，骨堆上的眼睛，还有地上缝隙里的眼睛。

皮尔还在貌似填充烟管，他现在点上火，正准备吹灭它。老妇人说：

“亲爱的，天好黑啊！皮尔，做个好孩子，把灯点上吧！”

皮尔起身，手里拿着燃烧的火柴，点燃挂在棚屋入口一边的油灯灯芯。这灯有个反射器，可以把光散布到整个屋子。显然，它是用来帮助他们在夜里分拣垃圾的。

“不是那盏灯，傻瓜！不是那盏！是灯笼！”她对他大声喊道。

他马上把灯吹灭了，说：“好吧，妈妈，我会找到它的。”接着赶紧走到屋子左边的角落去。老妇人在黑暗里说：

“灯笼！灯笼！噢！那是对我们这些穷人最有用的灯光。灯笼是革命的朋友！是捡破烂人的朋友！其他东西帮不了我们的时候，它能帮。”

她话语还未落，整个地方发出一种嘎吱嘎吱的声音，有什么东西被稳稳地拖过屋顶。

又一次，我似乎领会了她言语间的意思。我知道灯笼蕴含的内容。

“你们派个人上到屋顶，带着套索，如果我们这儿有个闪失，他出去的时候，就勒死他。”

我从空当处望出去，看到一个绳套黑乎乎地映衬着血色的天空。我现在实实在在地被围困住了！

皮尔没多久就找到了灯笼。穿过黑暗，我的眼睛死死地盯着老妇人。皮尔划燃火柴，借助闪光，我看到老妇人从她旁边的地上拾起一把又长又利的刀或者匕首，然后把它藏在她长袍的褶缝里。也不知这刀或匕首是如何神秘地出现在那儿的，它好像是屠夫的锉刀，带着锐利的尖头。

灯笼点亮了。

“把它拿过来，皮尔，”她说，“放在门道我们看得见的地方。瞧，它多好啊！它帮我们驱赶黑暗，正好合适！”

正好合适她和她的意图！它把所有的光亮都映照在我的脸上，却让坐在我两边的皮尔和那妇人的脸，隐在幽暗之中。

我感觉动手的时刻正在迫近，但我现在知道，第一个信号和动作将会来自那妇人，所以我紧盯着她。

我手无寸铁，但我已经想好了做什么。一有动静，我就抓起右手边角落里那把屠夫的斧头，杀出一条血路。至少，我没那么容易死。我偷瞄过去，想确定它的准确位置，这样，在奋起反抗的第一步，我不会失手，因为在那时，快速和准确将十分宝贵。

天哪！它不见了！整个局面的恐怖在我身上炸裂开来，然而最痛苦的想法却是，要是我无法逃脱，遭遇不测的话，爱丽丝必将受罪。她要不认为错信了我——任何恋爱中的人，或者任何曾经恋爱过的人，都能够体会这种想法的苦涩，要不在我不存于世之后，还将继续爱下去，那么她的生活将是残缺、怨恨、破碎的，充满了失意和绝望。正是这份疼痛的深切，使我振作起来，鼓足勇气，承受阴谋筹划者的仔细观察。

我想我没有泄露自己。老妇人像猫对付老鼠那样观察着我，她的右手藏在长袍的褶缝里，我知道，正紧紧地握着那把长长的，样子残酷无比的匕首。我感觉，要是她看到我脸上呈现一丝失望，她就能肯定那一刻已经到来，她就会像只母老虎般扑到我身上，肯定在我毫无防备的情况下把我解决掉。

我朝夜空望去，又发现了新的危机。就在离棚屋不远的前面和周围，有些朦胧的人影。他们一动不动，但我知道他们全都高度警惕，小心防备。那个方向，我的逃生机会渺茫。

我又一次偷偷扫视这个地方。在极度兴奋和极度危险的时刻，大脑运行得飞快，而依赖大脑的感官敏锐力，也随之相应地增强。我看到通过一条腐朽的木板上弄出的一个小洞，斧头被人抽走了。这些长条木板肯定是腐朽无比，才能让这样的事情在神不知鬼不觉的情况下，悄无声息地完成了。

这棚屋是个惯常的杀人场所，四周全有监护。一个绞杀者伏在屋顶上，要是我逃过老妖婆的匕首，他的套索正恭候着呢。前面的路被看守住，我不知道有多少人。屋后，是一排铤而走险之徒——通过地板上长木条的裂隙，我仍能看见他们的眼睛，和我最后一次看到的一样——他们俯卧着，等待信号，一跃而起。如果永远都是这样的话，那现在就是行动的时候！

我尽量不动声色地在凳子上微转身子，以便我的右脚处于身体的重力之下，然后突然跳起来，掉转头，带着古代骑士的战斗本能，低声喊着心上人的名字，双手护头，猛地冲向棚屋的后墙。

尽管他们紧紧地盯着我，但我行动的突然还是令皮尔和老妇人大吃一惊。当我撞破腐朽的陈木时，我看到老妇人像母老虎一般跃起，还听到她愤怒的喘息。我的脚在一个移动的东西上着了火一般，我跳开的时候，知道我踩着了棚屋外面埋伏着的那排人中某个人的背部。我被钉子和尖片割伤了，但无大碍。我屏住气息，冲上前面的堆垛，同时听到我横冲直撞而出的棚屋，崩塌成了一堆。

这是噩梦一般的攀登。堆垛虽然低矮，却是可怕地陡直，我每走一步，大量的灰尘和煤渣都和我一起落下，在我的脚下让出路来。灰尘弥漫，令我窒息，真是恶心、恶臭、糟糕，但我的攀登，我感觉到，是生和死的分界线，因而我奋力前进。一秒钟好像一个小时，但我起步稍早，加上年轻力壮，给了我极大的优势，因而我轻易地到达了顶端。几个黑影无声无息地在我身后奋力追赶，死一般的沉默比任何声响都更为可怕。自那以后，我攀登过维苏威火山的锥顶，当我在硫黄味的烟气里攀爬那乏味的陡坡时，蒙鲁日那个可怕的夜晚的记忆重现脑海，如此栩栩如生，我差点昏厥过去。

这个堆垛是垃圾区内最高的堆垛之一，当我挣扎到顶端，气喘吁吁，心跳得像一把大锤子时，我看到左边远处暗红色天空的微光，更近些的地方，还有灯光闪耀。感谢上帝！我知道我现在身在何处，哪里有路通往巴黎市了！

我停顿了两三秒，向后看去。我的追捕者远落在后面，但仍然坚定不移地奋力追赶，保持死一般的沉默。远处，棚屋是一堆残骸——一大堆木材和移动的身影。我能清楚地看见它，因为火焰已经迸发，烂布和稻草显然被灯笼点燃了。那边仍是一片沉默！没有一丝声响！不管怎么说，这帮老混蛋还挺宁死不屈的。

我没有时间再多看一眼，因为我环视堆垛准备下去的时候，几个黑影冲过来绕着堆垛周围，想截断我的路。现在是求生的竞赛。

他们想抢占我去往巴黎的先机，那一刻，我本能地往右手边冲下去。我刚刚好抓住了最后的机会，因为，虽然我感觉冲下陡坡只有几步路，但正在密切注视着我的警惕的老家伙们转过了身，当我冲进前面两个堆垛之间的空地时，其中一个人的那把可怕的屠夫斧头差点砍到了我。肯定不止两把这样的武器！

接着，一场可怕的生死竞跑开始了。我轻易地跑在了老家伙们的前面，即便一些年轻点的人和几个女人也加入了追捕，我还是轻易地把他们甩在了后面。但是，我不认识路，我甚至无法凭借天空的光亮来指引自己，因为我正和它背道而驰。我曾听说过，除非是有意识的选择，被追捕的人总是倾向往左拐，现在我发现确实如此，由此，我猜想，我的追杀者们也明了这一点，因为他们更像动物而非人类，带着狡猾或本能，肯定早已发现了这一秘密。事实也证明了我的猜测，在完成一个快速冲刺时，我本想歇一口气，却突然看见前面有两三个黑影，敏捷地穿过右边一个堆垛的后面，向左而去。

我现在真的陷入一片天罗地网之中了！但是，伴着新危险而来的，是被追杀者的智谋，于是，我奔向下个转弯处，拐往右边。我朝这个方向继续奔跑了几百英码，然后，又往左边拐去，心里肯定至少我已经避免了被包围的危险。

然而并没有避免被追赶的危险，因为暴徒们仍然紧跟着我，沉着坚定、坚持不懈、不屈不挠，依然保持着冷酷的沉默。

在更加浓重的黑暗里，堆垛现在似乎比之前的变小了，虽然——因为夜晚正在降临——它们看上去该相应变大才对。我现在超前我的追杀者们好一段距离了，因此我冲上前面的堆垛。

啊，欣喜若狂！我已经接近了这个垃圾堆地狱的边缘。我身后的远方，是巴黎市红色的灯火，灯火后面，耸立着蒙马特尔的高处——一团幽暗，四处撒着繁星似的璀璨点点。

我片刻就恢复了体力，跑过余下几个变小了的堆垛，发觉自己来到了那边的平地。不过，即便这个时候，前景依然不妙。我的前面，全是黑暗和阴沉，显然，我来到了一片那种大城市周边随处可以看到的阴湿、低矮的荒地。荒芜凄凉之地，正好可以用来高度堆积一切有害有毒的东西，地面状况如此恶劣糟糕，甚至连最底层的空地占用者都嫌弃不用。随着眼睛适应了夜晚的昏暗，那些可怕的垃圾堆的暗影也相距甚远，我现在比稍早前看得清楚多了。当然，也可能是巴黎的灯火映入天空的光芒反射到了这里，虽然城市有好几英里之遥。不管是何原因，我看得足够清楚，搞懂了自己周围的状况，明白了下一步该如何走。

前面，是一片暗淡平坦的荒地，非常平坦，四处闪着凝滞不动的池塘的幽光。似乎在右边远方，在一小串散落的灯光之中，矗立着蒙鲁日城堡巨大的黑影，而左边模糊的远处，农舍窗户透出的零星闪光，加上映入天空的灯火，显示出了比赛特的方位。稍做思索，我决定往右边去，尝试到达蒙鲁日。那儿至少有某些安全感，我可能在遇到一些十字路口之前，就碰到了认得的路。不远的某处，肯定有连接环城城堡而修建的具有战略意义的道路。

然后我向后看。从堆垛那里过来，巴黎地平线的光芒映衬出几个移动的黑影，我看见右边隔着一长段路的地方，更多几个黑影正在我和我的目的地之间布局开来。显而易见，他们想在这个方向断了我的路，这样，我的选择就变得有限了，现在只能勇往直前或者转向左边。弯腰俯身，以便利用地平线作为视线，我朝左边这个方向仔细观察，没发现敌人的一丁点儿动静。我认为在这个点上他们不设防或者不想设防，显然那里对我已经存在着危险。于是我决定勇往直前。

这并非什么光明前程，随着我继续向前，情形变得愈加恶劣。地面变得松软泥泞，脚底时不时令人心惊胆战地打滑。我似乎在往下走，因为我看到我的周边好像在不断抬高，而之前我从那边看过来，这地方却似乎非常平坦。我环顾四周，看不到一个追杀者。这就奇怪了，因为这些夜鸟一路紧跟着我，穿越黑暗，如同在光天化日之下一般轻松。我好后悔自己穿着浅色的粗花呢游客套装出门啊。一片沉静，加之我无法看到我的敌人，却能感觉他们的注视，情形变得十分恐怖。抱着希望，或许有不属于这帮魑魅魍魉的某人能够听到我，我抬高声音喊了几声。没有任何回应，甚至没有一丁点儿回音。有一阵子，我一动不动地站住了，眼睛保持朝一个方向望去。在我周围正在抬高的一个地方，我看见一团漆黑的某种东西向前移动，然后另外一个，又另外一个。这发生在我的左边，似乎在移动去拦截我。

我心想，在这场游戏中，我可能得再次利用作为一个赛跑手的技能，来躲过我的敌人了，于是，我全速飞奔向前。

扑通！

我的脚在一大团黏糊糊的垃圾上滑了一下，我头朝下掉进了一潭浓臭的死水里。淹没到我的手肘处的水和泥污秽肮脏，令人作呕得难以形容，因为跌得突然，我实际上咽下了一些恶心的东西，差点呛着了我，使我呼吸十分困难。白色的薄雾如魅影般缭绕污浊的池塘，它的恶臭几乎熏晕了我，我永远也不会忘记我站起来，使劲从晕乎乎中回过神来的那些瞬间。最糟糕的是，带着被围困的动物看到一伙猎手围剿上来的强烈的绝望，我看见，我无助地站立着，而就在眼前，我的追杀者的黑影正敏捷地移动过来包围我。

即便在思维的活力似乎集中于可怕和紧迫的需求的关头，我们的大脑竟还能想些奇怪的事情，真是令人称奇。我命悬一丝：我的安全取决于我的行动，现在是走一步看一步，然而我还禁不住去想这些老家伙那奇异、顽强的执着。他们沉默的决心，他们的坚持不懈，还有冷酷的忍耐，即便在这样一件事情上，即便令我心存恐惧，还是赢得了我的敬佩。他们年轻气盛时该是什么样子的啊。现在我能理解阿尔科拉桥头那旋风般的突袭，还有滑铁卢守旧派充满蔑视的高呼了[①]！无意识的大脑活动自有它的乐趣，即便在这样的时刻。幸运的是，它和采取行动的思维活动没有丝毫冲突。

我马上意识到，目前为止，我只是输在没有达到自己的目的，

① 阿尔科拉战役以拿破仑亲自夺取一面旗帜，领头冲过阿尔科拉桥而知名。滑铁卢战役，守旧派为了保护拿破仑逃离战场，战斗至最后一刻。

我的敌人还没赢呢。他们已在三面成功地包围了我，决心把我赶往左边，因为他们根本不防护那里，所以那儿对我已经存在着危险。我接受了这个备用的选择——霍布森式的选择[①]，跑动起来。我不得不守住低地，因为我的追杀者们占据着高地。虽然地面凹凸泥泞，妨碍我前行，但是我的年轻气盛和训练有素，使我能够保住阵地，通过走对角线，我不仅没让他们抓住我，还开始和他们拉开距离了。这让我增添了新的勇气和力量，到这个时候，长期的训练开始发挥作用，我的精力恢复过来了。前面的路稍微升高了。我冲上坡，发现眼前是一片脏污黏稠的水地，另外一边，是看起来阴森凄凉的低矮的堤坝或堤岸。我感觉，要是我能够平安到达那个堤坝，脚踏坚实的土地，有某条小路指引的话，或许我能在那边相对容易地找到脱身之道。我左右扫视，看到附近没人，我给自己几分钟时间，让眼睛定定神，以便在穿越沼泽地时，帮助我的脚采取行动。这是艰难、辛苦的活儿，但几乎没有危险，纯粹是艰苦跋涉，没多久，我就到达了堤坝。我兴高采烈地冲上坡，却再次遭受到新的打击。我的两边，几个蹲伏的身影站了起来，从左右包抄过来。每个人都拿着一根绳子。

封锁圈差不多形成了。我两边都前进不了，大限将至。

只有一个机会，我抓住了。我竭尽全力猛地冲过堤坝，逃出敌人的魔爪，投身小河里。

要在其他时候，我会认为这水肮脏恶臭，但现在，它如同最

---

① 一种看似自由的选择，其实是无可选择的选择。

清澈的溪流对口干舌燥的旅人那般大受欢迎。它简直就是一条安全线!

我的追杀者紧跟着冲过来。要是他们中只有一人拿着绳子，我就完蛋了，因为在我有时间游动之前，他就能够缠住我，但是，那么多只手握着绳子，却因担心失手而互相耽搁了，当绳子击打到水面时，我听到身后的溅泼声。几分钟的奋力游泳，我横穿过小河。河水的浸泡使我精神振作，成功的逃脱使我大受鼓舞，我士气相对高涨地爬上堤坝。

从顶部我向后望。透过黑暗，我看到我的袭击者们沿着堤坝上下分散。追杀显然还没有结束，我得再次选择行动的方向。从我站着的地方，堤坝的另外一边，是一片荒野、湿软的沼泽地，和我已经穿越过的那片地非常相似。我决定避开这样的地方，我思索片刻，想该沿着堤坝往上走还是往下走。我想我听到了一点儿声响——船桨低沉的划动声，于是我竖耳倾听，然后大喊起来。

没有回应，但是声响停止了。显而易见，我的敌人找到了一条小船之类的东西。由于他们是在我的上边，因此我往小道的下边跑去。我跑过我原来投身入水之处，向左拐的时候，听到几声偷偷摸摸、轻柔小心的扑通声，好像老鼠跳进河水发出的声音一样，不过要响得多。我望过去，看见闪着幽光的平静水面，被几个前进的人头打破了，泛起了波纹。一些敌人也游过小河了。

现在，在我身后，小河上方，静默被船桨快速划动的咯吱声捅破，我的敌人还在穷追不舍。我以最快的步伐飞奔起来。休息了几分钟之后，我朝后看，借助透过参差不匀的云朵的一点微光，我看到几个黑影正在爬上岸。现在风力开始增强了，我身边的水面泛起皱纹，在岸边激起微小的波浪。我必须看好眼前的路面，唯恐失足，因为我知道，绊倒即是死亡。堤坝上只有几个黑影，但穿过荒芜的沼泽地，正有许多黑影赶来。这预示着什么新的危险，我不知道，只能猜测。接着，我飞奔的时候，感觉小道愈发偏右倾斜。我抬眼前望，看到河流比原来宽阔多了，我站在上面的这个堤坝很快即将消失，它的远处，是另外一条小河，那条小河靠这边的岸上，一些黑乎乎的东西正在穿过湿地。我正置身于类似孤岛一样的地方。

我的处境现在真是四面楚歌，因为敌人已经将我全面包围。后面，不断加快的划桨声传来，好似我的追杀者知道活动已经进入尾声。环绕着我的，是满目凄凉，我看不到一片屋顶或一点灯光。右边远方，耸立着一个黑黝黝的庞然大物，但它是什么，我不知道。我驻足想了一下，该怎么办，但来不及多想，因为追杀的人正在接近。然后我拿定了主意。我滑下堤岸，进入水中。我朝正前方用力划，摆脱小岛边的回流，以便顺流而行。我是这样算计的，而当我进入河流里，事实也正合我意。我等着，直到一片流云遮住月亮，一切陷入黑暗里。然后我脱下帽子，轻轻地把它放在水面，随水漂流，接着我向右潜水，在水下竭尽全力地游动。我估计，我在水下待了半分钟，当我尽量轻柔地浮出水面时，转身向后看去。我淡棕色的帽子正快乐地随波逐流。紧跟其后的，是一条摇摇晃晃的老旧的船只，一双船桨热火朝天地划动着。月亮因为流云遮挡的缘故，依然模糊不清，但在朦胧的月色里，我能看到船头有个人，手里高举着长柄斧，正准备攻击。在我看来，这长柄斧和我之前躲过的那把可怕的斧头，一模一样。我看着的当儿，船只靠近了，更近了，然后那人凶猛地出手狠击。帽子消失不见了。那人身子前倾，差不多都要掉下船了。他的同伙把他拉回船，却不见了手中的斧头。然后，当我转过身，拼尽全力希望到达那更远的岸边时，听到了低沉的诅咒:“该死的！”气急败坏的嗡嗡声，表达出被迷惑了的追杀者的愤怒。

这是这场恐怖的追杀过程中，我第一次听到发自人类唇间的声音，尽管充满了威胁和危险，我却欣然接受，因为它打破了那笼罩着我的、令我惊恐不已的沉默。它好似一个赫然的标记，说明了我的对手是人类，而非幽灵，对付他们，至少，我拥有了作为一个人的机会，尽管是一个对多个，力量对比悬殊。

现在沉默已被打破，各种声音纷至沓来，低沉而迅疾。从船只到河岸，又从河岸到船只，传来快速的询问和回答，全都是穷凶极恶的行话。我向后望去——一个致命的行为，因为马上有人看到了我在黑色的水面上发白的脸，大声叫嚷起来。手都朝我指点着，顷刻，船只调好方向，努力追上来。我只有一点儿距离要游过去，但身后的船越划越快。再游几下我就到岸了，但我感觉船只已近在咫尺，每一秒钟，我都等着一根船桨或者其他武器在我脑袋上开花。要不是我已经看到那可怕的斧头失落于水中，我根本不认为自己可以赢得上岸的机会。我听到没有划船的那些人的低声诅咒，还有划船的那些人的粗重喘息。为了活命和自由，我使出吃奶的力气，触碰到河岸，一跃而起。一秒钟都没有多余出来，因为在我身后，船只重重地搁浅了，几个黑影在我之后跳上岸。我跑到堤坝顶，左转，又接着跑。小船离岸，顺流而下。看到这个，我害怕那个方向有危险，于是飞快地转向，跑下堤坝的另一边，穿过一小片沼泽地后，是一片荒凉、开阔、平坦的乡野，我继续飞奔。

在我身后，坚韧不拔的追杀者仍在穷追不舍。远处，我的身下，是黑黝黝的庞然大物，和我之前看到的一样，不过现在更近更大了。我的心一阵狂喜，因为我知道，它肯定是比赛特的城堡。带着新的勇气，我跑啊，跑啊。我听说过，巴黎的每个防护堡垒，与其他所有的防护堡垒之间，都有战略意义的通道相连，这些道路隐藏得很深，士兵行进时不易被敌人发觉。我知道要是我能找到这样的路，就安全了，但在黑暗中，我无法看到任何标记，所以，怀着碰运气的盲目希望，我不停地跑。

不久，我跑到了一条深邃的通道边缘，发现下面有条两边均有一水渠防护的道路，而水渠左右两边，都围着一堵又直又高的墙。

头晕目眩，我继续跑，路面变得更加坑洼不平，越来越死气沉沉，直到我摇摇晃晃地跌倒了，又爬起来，在被追杀的盲目痛苦中不停飞奔。想到爱丽丝，我又振作起精神。我不能就此消失，毁了她的生活：我要为生命而抗争，战斗到底。我拼尽全力，抓住了墙顶。当我像山猫一样攀爬，把自己拉上去时，我实际上感觉到一只手碰到了我的鞋底。我现在是站在某种堤道上，看到眼前有点暗淡的光亮。双眼抹黑，头昏脑涨，我继续跑，踉跄，跌倒，爬起，满身尘埃和鲜血。

“站住！”

这简直像是来自天国的声音。我感觉好像被一片明亮的光彩包围起来，兴奋得哇哇大叫。

“是谁？”我的眼前响起步枪的咯咯声，还有钢枪的闪亮。本能地，我停住脚，虽然就在我的身后，传来了追杀者急促的脚步声。

又有一两句问话，当卫兵出现时，我感觉从大门口涌出一大波红蓝两色的潮流。四周似乎亮堂堂的，钢枪闪闪，众多的手臂上响起叮当声和咯咯声，还有洪亮严厉的命令声。当我精疲力竭地向前倒下时，一个士兵抓住了我。我充满恐惧地往后望，看见大批的黑影消失于夜色之中。再接着，我肯定是昏过去了。当我恢复神志时，人在警卫室里。他们给我白兰地，过了一会儿，我能够告诉他们发生什么事了。然后一位警察代表出现了，显然是从天而降，正如巴黎警官的一贯作风。他全神贯注地倾听我的述说，然后和指挥官商量了一会儿。显而易见，他们达成了一致意见，因为他们问我，现在是否准备好了和他们一起走。

“去哪儿？”我问，起身要走。

“回垃圾堆那边。也许，我们还能抓住他们！”

“我愿意试试！”我说。

他深深地看了我一眼，突然说：

“英国小伙子，你想不想等一会儿，或者到明天再说？”这话触动了我，或许，这也正是他的用意所在，我跳了起来。

“现在就走！”我说，“现在！就现在！英国人总是时刻准备好尽职尽责！”

警察代表是个好人，也是个精明人，他好意地拍拍我的肩膀。“勇敢的小伙子！”他说，“原谅我，但我知道什么对你最好。护卫队准备好了，走！”

于是，穿过警卫室，还有一条长长的穹形通道，我们出来走进夜色中。前面的几个人拿着照明效果非常好的灯笼。穿过院子，走下一段斜坡，通过一道低矮的拱门，我们来到一条和我在逃亡途中看到的同样隐蔽的道路上。一声令下，跑步走，士兵们一个快速大跳步，半跑半走，敏捷地沿路行进。我感觉浑身重新充满了力量——这就是追捕者和被追捕者的区别。没走一会儿，我们就到了一座横跨小河的低矮的浮桥，显然只比我游泳时手能打到的地方高出一丁点儿。很明显，有人想毁了这座桥，因为绳子都被割断了，一条链子也断开了。我听到指挥官对警察代表说：

“我们刚好及时赶到！再晚几分钟，他们就把桥毁掉了。前进，快！”于是我们继续赶路。在迂回的河流处，我们又遇到另一座浮桥，当我们接近时，听到了金属鼓空洞低沉的声音，似乎捣毁桥梁的企图正再次发生。一声令下，几个人举起了步枪。

“开枪！”子弹群发。一声低沉的哭喊，黑影四散。然而祸害已经造成，我们看到浮桥的另一头弯进了河里。这次耽搁挺久的，我们花了差不多一个小时，才把绳子和桥修复到足以让我们通过的程度。

我们又开始了追赶。越走越快，朝垃圾堆进发。

过了一段时间，我们来到了一个我认识的地方。余火仍在——几块阴燃的木炭还投射出暗淡的红光，但大部分灰烬已冷。我记得棚屋的地点，以及屋后我曾冲上去的小山，在忽隐忽现的红光里，老鼠的眼睛依然磷光闪闪。警察代表和指挥官说了一句什么，他大声命令道：

“停下！”

士兵们听命散开看着，然后我们开始检查火后残余。警察代表本人开始抬起烧黑的木板和垃圾，士兵们拿开又堆到另外一边。不久，他突然后退，又俯身向下，然后站起来示意我。

“看！”他说。

这是一幅令人毛骨悚然的画面。那儿，有一具脸面朝下的骷髅，从肋骨的线条来看，是位女性——根据骨头的粗糙纤维判断，是一位年老的女性。在肋骨之间，一把由屠夫的锉刀制成的长尖钉状的匕首，赫然在目，它锐利的尖端深深地卡在脊柱里。

“你们可以观察到，”警察代表拿出笔记本时对指挥官和我说，“这个妇人肯定是跌倒在了匕首上。这儿的老鼠真多——看，它们的眼睛在那个骨头堆里闪闪发光——你们也会注意到，”他把手放到骷髅上时，我不由得战栗起来，“一点儿时间就会被它们吃掉，因为骨头还没冷却！”

附近没有任何人的影迹，不管是活人还是死人，于是士兵们又列队前行。很快，我们来到那个由老衣柜改成的屋子。我们走过去。六个隔间有五人各据一层，正在睡觉——睡得鼾声震天，灯笼的亮光都没把他们弄醒。他们古铜色的脸憔悴不堪，皱巴巴的，八字胡花白，看起来又老又丑，两鬓苍苍。

指挥官一声刺耳响亮的命令，五个人立刻跳了起来，在我们面前“立正”站好。

“你们在这里干什么？”

“睡觉。”答道。

“其他捡破烂的人在哪里？”警察代表问。

“去工作了。”

“那你们呢？”

“我们放哨！”

“祸害！”指挥官令人畏惧地大笑，一张脸接一张脸地看过去，带着冷酷、故意的残忍加上一句，“睡着放哨！这是保守派的做法吗？难怪，所以啊，滑铁卢！”

借着灯笼的光亮，我看到严酷衰老的面孔变得死白，当士兵们的笑声回应着长官令人沮丧的诙谐时，老家伙们眼里的神情几乎使我打抖。

那一刻，我感觉在某种程度上，我得以复仇了。

有一瞬间，他们看起来好像要扑到奚落他们的人的身上似的，然而，多年的生活阅历已经给他们上了课，他们克制不动。

“你们只有五个，”警察代表说，“第六个在哪里？”

回话伴随着令人难以容忍的轻笑。

“他在那里！”说话的人指着衣柜底，“他昨晚死了。你们找不到他多少。鼠的葬礼是很快的！”

警察代表弯腰看进去。然后他转向指挥官，镇定地说：

“我们或许可以回去了。现在这里无迹可寻了。没有什么东西可以证明，这人就是你的士兵的子弹打伤的那个。或许他们杀了他来掩盖痕迹。看！”他又弯下腰，把手放在骷髅上，“老鼠吃得很快，它们成千上万。这些骨头还是温热的！”

我不寒而栗，我身边的那些人也同样。

“整队！”指挥官说，于是灯笼在前面晃荡，戴手铐的老兵在队伍中间，我们以行军的秩序，迈着整齐有力的步伐，离开了垃圾堆，掉头转回比赛特城堡。

我接受考验的那一年早成往事，爱丽丝已经成了我的妻子。但当我回望那难以忍受的十二个月时，最刻骨铭心的事件，莫过于我的那趟垃圾城之旅了。

血手噩梦

我第一次听到对雅各布·塞特尔这人的评价，是一句简单的描述性陈述："他是个无精打采的家伙。"但我发现这代表了他的工友的集体看法和观点。在这短句里，包含了一种轻松的宽容，却缺乏任何积极向上的色彩，不像任何全面的评价那般，相当精确地表明一个人在公众评估体系中的地位。然而，在这句话和他的外表之间，还是有些冲突之处，使我不自觉地感到好奇，并且，随着我对这个地方和他工友的了解的增加，慢慢地，我对他产生了特别的兴趣。我发现，他是一个总是行善的人，这些善事并不是指超出他微薄收入的金钱花费，而体现在替人事先考虑、宽容忍耐和自我抑制等多种形式上，这些品质才是生活中更真实的慈善。女人和孩子们毫无保留地信任他，但相当奇怪地，他却尽量回避他们，除非有人生病了，如果能帮上忙的话，他才羞怯笨拙地挺身而出。他过着非常孤独的生活，一个人远远地住在荒地那边只有一间房的小村舍里，或者不如说是简陋的小屋子里。他的存在似乎如此悲伤和孤独，以至于我希望能够将此情形扭转。出于这个目的，当我们两人为一个被我不小心伤到的孩子一块儿守夜的时候，我趁机提出借书给他。他欣然接受了，当我们在黎明的灰暗中道别时，我感到某种相互信任的东西，已经在我俩之间建立起来了。

书总是爱护有加地按时归还，一段时间后，雅各布·塞特尔和我成了朋友。有一两次，星期天我穿过荒地的时候顺便看望他，可这样的场合，他显得害羞和不安，所以我也不敢随意造访了。不管在什么情形下，他从未来过我的寄宿处。

一个星期天的下午，我从荒地更远那边散步回来，经过塞特尔的小村舍时，在门口停下来，想向他问个好。因为门是关着的，所以我以为他出门了，纯粹是出于形式或者习惯，我敲敲门，并不指望得到任何回应。让我吃惊的是，里面传来虚弱无力的声音，虽然听不清说的是什么。我马上进去了，发现雅各布正半裸地躺在床上。他像死人一般苍白，汗珠从他脸上纷纷滚落。他的手无意识地紧抓床单，就像落水的人紧抓住任何可以抓住的东西一样。我进去的时候，他双眼圆睁，目不转睛，带着一种被追捕的狂乱眼神半支起身子，好像某种恐怖的东西来到了他的面前，但当他认出我时，松了口气，呜咽一声，又落回睡椅里。他喘气时，我在他旁边站了一会儿，足有一两分钟吧。然后他睁开眼睛看着我，却是那样一种绝望、悲哀的表情，以至于我作为一个活人，倒宁愿看到他那被吓得僵硬的样子。我在他旁边坐下来，问候他的健康。但除了说他没病之外，有一阵子，他没有理会我，接着，在近距离地仔细端详我之后，他用手肘支撑起身子，说——

“衷心感谢你，先生，但我只不过是告诉你实情。我没病——人们是这样叫它的，不过上帝知道，是否还有比医生们所知的更为严重的疾病。我会告诉你，因为你人太好了，不过我相信你不会对任何人提及这事，因为那可能会让我更加麻烦悲伤。我正被一个噩梦折磨着。”

“一个噩梦！”我说，希望他高兴起来，“可是梦会跟着光亮离开，甚至醒来就被忘记。”说到这里我住口了，因为在他开口说话之前，从他环顾这个小地方的痛苦表情中，我已经看到了答案。

“不！不是的！那是针对生活舒适、有爱人陪伴左右的人而言的。对独自生活，却又不得不如此的人来说，情形要糟糕一千倍。在黑夜的寂静中醒来，充满了各种声音和脸孔的宽广的荒野包围着我，使得我的清醒比睡眠更像一个噩梦，这何乐之有？啊，年轻人，你没有带给人一片黑暗和空洞的过去，我向上帝祈祷，但愿你永远没有！”他说话的时候，在他的举止之中，有种几乎令人难以抗拒的说服力，以至于我放弃了对他孤独生活方式的规劝。我感到自己被某种搞不清楚的神秘力量左右着。正不知说什么才好，让我松了口气的是，他接着说道——

“前两个晚上我做了同一个梦。头一个晚上够难的了，但我挺过来了。昨天晚上，等待噩梦降临这事本身，几乎比梦还要糟糕——直到梦的来临，然后它卷走了比它更弱小的痛苦的所有记忆。我不敢睡觉，一直到天将破晓，然后它又来了。自那以后，我一直处于极度痛苦之中，感觉都要死了，今晚恐怕挺不过去了。”他的话还没说完，我已经做好了决定，感觉可以对他说得更乐观轻快一些。

“今晚试着早点睡——实际上，是在傍晚之前睡。睡眠可以使你精神焕发，我敢说今晚之后再也不会有任何噩梦。”他绝望地摇摇头，于是我再多坐了一会儿，便离开了。

我回到家时，已经为当晚做好了安排，因为我已决定去雅各布·塞特尔荒地上的村舍，和他一起共同打发寂寞的不眠之夜。我判断要是他能在黄昏前入睡，就会在午夜前醒来，因而，当城市的钟声敲响十一下时，我正好站在他的房门前，手里提着一个装有夜宵、一只超大的烧瓶、几支蜡烛，还有一本书的袋子。月光清亮，洒满了荒地，使它几乎如同白昼一般明晰，但时不时地，乌云飘过夜空，造成一片黑暗，相比之下，这似乎更为真实可感。我轻轻地推开门，走进屋子，没有惊醒正平躺入睡的雅各布。他睡姿僵硬，面色苍白，又是大汗淋漓。我试图想象，在那双闭着的眼睛前面，有什么样的幻影正在穿移，这些幻影所携带的不幸和灾难，明显地呈现在这张脸上，但我想象不出来，于是我等待着梦醒时分。它以一种令我心痛的方式突然来临了，因为他半支起身子又落下去时，苍白的唇间发出空洞的呻吟，明白无误地表示之前的某些思路已经实现或者完成了。

“如果这是在做梦，”我自言自语，“那它肯定是基于某些可怕的事实。他说到的不愉快的事实可能是什么呢？”

我这么说的时候，他意识到我是和他在一起的。让我惊讶的是，他并没有那种通常标志着一个刚醒过来的人，分不清身在梦境还是现实，而对周围环境感到疑虑不定的时段。他发出一声确定、欣喜的哭喊，抓住我的手，把它握在他两只汗湿、颤抖的手中，像一个受惊的孩子，死死地抱住他信任的人。我试图宽慰他："好啦，好啦！没事了。我今晚来和你待在一块儿，我们一起努力打败这个邪恶的梦。"他突然将我的手松开，落回床上，双手捂住眼睛。

"打败它？——这个邪恶的梦！啊！不，先生，不！没有什么强大的力量可以和那个梦对抗，因为它来自上帝，并且被烙在了这儿，"他拍拍前额，接着继续说下去，"它是同样的梦，总是一样的，然而它每次到来，折磨我的魔力却不断增强。"

"是什么样的梦？"我问，心想谈论它可能会给他一些解脱，但是他从我身边退缩回去，停顿了很长时间后，说道："不，我最好不要说它。它可能不会再来了。"

显然有某种需要对我隐瞒的东西，某种藏在这梦背后的东西，于是我回答道："好吧。我希望你是最后一次看到它。但要是它又来的话，你就告诉我，好吗？我之所以问，不是出于好奇，而是因为我认为，说出来可以让你解脱。"他带着我认为几乎是过度的庄重回答说："要是它又来的话，我会全部告诉你。"

然后我尽力把他的思绪从这个话题引导到更平凡日常的事情上去，这也正是为什么我做了夜宵，包括烧瓶里的东西，让他和我一起享用。过了一会儿，他振作起来了。我点上雪茄，也给了他一支，我们抽了整整一个小时，聊了很多事情。慢慢地，身体的舒适对他的思维产生了影响，我能看到睡神把她的手轻轻地放在了他的眼睑上。他也感受到了，告诉我现在没事了，可以放心地离开了，但我对他说，不管是对还是错，我要等到天亮。于是我点上另一根蜡烛，在他入睡时，开始读书。

渐渐地，我被书本迷住了，如此入迷，以至于它从我的手中滑落时把我吓了一跳。我抬头望望，看见雅各布还在睡觉，看到他脸上有种不常见的幸福表情，同时嘴唇嚅动，似乎在无声地说话，我感到十分开心。然后我又开始阅读，又一次从书中惊起，不过这次是被我身边床上的声音吓得汗毛直立——

"不要那些血手！不要！不要！"看看他，我发现他还在睡眠中。不过，他立刻醒来了，看见我，似乎并不吃惊，再次表现出那种怪异的对周围环境的漠不关心。然后我说："塞特尔，告诉我你的梦。你可以无拘无束地说，因为我会替你保守秘密。我们两个都活着的时候，我绝不会提起你告诉我的东西。"

"我说过我会的，但我最好先告诉你这个梦之前的事情，那样你或许能够理解。我很年轻的时候，是一所学校的老师，那只是西南部一个小村庄里的教区学校。没必要提及它的名字。最好不要。我订婚了，准备迎娶一位我深爱并十分敬重的年轻女子。这是一个老套的故事。在我们等待恰当的时机，当我们买得起房子，共筑小窝的时候，另外一个男人插足进来。他和我差不多年纪，英俊潇洒，温文尔雅，具有吸引我们这个阶层的女士的所有魅力。他会去钓鱼，而她会在我在学校上班的时候去和他约会。我跟她讲道理，恳求她放弃他。我提出马上结婚，离开那儿，去一个陌生的地方开始全新的人生，但她对我说的话置之不理，我看她是完全被他迷住了。然后我就把这事担过来，约他见面，请他好生对待那姑娘，因为我想他或许真心爱她，那样别人就说不上话或者没有机会议论什么了。我独自一人去了该和他会面的地方，于是我们见面了！”说到这里，雅各布·塞特尔不得不停顿下来，因为有什么东西好像在他的喉头涌动，他呼吸艰难，几乎上气不接下气了。然后他接着往下说——

“先生，老天在上，那天我的心里毫无私念。我太爱我美丽的玛布尔了，无法满足于只是她爱情的一部分，我一直过多地考虑自己的不幸，却没有意识到，无论她怎么想，我的希望已经没了。他对我十分傲慢无礼——你，先生，作为一位绅士，或许，无法得知，一个占你上风的人的张狂侮慢，能有多么伤人——但我忍住了。我恳请他好好对待那姑娘，因为对他而言只不过个把小时的玩儿消遣，却可能令她伤心欲绝。我从未想过她的忠实，或者她可能遭受可怕的人身伤害，我只担心她内心的不幸。但当我问他打算什么时候娶她的时候，他的大笑激怒了我，我发火了，对他说我不会袖手旁观，眼看她的生活被人糟蹋的。然后他也发怒了，在激愤中口不择言地说了无情贬低她的话，就在那个时候，那个地方，我发誓他不该活着而伤害她。上帝才知道这是如何发生的，因为在这种感情冲动的时刻，很难记得一个用词到一记重拳的升级演变，但我发现自己正站在他了无声息的身体上，双手沾满了从他的喉咙里喷涌而出的通红鲜血。只有我们两人在场，而他是个异乡人，没有亲属寻找他，谋杀并不总能水落石出，并不全都马上水落石出。据我所知，他的骨头可能在我遗弃他的河水里静悄悄地变白。没人疑心少了此人，或者此人为何消失不见了，除了我可怜的玛布尔，但她不敢声张。然而这全是白费心机，因为当我离开好几个月后再次回来——我无法忍受在那个地方待着——我得知她蒙羞死掉了。在这之前，我还一直以为我的恶行挽救了她的未来，但现在，我得知太晚了，我可怜的爱人已被那个男人的罪恶玷污了，我无用的内疚感变得更加沉重，我无法承受地逃离了。啊！先生，你从没犯下这样的罪恶，不会知道带着它生活下去是什么滋味。你可能认为习惯会使它变得容易，但不是这样的。每一个小时，它都在不断滋长，直到变得令人无法容忍，而伴着它一起滋长的，是那种你必须永远站在天国之外的感觉。你不知道那意味着什么，我向上帝祈祷，希望你永远也不要知道。对一般的人来说，万事皆有可能，并不会经常想到——如果曾经有想过的话——天国。它只是一个名称而已，他们满足于等待，一切顺其自然，但对那些注定永远被关在外边的人，你想不出这意味着什么；你无法猜想或度量那可怕的无尽的渴望，渴望看到大门打开，你能够加入里面那些洁白的影像之列。

“我的梦就是这样来的。入口似乎就在眼前，宏大的钢铁大门上有很多桅杆般厚实的金属条，它矗立在云端，这么近，以至于透过大门缝隙，可以瞥见一座水晶宫，它闪耀的墙壁上雕刻着很多身着白衣、容光焕发的人物形象。当我站在大门前，我的心和灵魂充满了久已遗忘的欣喜和憧憬。两个强大的天使站在门口，长着横扫一切的翅膀，还有，噢，多么严肃的面孔！他俩各自一手持着一把火焰之剑[①]，一手握着一根轻轻来回移动的带子。更靠近我身边的，是身着悬垂黑衣的形象，他们的头都被包裹着，只能看到眼睛。他俩递给每个来人白色的服装，好像天使的装束。一道低声传来，要求所有的人都穿上自己的长袍，不能携带凡间的尘土，否则天使将不让他们进入，而是用火剑重击他们。我很乐意地穿上自己的服装，急忙把它套在身上，想快步走到大门口，却动弹不得，天使松解带子，指着我的长袍，我低头往下看，大惊失色，因为整件罩袍都被鲜血弄脏了。我的双手都是红色的，闪着血光，血从手上滴下，和那天在河岸边的情形一模一样。然后天使举起火焰之剑，将我击倒，恐怖的情景结束了——我惊醒了。一次，再次，再一次，可怕的梦魇不断地光顾我。我从不记得能从这个经历中学到什么，但梦境开始的时候，希望总在那儿，因而使得结尾更加骇人。我知道这梦不是由普通的黑暗产生的，在普通的黑暗里，梦会遵从黑暗。它是上帝传来的惩罚！永远不能，我将永远不能通过那道门，因为天使长袍上的凡间尘土，肯定会永远来自那双血手！”

雅各布·塞特尔说话的时候，我像被施了魔咒般听着。他声音的调子，像是从很远的地方传来。他的眼里，有种非常恍惚、神秘的东西，似乎穿透过我，望着更远处的精灵。他的措辞发音，如此

---

① 根据《圣经》，上帝在逐出亚当和夏娃之后，安排了一个手持旋转火剑的小天使守护天堂大门。

高贵尊严，和他的工作服以及寒酸的四周，形成了鲜明的对比，以至于我都分不清，这整个事件是不是一场梦。

我们两个都沉默良久。我一直看着面前这个男人，感到越来越惊奇。现在他既然已经坦白了，他那已被压低到尘土上的灵魂，似乎带着弹性，又跳回了直立的状态。我以为我该被他的故事吓到，但是，说来奇怪，我没有。得知一个杀人犯的秘密肯定不是什么乐事，但这可怜的家伙似乎在他的血案里，不仅受到很多挑衅，而且怀着崇高的自我牺牲精神，使得我不想对他做出任何评判。尽管我的心跳得又快又沉重，但我的目的在于安慰，于是我尽量平静坦诚地说："雅各布·塞特尔，你不必绝望。上帝是博爱的，他的仁慈宽广无边。带着希望继续生活，好好工作，也许有一天你会感到，你已经为过去赎了罪过。"说到这儿我停下来，因为我看到了那种睡意，这次是自然的睡意，正悄悄地爬上他的身体。"去睡吧，"我说，"我会在这里看着你，我们今晚不会再有噩梦了。"

他强打起精神，答道："我不知如何答谢你今晚对我的善意，但我想你现在最好离开。我要试着好好睡一觉。向你全盘托出后，我感到精神上如释重负。如果那个男人有任何阴影残留在我身上，我必须努力独自奋战出来。"

"既然你希望这样，那我今晚就回了，"我说，"但请接受我的建议，不要离群索居地生活了。到人群中去，在人群中生活。分享他们的快乐和悲伤，这会有助于你忘记过去。这种独处会使你忧郁得发疯。"

“我会的！”他似醒非醒地回答，因为睡意已经压倒了他。

我转身欲走，他目送着我。当我碰到门闩时，我把它放下，又走回床边，伸出手。他起身成坐姿，双手抓住我的手，然后我说晚安，试图使他高兴起来：“振作，老兄，振作！雅各布·塞特尔，这世上还有你要做的事情。你还有机会穿着白色长袍，通过那钢铁大门！”

然后我离开了。

一个星期后，我发现他的小村舍人去房空，问他的工友，说是已经“去往北方”，没人知道他究竟去了哪里。

又过了两年，我在格拉斯哥我的朋友芒罗医生处小住几日。他是个大忙人，没时间陪我到处走，所以我去特罗萨克斯、卡特林湖、克莱德河沿线短途旅行了几天。在我逗留的倒数第二个晚上，我比原定计划回来得晚些，发现我的东道主也晚归了。女仆告诉我他被叫去医院了——煤气厂发生了一起事故，晚餐要推迟一个小时，所以他吩咐她让我散步过去找他，然后和他一块儿走路回家，于是我出门了。在医院里，我找到了他，他正在洗手，准备回去。很随意地，我问他碰到的是什么情况。

“噢，平常事！腐朽的绳子和小人物的生命。两个工人正在煤气库里作业，固定他们的脚手架的绳子断裂了。肯定恰好发生在午餐之前，因为没人注意到他俩不见了，直到工友们吃完回来。煤气库里大概有七英尺深的水，所以他俩得奋力求生，可怜的家伙。不过，他们中有一人活下来了，只是存活下来而已，我们费了好大的劲才把他抢救过来。他捡回一命似乎得归功于他的同伴，我从未听说过比这更英勇的事迹了。他们用尽力气一块儿游泳，但到最后累坏了，甚至灯光就在头顶上，工友们吊在绳子上下来营救他们，也没能把他们弄上去。但他俩中有一个站在水底，把工友举过头顶，就那几口气，在生死之间画出了一道界线。当他被拖出来时，情景非常骇人，因为水混合着煤气和焦油，变得像紫色染料一般。从上面看下去，他好像被血洗过一样。咳！”

“那另外那个人呢？”

“噢，他就更惨了。但他肯定是个非常高尚的人。水下的挣扎求生一定很吓人，从失血的手足可以看出这一点。看着他，圣痕[①]的说法恐能成立。你会不由自主地想，有如此这般的决心，在这世上无事不成。是的！它几乎可以打开天国的大门。看这儿，老朋友，这不是很悦目的景象，尤其是在晚餐之前，但你是位作家，这是个奇案特例。这里有你不愿意错过的东西，因为按常规，你永远也不会再看到像这样的事情了。”他边说边把我带进了医院的太平间。

棺材架上，躺着一具白布严裹的尸体。

“看起来像一只蛹，对吧？我说，杰克，如果一只蝴蝶象征一个灵魂的古老神话[②]是真的，嗯，那么，这只蛹化成的蝴蝶，就是一个非常高贵的样本，它的翅翼上聚集了所有的阳光。看这里！”

① 圣痕指人体伤痕所在部位，恰好与耶稣被钉在十字架上受伤部位一致。一些基督徒相信，这些印记是神圣的标记。

② 许多古文明社会相信，蝴蝶是人类灵魂的象征。

他揭开了死者脸上的白布。看起来很吓人，真的，仿佛血迹斑斑，但我马上认出了他，雅各布·塞特尔！我的朋友把卷绕的布单更往下拉去。

双手被某个仁慈心肠的人虔诚地安放于紫色的胸口上，交叠着。看到这双手，我的心带着欣慰一阵抽搐，因为有关他那痛苦的噩梦的记忆冲刷过了我的脑海。现在，这双可怜、勇敢的手毫无瑕疵，如雪一般煞白。

看着的时候，某种程度上，我感觉那罪恶的梦全都结束了。那个高贵的灵魂，最终赢得了一条通过那扇大门的道路。现在，把衣服穿上身的那双手，在白色的长袍上，没有留下一丝污迹。

克鲁肯沙滩

预订下克鲁肯农庄上面大家称为“红房子”的阿瑟·芬利·马卡姆先生，骨子里是个伦敦佬，他认为夏天去苏格兰度假时，很有必要准备一全套像高地酋长似的行头，正如在多彩石印版和音乐厅舞台上呈现的那样。他曾有次在帝国剧院观看《大王子》，“无赖国王”——“来自麦可思洛根地区的麦可思洛根[①]”的出场和著名的苏格兰歌曲“没啥能像肉馅羊肚[②]那样让人口干舌燥！”，博得了满堂喝彩，自那以后，他的脑海里就留存了一个自己身着别致、尚武装束的忠实形象。确实，要想知道马卡姆先生选择阿伯丁郡作为度假胜地的真实意图的话，从他浓墨重彩地想象该度假地前景里，那许多来自麦可思洛根地区的麦可思洛根色调缤纷的形象，便可追寻得知。不过，即便如此，也还得出于非常幸运——肯定只就外在的美丽而言——让他选择了克鲁肯海湾。它是一个非常可爱的地点，在

① 指人名和地名相同。

② 一种苏格兰传统食品，通常用羊肉馅装入羊肚中制成。

阿伯丁和彼得黑德之间，正好处于多岩石的岬角之下，从那里，众多被称为“马刺”的狭长、危险的礁石，延伸进入北海。在这个地方和克鲁肯农庄之间——农庄是个被北部悬崖庇护的小村庄——是深深的海湾，后面衬托着大量形状弯曲的沙丘，那儿野兔成群出没。因此，海湾两端都是岩石遍布的海角，当朝晖夕阳落在红色的正长岩上时，非常漂亮。海湾沙地平铺，海潮在远处涌动，留下一片硬邦邦的荒沙地，到处散布着渔夫们用来捕三文鱼的桩网和袋网。在海湾的一端，有一小组或一小簇岩石，顶端高过涨潮期的水位，只有在恶劣的天气下，才会被波浪淹没过顶，变成绿色的一片。低潮时，沙地水平之上，它们全部暴露了出来，这儿或许就是东部海岸唯一危险的一小块沙地。相隔大约五十英尺的岩石之间，是小片流沙，它和古德温沙洲[①]一样，只在潮水上涨的时候才有危险。它向外延伸，直至消逝于大海；朝内扩展，直至消退于上滩硬邦邦的沙地。沙丘更远处的小山坡上，处于“马刺”和克鲁肯港正中间，便是“红房子”了。它矗立于一大丛冷杉中间，三面受其环抱保护，余下前面面对宽广的大海。一个整洁、老式的花园向下铺展到车行道，而一条可供轻型车辆使用的芳草小径，穿过车行道，蜿蜒于沙丘之间，曲折地通达海岸。

当马卡姆一家在发自布莱克沃尔的阿伯丁汽船“班瑞号”上颠簸了三十六个小时，随后坐火车到耶伦，然后又加上十二英里的马车路程，终于到达“红房子”的时候，他们一致同意，从未见过

① 在肯特郡英吉利海峡北海入口附近，约 15 公里长。它对航海极具危险性，到处散落着遇难船只的残骸。

比它更令人愉快的地方了。在那个特定的时刻，由于没有一个人在越过苏格兰边境后，倾向于去发现令人喜爱的东西或地方，大家的整体满意度表现得尤为明显。虽然是个大家庭，但生意的兴旺允许他们拥有各种各样的私人奢侈品，其中一项就是穿着打扮的自由选择。马卡姆家的女孩儿添置新裙子的频率之高，既是她们的好友心生妒忌的根源，也是她们自己的快乐所在。

阿瑟·芬利·马卡姆那时还没有向家人展示他的新服装。他不太肯定会免受嘲笑，或者至少是挖苦，因为他对这个问题很敏感，所以他想最好等到置身于合适的环境中，再让全部的光彩点亮他们的眼睛。为了确保这身高地行头的按时完成，他吃了不少苦头。为了这一目标，他已多次造访“苏格兰全羊毛格子服贸易场”，它是由麦卡勒姆·摩尔和罗德里克·麦卡提欧先生在科普索尔大楼新近成立的。他焦灼不安地和公司首脑——他自称麦卡勒姆，厌恶任何像“先生”或者“士绅”这样的附加称谓——进行商谈。搭扣、纽扣、皮带、饰针，以及各种装饰物的库存，都被严格细致地检查过，最后，一片巨大的老鹰羽毛被发现了，装备才算完成。只有当亲眼看到完工的服装，鲜艳的格子色调似乎通过众多的银配件、烟晶石饰针、苏格兰方格呢短裙、短剑和毛皮袋，而缓冲为相对庄重的风格时，他才对自己的选择感到完全、绝对地满意。起先他想到的是皇家斯图亚特的格子裙，但麦卡勒姆指出，要是他恰好出现在巴尔莫拉[①]附近的话，可能会导致混乱，于是他放弃

① 自1848年维多利亚女王买下位于阿伯丁郡的巴尔莫拉庄园之后，它一直是英国皇室在苏格兰的家。

了这个想法。顺便说一句，麦卡勒姆说话带一口浓重的东伦敦腔，他建议转选其他格子图案，但精确到位的问题既已提出，马卡姆先生可以预见，要是他无意之中身处皇族领地，又盗用了他们的色彩，将会惹来多少麻烦。麦卡勒姆最终承诺一种特别的图案，与任何现有格呢的编织都不尽相同，但又带有多种格子图案的特征，费用由马卡姆承担。它以皇家斯图亚特格子图案为基础，但在图案的简约性方面会参考麦卡利斯特家族和奥格尔维家族的风格，在颜色的中性方面会包含布坎南家族、麦克白家族、麦金托什和麦克劳德族长的特点。当样品呈让马卡姆过目时，他有点担心家人可能会认为花哨俗艳了，但由于罗德里克·麦卡提欧因它的精美而爱不释手的样子，他也就没有反对继续做下去。他明智地设想，要是像麦卡提欧这样纯种的苏格兰人都喜欢它，那它肯定没错——尤其是公司的次合伙人与他自己的体格和外表十分接近。当麦卡勒姆收到他的支票时——顺便说一下，数目相当惊人——他评说道：

“我已冒昧地让人多编织了一些这个料子，免得你或你的朋友想要。”马卡姆很满意，对他说，要是他们共同始创的精美料子能变成众人所爱的话，他只会非常高兴，而他毫无疑问地相信，它迟早会变成抢手货的。到时他就能随意地大批量生产和销售了。

一个傍晚，当职员全都下班回家后，马卡姆在办公室试穿了这套衣服。虽然有点担心，但他对效果感到满意。麦卡勒姆圆满地完成了任务，没有遗漏任何能给穿着者增添武士尊严的东西。

“当然，一般场合我是不会带上双刃大砍刀[①]和手枪的。”马卡姆开始脱衣服时，自言自语道。他决定等他第一次踏上苏格兰的土地时，再穿这套服装。因此，当“班瑞号”在戈德海角灯塔前踟蹰不前，等待涨潮进入阿伯丁港的那个早上，他穿着光彩夺目的新衣服出了客舱。他听到的第一句评论来自他自己的儿子之一，儿子起先没有认出他来。

“这儿有个家伙！天哪！是个头领！”那孩子马上跑掉了，在大厅里把头埋在一个靠垫下面，努力掩埋他的大笑。马卡姆是个航海好手，轮船的颠簸对他毫无影响，这样，当他发现自己立刻成为众人目光的焦点时，他自然红润的脸庞因为布满脸颊的有意识的飞红，而变得更加红扑扑的了。他暗自希望自己没这么勇敢就好了，因为从寒意中得知，他得意洋洋戴着的格林加利帽[②]一侧下面，有块裸露的区域。然而，他勇敢地面对着一群陌生人。表面上，甚至他们的一些言论落入他的耳朵时，他也没有表现出难堪的样子。

“他可真是个大傻蛋。”一位穿着夸张的格子套服的伦敦佬说。

“他脑袋有毛病啊。”一位因为晕船而面色苍白，又高又瘦的美国佬说，他正在去往尽量靠近巴尔莫拉庄园大门的住所的路上。

“好主意！让我们把鼻烟壶填满了，现在正是机会！”一位年轻的牛津人说，他正在回因弗尼斯家里的路上。但不久马卡姆先生听到了他大女儿的声音。

---

① 古苏格兰高地人佩戴的双刃宽刀。

② 苏格兰高地人戴的船形无檐帽，由格林加利发明。

“他在哪儿？他在哪儿？”她沿着甲板飞奔过来，帽子在身后拂动着。她的脸显得很不安，因为她母亲刚刚告诉了她她父亲的状况，但当她看到他时，立刻爆发出一阵大笑，笑得太厉害了，以至于变成了歇斯底里。同样的情形也发生在其他每个孩子身上。当他们轮番笑过之后，马卡姆先生回到他的客舱，派他妻子的贴身女仆去告诉家中的每个成员，说他想马上见他们。他们都来了，竭尽全力地不露声色。他非常平静地对他们说：

“亲爱的，我没有给你们大家提供充足的零用钱吗？”

“给了，爸爸！”他们都庄重地回答，“没人能比您更慷慨了！”

“我没有让你们想怎么穿就怎么穿吗？”

“你有，爸爸！”这次有点难为情了。

“那么，亲爱的，就算我穿了这套在我们即将逗留的地方相当稀松平常，但在你们眼里却显得荒唐可笑的衣服，你们不也该好心点儿，不要让我感到不自在吗？”除了悬在他们头脑里的那个答案，没人应答。他是个好父亲，他们都明白这一点。他感到非常满意，继续说道：

“好啦，现在，出去玩儿吧！这事到此为止。”然后他又去到甲板上，勇敢地站在嘲笑的炙热之中。他能够感觉到周围的奚落嘲弄，虽然在他的听力范围之内，没再听到有人说些什么。

然而，他的奇装异服在“班瑞号”上引发的惊讶及嘲笑，与它在阿伯丁造成的效果相比，根本不算什么。等在着陆棚的孩子们和闲荡的人，还有抱小孩的女人，当马卡姆一伙穿行过去，前往火车站搭车时，他们全都跟在后面看热闹，甚至连在跳板尾等待游客，装备有老式绳结和新式推车的搬运工们，也带着好奇逗乐的神情跟着他们。幸运的是，彼得黑德的火车很快就要启动，因此受难的时间没有遭受毫无必要的延长。在车厢里，辉煌灿烂的高地服不为人见，耶伦火车站没几个人，一切都进行得相当顺利。不过，当马车驱近克鲁肯农庄时，渔民们都跑到门口看是谁正在经过，热闹空前。孩子们激动地挥舞着帽子，在马车后面边跑边喊；男人们放下渔网和饵料，跟了上来；女人们也紧抱着婴孩，不肯落下。马儿们经过来回耶伦的漫长旅途后，已经疲劳了，加上小山陡峭，所以人群有大把的时间集聚起来，甚至还走在了马车前面。

马卡姆夫人和几个年龄稍大的女儿本想表示一点抗议，或者做些什么，来缓解她们看见这些面孔上的戏弄表情而升起的窝火情绪，但高地人脸上似乎固有一种坚定不移的神情，使她们有点望而生畏，因此她们默默地忍受了。可能是那根老鹰的羽毛——哪怕是从秃顶上升起，还有烟晶石饰针——哪怕是别在肥胖的肩膀上，以及双刃大砍刀、匕首和手枪——哪怕是环在宽阔的将军肚上、从结实的小腿上的长袜中突伸出来，彰显了它们作为令人丧胆的武士精神的象征而存在！当一伙人到达“红房子”的大门时，那儿已经有一大群克鲁肯居民等着了，他们帽子都摘下来了，恭敬地沉默着；余下的那些人，还在吭哧吭哧地爬山呢。敢于打破沉默的，只有一个声音，那是一个男人低沉的嗓音。

“嘿！但他忘了风笛！”

仆人们已经提前几天到达了，一切准备就绪。舟车劳顿之后的一顿丰足午餐，把大家的心情提亮了，一路上的辛苦和不得不接受可恶的戏服的恼火，全被抛到了九霄云外。

那个下午，依然身着全套盛装的马卡姆散步走过克鲁肯农庄。他是独自一人，因为，好奇怪的，他的妻子和两个女儿传话给他，说旅途的劳累之后，她们正躺下休息呢。他的大儿子自称年轻人，已经自个儿出门去探索周边环境了，还有一个儿子找不到人影儿。另外一个儿子，在被告知父亲已经派人找他一块儿去散步时，设法——当然，是不小心的——掉进了大水桶里，需要擦干身子和换身衣服。他的衣服还在行李箱中没取出来呢，自然，不耽搁时间是不可能的。

马卡姆先生对他的散步不是非常满意。他没能遇到任何邻居。倒不是说四周没人，因为每座房子和村舍似乎都住满了人，然而待在外面的人，不是出现在他身后隔着一段距离的自家门口，就是在他前面很远的车行道上。他经过的时候，能看到窗户后面或门角的头顶和眼白。他遇到的唯一一个面谈机会，一点意思都没有。那是个古怪老头子，除了在礼拜堂加入大家说“阿门”之外，几乎没人听到他开口说话。他一个人占着邮局的窗边，好像从早上八点就在那儿等着，直到下午一点邮件的到来，那时他就背着信袋去往附近堂皇古老的城堡。余下的时间，他坐在港口通风良好的一个座位上，那儿到处都是鱼的内脏杂碎、废弃的鱼饵和家庭垃圾，鸭子们惯于在此寻欢作乐。

当萨夫特·塔米看到马卡姆走过来，他抬起通常是茫然盯着座位对面车行道的眼睛，好像因一道阳光而眩晕似的揉揉眼，用手搭在眼睛上面。然后他突然起身，高举着手，做出一种警醒的姿态，说：

"'传道者说，虚空的虚空，凡事都是虚空。'老兄，及时醒悟吧！'瞧瞧野外的百合，它们既不辛劳，也不织网，可即便极盛时期的所罗门，也没有装饰得如这些花儿中的任何一朵那般美丽。'人啊！人！虚荣如流沙，吞没一切进入它魔力范围的东西。小心虚荣！小心渴盼着你的流沙，它会将你吞没！看看你自己！弄懂你自己的虚荣心！和自己面对面，然后那时你就懂得虚荣的致命威力。弄懂它，明白它，在流沙吞掉你之前忏悔吧！"接着他二话不说回到原位，和之前那样，面无表情、一动不动地坐着。

马卡姆对这番激愤的长篇大论感到些许难过。要不是这话出自一个看似疯子之嘴，他就会将之归为苏格兰式的幽默或粗鲁的怪异表现了，可是内容的严肃性——因为似乎别无他意——使得这样一种解读讲不过去。然而，他下定决心不向嘲笑屈服，虽然在苏格兰他还没有看到任何令他想起哪怕是短褶裙之类的东西，他还是决定穿着他的高地服。回到家来，他发现，就在这不到半个小时的时间里，尽管头痛，家里的每个人都出去散步了。他趁着大家都不在，把自己锁在更衣室里，脱下高地服，换上法兰绒套装，点了一支雪茄，打了一个盹儿。他被家人进门的声音吵醒了，马上又穿戴好他的服装，出现在客厅里，准备喝茶。

那个下午他没再出门，但晚餐后他又穿上那身行头——当然，他和平时一样，是穿着它吃晚餐的——自个儿走去海边散步。到了这个时候，他已经决定要逐渐习惯这身高地服，将它变为日常着装了。月亮升起来了，他轻松地顺着小路通过沙丘，很快到达海边。退潮了，沙滩像岩石一般坚实，于是他朝南慢慢溜达，差不多到了海湾的尽头。在这儿，他被离沙丘边缘有点距离的两块孤立的岩石吸引住了，所以朝它们闲逛过去。当到达较近那块岩石时，他爬了上去，然后，坐在那比荒沙地高出十五或者二十英尺的地方，享受可爱、宁静的景致。月亮正从彭尼弗德岬后升起，它的清辉刚好落在隔着大概四分之三英里的"马刺"最远的那块岩石顶部，其余的岩石则隐在深色的阴影里。随着月亮升到岬角上空，"马刺"岩石群，接着是沙滩，慢慢地都沉浸于月色之中了。

好一阵子，马卡姆先生就那样坐着，静看月亮升空，它的光辉占领越来越宽的区域。然后他转身面向东方，手支着下巴，望着大海的方向，尽情享受这景致带来的平静、美丽和自由。伦敦的喧闹——伦敦生活的阴暗、争斗和疲倦——似乎都远去了，此刻他过着一种更自由、更高尚的生活。他看着波光粼粼的水面，而海水偷偷地漫过平坦的荒沙地，正不知不觉地越来越接近——涨潮了。不久，他听到沙滩很远的地方传来一声呼喊。

"渔民们正互相呼唤呢。"他自言自语，转过身子。这么做的时候，他吓了一大跳，因为，虽然那时有一片云恰好飘过月亮，尽管他四周突然一片黑暗，他却看到了自己的影像。那一瞬间，在对面那块岩石的顶部，他看到了光秃的后脑勺，还有装饰着巨大老鹰羽毛的格林加利帽。他趔趄后退时，没站好，开始朝两块岩石间的沙地滑下去。他对跌落并不在意，因为沙地在他下面只几英尺而已，而他的头脑还被那个已经消失了的形象，或者说他自己的影像占据着。作为最容易抵达安全的陆地的办法，他准备跳过剩下的距离。这一切都发生在一秒之内，但大脑反应飞快，甚至在他为弹跳积聚力量时，都能看见身下冷静平坦的沙地奇怪地摇晃和颤动起来。一阵恐惧盖过他，他双膝发软，没有跳，而是痛苦地滑下岩石，光着的腿被刮出道道伤痕。他的双脚碰到沙地——像水一样穿过脚丫——当他意识到自己是在流沙里时，沙子已经快要没过膝盖了。他拼命抓住岩石，以防陷得更深，幸运的是，那儿正好有一块突出的岩尖或者边缘，让他能够本能地抓紧了。他死命地贴着它，紧紧地抓着。他想呼救，但呼吸不上来，直到后来他竭尽全力，才发出了声音。他又喊了一次，自个儿的声音似乎给他带来了新的勇气，他紧抓岩石的时间比他以为能够的要长——尽管是在盲目的绝望中坚持。不过，他开始感觉力气消散了，手渐渐地松开来，就在这时，真是欣喜若狂啊！就在他上面，一个粗哑的声音回应了他的呼救。

“感谢上帝，我来得不算晚！”一个穿着高筒靴的渔夫急忙过来爬上岩石。他马上意识到了危险的严重性，一声大喝：“抓紧，老兄！我来了！”他攀爬下来，找到一个坚实的立足处，然后用一只壮实的手抓紧上面的岩石，倾身向下，抓住马卡姆的手腕，对他大喊:“抓住我，老兄！用你另外一只手抓住我！”

接着他使出巨大的力量，稳定、有力地一拉，将马卡姆从饥渴的流沙中拖出，把他安全地放在岩石上面。几乎不容他喘口气，又推拉并用地——一刻也没有松手——使他离开岩石，进入另一边坚实的沙地，最终把被巨大危险吓得抖个不停的马卡姆安置于海滩的高处。然后他开口说话了：

“老兄！我刚好赶到。要是我没有看到你这个傻蛋，第一个跑过来，你就已经沉到地心去了，老天爷！伍利·比格里以为你是鬼，汤姆·麦克费尔发誓说你不过是大癞蛤蟆上的一只妖怪！‘不！’我说，‘你就是那个古里古怪的英国人——从蜡像馆逃跑出来的疯子。’我想你那么古怪糊涂——哪怕不是整体感觉——你是不会懂得流沙的特点的！我大喊大叫地警告你，然后跑过来把你拖开。感谢上帝，你这个傻蛋或者带虚荣心的半个癫子，我还不算太晚！”他说话的时候，恭敬地提起了他的帽子。

马卡姆先生对逃过可怕的死神深怀感动和感激，但虚荣心的指控再次刺痛了他，没有办法做到谦逊。他正准备愤怒地回答，突然想起了那个半疯的背信袋的人的警告，一阵巨大的敬畏之情降临在他身上：“和自己面对面，在流沙吞掉你之前忏悔吧！”

这时，他也想起了看到了自己的影像，接踵而来的是要命的流沙骤然带来的危险。他沉默了整整一分钟，才说：“我的好兄弟，我欠你一条命！”

强壮的渔夫带着恭敬回答：“不！不！你欠上帝的，至于我，我非常高兴按他仁慈谦逊的指示办事。”

“可你得让我谢谢你，”马卡姆先生说，用手抓住他的救命恩人粗壮的双手，紧紧地握着，“我的心现在太杂乱了，我的神经颤抖得厉害，我无法多说什么，但是，相信我，我非常、非常感激！”很明显，可怜的老渔夫被深深地感动了，泪水流下他的脸颊。

他带着质朴但真诚的礼貌说：“哦，先生！感谢我，你会——如果它能让你的心感到好受的话。我想要是换了我的话，我也会感激的。但是，先生，至于我，我不需要感谢。我很高兴，真的！”

后来，阿瑟·芬利·马卡姆的真挚谢意和感激确确实实地体现出来了。一个星期之内，一艘彼得黑德海港有史以来最精良的渔船驶进了克鲁肯港。它配备了风帆和各种装置，还有最好的渔网。送货人给三文鱼渔夫的妻子留下把船转让给渔夫的资料，便搭车走了。

当马卡姆先生和三文鱼渔夫一起沿着海岸线行走时，他请求他的同伴不要提及他曾经遭遇如此紧急的危险，因为这只会让他亲爱的妻子和孩子们担忧。他说他会让他们大家小心流沙的，因此，在那个时候和那个地方，他问了很多问题，直到他感觉就这个主题他已经完全了解了为止。分手之前，他问他的同伴，在过来救助他时，是否碰巧看到一个和他穿着一样的人。

“没有！没有！”回答说，“这一带没有另外一个这样的傻子了。自杰米·弗莱曼[①]之后就没有了——对尤德尼领主来说，他就

---

① 1890年，勃拉姆·斯托克多次去往克鲁肯湾一座渔村度假。俯瞰渔村的城堡是埃罗尔斯家族祖先的住所。传说该家族第19位上了年纪的伯爵，很喜欢身穿古老做工的粗花呢服装，头戴苏格兰高便帽，帽子上别着家族鹰隼徽章，在克鲁肯湾一带行走。这里指的应该是此人。

是个傻子。干吗，老兄！你穿的这身异教徒的衣服，在大家的记忆里面，在这一带没人见过，直到你出现。我想这样的衣服不是穿来坐在冰冷的岩石上的，你做过头了，老兄！但你不怕风湿病或者腰痛落到冰冷的石头上，还有你光着的皮肤上吗！早上在港口看到你的时候，我想你的穿着太古怪了，但喜欢这样穿，你可能是个傻子或者白痴！”马卡姆先生不想争论这个，现在他们已经快走到他家了，他邀请三文鱼渔夫喝杯威士忌，渔夫同意了，他们晚上才分别。他关切地嘱咐全家人小心流沙，告诉他们他自己就遇到了一点流沙的麻烦。

那个晚上他一夜未睡。他听到钟声敲了一次又一次，但无论怎么尝试都睡不着。一次又一次地，他回想那可怕的流沙经历，从萨夫特·塔米打破习惯性的沉默，向他宣扬虚荣的罪恶并警告他开始，那个问题就不断地在他的脑海里升起：“那么我是如此自负，以至于与傻瓜并列为伍吗？”结果总是以那个疯狂的预言家的言辞作答：“‘虚空的虚空，凡事都是虚空。’和自己面对面，在流沙吞掉你之前忏悔吧！”某种程度上，一种劫数难逃的感觉开始在他的脑海里成形，那就是，他还是得在那同样的流沙中消亡，因为他已经在那儿面对面地碰到了自己。

在清晨的灰蒙蒙之中，他睡着了，但明显地，在梦中他仍然继续想着这个主题，因为他被妻子叫醒了，她说：“睡觉安静点！那套被祝福的高地服还在你的大脑里。如果可能的话，睡觉时别说话！”他依稀意识到一种快乐的感觉，好像某种可怕的压力从他的身上被移开了，但他不知道缘由。他问妻子睡觉时他说了什么，她答道："你重复说了好多遍，老天知道，够让人记住的了——'不是面对面！我看到老鹰羽毛在秃顶上！还有希望！不是面对面！'去睡吧！睡吧！"然后他就去睡了，因为他似乎意识到，那个疯子的预言还没有被完全验证。他还没有面对面地遇见自己——到目前为止，在所有的情形下，还没有。

他被女仆叫醒了，她来告诉他，有个渔夫在门口等着想见他。他尽量快地穿好衣服——因为他对高地服还不是非常熟悉——急忙下来，不想让三文鱼渔夫久等。让他惊讶和不怎么高兴的是，他发现来者不是别人，而是萨夫特·塔米，并且一见到他，就立刻向他开火：

"我得去等邮件，但我打算浪费一个小时在你身上，只是过来看看你是不是带着虚荣心，还穿着昨天晚上那件傻瓜衣服。我现在看到你还没有吸取教训。啊！时间就要到了，肯定的！不过，我自己有的是时间和办法，所以我可以到处看看，只等着看你这个人怎么被流沙吞噬，接着被魔鬼吞掉！我现在得去上班了！"然后他径直走了，留下极为窘迫的马卡姆先生，因为在听力所及的范围内，女仆们正压抑不住地发出咯咯的笑声。他几乎已经决定那天穿平常的衣服了，但萨夫特·塔米的来访倒使他改变了主意。他要向所有人证明，他不是一个懦夫，他将坚持初衷——有什么事尽管来吧。当他全副甲胄地来吃早餐时，每个孩子，所有的孩子，都低下了头，脖子后面变得通红。不过，没有一个人发出笑声——除了最小的儿子泰特斯被噎住了，发出一阵歇斯底里的咳嗽，被急忙带出房间。他不能再责备他们了，于是带着一种严肃坚定的神色开始磕鸡蛋。当他的妻子给他递来一杯茶时，很不幸地，他袖子上的一颗纽扣挂到了她晨衣上的蕾丝，结果热茶洒到了他光着的膝盖上。自然地，一句粗话冲口而出，他妻子有点被冒犯到了，随即公开表示：

“哦，阿瑟，如果你要用那件荒唐的戏服把自己搞得像个白痴，你还想怎么样？你不习惯它，而且你永远也不会习惯！”作为回应，他以“女士！”作为一场愤怒的演讲的开篇，但没有继续说下去，因为这个话题既然被提起来了，马卡姆夫人就想打开天窗说亮话。老实说，话说得并不好听，而且不是以一种令人愉快的态度说出来的。当承担起告诉丈夫她所认为的“真心话”时，妻子的态度很少是令人愉快的。结果是，阿瑟·芬利·马卡姆在那个时刻和那个地点，向大家保证在苏格兰逗留期间，除了那套她恶语相向的服装，其他一概不穿。像他妻子那样的女人，在这样的情形下，最终只能以泪收场：

“很好，阿瑟！你当然可以为所欲为。尽量让我出丑，毁掉可怜的女儿们的机会。一般来说，年轻人似乎并不喜欢有个白痴岳丈！但我警告你，你的虚荣心有一天会遭到报应——要是那时你还没有患上精神病或者死掉的话！”

几天后，很明显，马卡姆先生不得不独自进行绝大部分的户外活动。女儿们偶尔会和他一块儿散步，主要是在大清早或者夜色浓重时，或者下雨天这种四周没人的时候。她们非常善于做出任何时候都乐意奉陪的样子，但似乎总有一些事情临时发生，阻止了出行。在这样的场合，儿子们根本不见人影，至于马卡姆夫人，只要他继续把自己搞得像个傻瓜似的，她就不假思索地断然拒绝和他一起出门。星期天，他穿上惯常的细平布衣服，因为他正确地感觉到，教堂不是一个该有愤怒情绪的地方，但星期一早上，他又重新穿上他的高地服。要不是因为这套衣服的话，到这个时候，他已经做出让步了，但他英国式的执拗非常顽固，他是不会屈服的。萨夫特·塔米每天上午都来他家，要是没能见到他，而口信又无法传达给他时，就会在下午信袋递送完毕后又来，仔细观察他的外出。见到他的场合，他总是让马卡姆先生收起自己的虚荣心，和他第一次使用的言辞一模一样。时间一长，马卡姆先生看他就像祸害，唯恐避之不及。

一周下来，被强加于身的不完全的孤立、时常的懊恼，以及由此引起的无限的郁闷，开始使得马卡姆先生相当不舒服。他太骄傲了，没让家里任何人知道他的秘密，因为在他看来，他们对他非常不好。然后是他晚上睡得不香，当他真的睡着了，又经常做梦。纯粹是出于让自己确信，他的勇气并未消磨，他每天至少去一趟流沙处，这几乎成了他晚上必做的最后一件事情。也许是这个习惯，造成了流沙带着那次可怕的经历永恒地植于他的梦中。这些梦变得越来越生动，直至有时候走着走着，他意识不到其实他的真身并没有去到这个致命的地方。有时候他以为，他可能一直在梦游。

一个晚上，他的梦是如此鲜活真实，以至于当他醒来的时候，都无法相信那只是一场梦而已。一次又一次，他闭上眼睛，但每一次，幻觉，如果它是幻觉的话，或者现实，如果它是现实的话，都会在他眼前升起。当他靠近流沙时，淡黄色的满月在它上面洒满了清辉，他能够看见，当流沙颤抖、震动、起皱、旋转时，无边的清光也在打抖、动荡，充满了黑影，之后归于大理石般的平静，暂停一段时间后，又再次发生，总是这样循环往复。当他走近时，对面那边也有个影像迈着相同的步伐向它走来。他看见它是自己的形象，一模一样，虽然心里是无声的恐惧，但又被某种他无从知晓的力量驱动着，他向前走——就好像鸟被蛇迷住了一样，神魂颠倒——去面遇另一个自己。当他感到柔软顺从的沙子正把他淹没，他从死一般的痛苦中醒过来，害怕得发抖，而且，很奇怪地，耳里似乎回响着那个蠢人的预言："'虚空的虚空，凡事都是虚空。'和自己面对面，在流沙吞掉你之前忏悔吧！"

他如此确信那不是梦，于是他起床穿衣，天还尚早，他没有惊动妻子，去往海边。当他发现沙滩上的一串脚印时，心沉了下去。他马上认出来了，那和自己的脚印一样，一样的宽脚跟，一样的方脚趾。现在他毫不怀疑，他真的来过那里，半是惊惧，半是沉浸于梦般的恍惚状态，他跟着脚印走，发现它们消失于柔顺的流沙边缘。这使他大为惊恐，因为沙滩上没有归还的脚印。他感到有某种他不能揭示的可怕谜团，他很害怕，谜团的揭示，将把他毁灭。

在这样的情形下，他走错了两步棋。首先，他把烦恼留给自己，因为家人对此一无所知，他们无意中使用的言辞或所说的话，时常给他想象的烈焰火上浇油。其次，他开始阅读与梦的神秘和总体精神现象有关的专业书籍，结果是，在他混乱大脑的沃土上，每一个怪人或半疯哲学家的每一点狂野想象，都生长为不安分的活细胞。因此，所有的东西都开始或消极或积极地朝着共同的结局运行。萨夫特·塔米也不是省油的灯，他现在每天都在固定的时段出现在他家门口。一段时间后，由于对这个人的过去发生了兴趣，马卡姆对他的历史做了调查咨询，得到以下信息：

大家普遍认为，萨夫特·塔米是福斯湾附近一个郡的领主的儿子。他接受的是侧重成为神职人员的教育，但因为无人知晓的原因，他突然放弃了大好前程，去往捕鲸业正兴旺发达的彼得黑德，在捕鲸船上工作。在那里，他时断时续地工作了一些年头，慢慢地变得越来越沉默寡言，以至于最后连他的船员同事都抗议他的不苟言笑，于是他在北方舰队的渔船上找到一份工作。他在捕鱼业工作多年，获得了“有点傻乎乎”的名声。直到最后他慢慢地在克鲁肯安顿下来，克鲁肯领主无疑知道一些他的家庭渊源，给了他一份实际上算是退休了的工作。提供这一信息的神父是这样结束谈话的：“这是非常奇怪的事情，但这人似乎有某种怪异的天分。不管它是我们苏格兰人倾向于相信的‘第二视觉’，还是某种超自然的知识，我不知道，只要这个地方有难发生，和他同住的那个人事后引用一些他说过的话，这些话肯定地表明了他已经预知灾难，没有一次不灵验的。当空气里飘荡着死亡的气息，他会变得不安或者激动——事实上，是醒过来！”

这些话一点儿也没有减少马卡姆先生的忧虑，相反，似乎更加深了他对那个预言的印象。他因为研究新主题而阅读过的所有书中，有本叫《双重行者》的德国书最让他感兴趣，作者是生活在波恩的海因里希·冯·辛德伯格。在这本书中，他第一次得知人过着一种双重生活——一个天性和另外一个大不相同——真实的身体有一颗心灵，而影像的那个则有另外一颗心灵。不用说，马卡姆先生意识到这个理论和自己的情况完全吻合。从流沙中死里逃生那个夜晚对自己后背的一瞥；自己的足迹消失于流沙中，看不到归还的脚印；萨夫特·塔米预言他遇见自我，并丧生于流沙中，全都有助于使他深信，他是重叠在自己身上的，正是一个双重行者的例子。意识到人的双重生活，他开始采取步骤来证明它的存在，以满足自己的好奇心。为此，一个晚上，在上床之前，他用粉笔在自己的鞋底写上了他的名字。那个晚上，他梦到了流沙，也梦到他去了那里——梦得如此生动逼真，以至于走在黎明的灰色中，他无法相信他并没有去到那儿。没有惊动妻子，他起床寻找他的鞋子。

粉笔签名仍在！他穿上衣服，悄悄地出了门。这次是涨潮，所以他穿过沙丘，从流沙的另一边抵达海边。那儿，噢，太可怕了！他看见自己的脚印绝迹于无底洞里！

他异常痛苦地回到家里。他，一位已过中年的商人，在喧闹、务实的伦敦中心追求事业，度过了漫长、平静的人生，居然以这种方式发现自己陷于神秘和恐怖之中，居然发现他有两个自己，这似乎太令人难以置信了。他甚至不能对自己的妻子说出他的烦恼，因为他很清楚，她马上会要求知道另外那个人的详细情况——那个她不认识的人，她一开始不仅会想象，而且还会指责他借此胡来不忠。于是他的郁闷变得越来越深沉。一个傍晚——那时正在退潮，月儿圆满——他正坐着等待晚餐，女仆报告说萨夫特·塔米因为被阻挡在外，正在捣乱。马卡姆很气愤，但不想让女仆认为他害怕面对这个问题，所以告诉她带他进来。塔米昂首挺胸地进来了，通常总是垂着的眼睛带着坚定热烈的神情，走得比以往更轻快。他一进来就说："我又来看你啦，又来啦，你坐在那里，还是像凤头鹦鹉一样停留在栖木上。哦，老兄，我原谅你！注意听好了，我原谅你！"然后他住口转身，走出了房子，留下主人气得说不出话来。

晚餐过后，他决定再去流沙处——他甚至不允许自己不敢去。因此，大概九点钟的光景，他全副武装地行进到海滩，经过沙滩，坐在了较近的岩石边缘。圆月在他身后，月光照亮了海湾，因此，海湾的泡沫边缘、岬角的深色轮廓，还有三文鱼网的木桩，都被很好地凸显出来。在美妙的黄色亮光里，克鲁肯港的窗户，以及远处领主的城堡的窗口闪射出来的灯火，好像星星在天宇摇晃闪烁一般。他坐了很长时间，尽情地畅饮这风景的美好，他的灵魂似乎感受到一种多日来未曾感受到的平和。过去几个星期的所有琐事、气恼和愚蠢的担忧，似乎都被涂抹掉了，一种崭新、神圣的平静占领了空出来的地方。在这种甜美又庄严的心境中，他冷静地回想自己最近的行为，为自己的虚荣心，以及随之而来的顽固感到羞愧。就在那个时候和那个地方，他下定决心，现在是最后一次穿着这套使他和他所爱的人分隔开来的服装，这套戏服给他带来了多长时间的懊恼、困惑和伤痛啊。

但差不多就在得出这个结论的时候，他体内的另外一个声音似乎说话了，嘲弄地问他以后还有机会穿这衣服吗——已经太晚了——他已经选择了他的道路，现在必须遵从初衷。

“还不算太晚。”那个更好的他自己很快地答道。满脑子这个想法，他起身回家，想立刻脱下现在已变得十分讨厌的戏服。他停下来再看一眼美丽的景色：月色浅淡柔和，软化了岩石、树木和房顶的轮廓，将阴影更深地糅入天鹅绒般的夜色里，同时好像带着灰白色的光彩，照亮了现在像流苏般弥漫过平坦的荒沙地，正在涌上来的潮水。

但这么做的时候，一阵可怕的痉挛使他颤抖，瞬间血气冲上了头，遮蔽了满月的所有光辉。又一次，他看到自己那致命的形象在流沙更远处，从对面的岩石向海岸线移动过来。与他刚刚还在享受的宁静时光相对照，这份震惊显得尤为强烈。所有的感觉几乎都麻痹了，他站住，看着那个致命的幻影，还有起皱的、慢慢蠕动的流沙。流沙似乎在扭动翻滚，渴求着位于他们之间的某种东西。这次看得很真切，虽然月亮在后边，使得那张脸隐于阴影之中，但他还是能够看到和他自己一样的剃光的脸颊，还有长了几个星期的粗短的须髭。月光在鲜艳的格子图案和老鹰的羽毛上，甚至格林加利帽一侧头秃的地方，以及肩上的烟晶石饰针和上方的银质纽扣上闪耀。他看着的时候，感到双脚微微下陷，因为他还在流沙带的边缘附近，于是他往后退却。他后退的时候，另外那个人形向前移动，因此，他们之间的空距还是一样的。

这样，两个人面对面地站着，仿佛中了某种奇诡的魔力，血往脑袋上冲，马卡姆似乎听到了那个预言：“和自己面对面，在流沙吞掉你之前忏悔吧！”他确实和自己面对面了，他已经忏悔了，但现在他正在流沙中下沉！警告和预言正在成为现实！

他的头上，海鸥尖叫着，在上涨的潮水边缘盘旋，叫声如此尖厉，把他拉回了现实。他立刻快速朝后退了几步，因为到现在，他的脚只是混入柔软的沙子里而已。他这么做的时候，另外那个人形踏步向前，进入流沙致命的控制范围内，开始下沉了。对马卡姆来说，这好像是看着自己在沉沦毁灭，就在那一刻，他灵魂的极度痛苦，在一声可怕的哭喊中找到了出口。同时，另外那个人形也发出了可怕的哭喊，当马卡姆举起双手时，那个人形也一样。双眼充满惊恐，他看见自己在流沙中陷得更深了，那一刻，被无从得知的某种力量推动着，他又想朝着流沙前进，去和自己的命运会合。但向前的那只脚开始下陷，他再次听到了海鸥的尖叫，似乎在唤醒他被麻木了的功能。使出吃奶的力气，他把脚从死死攫住它的沙子里抽出来，鞋子掉在了里面，然后在纯粹的惊恐中，他从那个地方转身跑开，不停地跑，直到上气不接下气，精疲力竭，半昏地倒在穿过沙丘的芳草小径上。

阿瑟·芬利·马卡姆决定不要告诉家人他可怕的奇遇——至少

得等到他完全成为自己的主人时再说。既然那个致命的翻版——另外一个自己——已经被流沙吞没，他又感受到了往昔的平静。

那个晚上他睡得又香又甜，一夜无梦，早上醒来，又恢复成了以往的自己。那个更新也更坏的他，似乎真的永远消失了，而且够奇怪的，萨夫特·塔米那个上午没去邮局，再也没有出现在那儿，而是坐在老位置上，如同平时那样，无神的眼睛茫然空洞。依照他的决定，马卡姆没再穿高地服，而是在一个晚上将它捆成一卷，连同双刃大砍刀、匕首和苏格兰方格呢短裙及所有其他配饰，偷偷地随身带去，扔进了流沙中。带着一种强烈的快感，他看到沙子将它吸收进去，接着在它上面回拢，变为大理石般的平滑状态。然后他回到家，高兴地向集中起来做晚祷的家人宣布：

“哦！我亲爱的，你们会很高兴地听到，我已经放弃了穿高地服的主意。我现在明白了，我是个多么自负的老笨蛋，让自己出了多少洋相啊！你们不会再看到它了！”

“它在哪儿，父亲？”一个女儿问道，她想说些什么，以便她父亲这样一份自我牺牲的宣言，不至于落入绝对的静默中。他的回答是如此贴心甜蜜，以至于女儿从座位上起身，走过来吻了他。回答是：

“在流沙里，我亲爱的！我希望更坏的那个自己，和它一起埋葬在了那里——永远。”

全家人在克鲁肯度过的余下的夏天，愉快地过去了，回到城里，马卡姆先生已经快忘记了整个流沙事件，还有因之而生发的所有感受，直到有一天，他收到来自麦卡勒姆·摩尔的一封信，尽管没有向家人提及它，但它勾起了他诸多思绪。因为某些原因，他没有回信，而是将它置于一边。信是这样写的：

麦卡勒姆·摩尔和罗德里克·麦卡提欧
苏格兰全羊毛格子服贸易场，
科普索尔大楼，E.C.，
1892 年 9 月 30 日

亲爱的先生，我相信您会原谅我冒昧地给您写信，但我迫切地想了解一件事情，而且我得知您夏天一直在阿伯丁郡（苏格兰，请留意）度假。我的合伙人罗德里克·麦卡提欧先生——由于生意的原因，在我们的票据头和广告上，他使用的是这个名字，在伦敦他的真名是伊曼纽尔·摩西·马克斯——上个月初去苏格兰（请留意）旅行，但我只收到过一封他的来信，那是在他离开之后不久。我非常担心，唯恐有什么不幸降临到他身上。由于我千方百计获取他的消息而不得，所以我斗胆向您求助。他的来信写得非常消沉，提到他害怕因为希望在苏格兰的土地上像苏格兰人一样着装打扮，而遭遇一种评判，因为在到达后不久的一个月夜，他看到了自己的“鬼魂”。他显然是在暗指他出发前设法为自己弄到了一套高地服，和我们有幸为您制作的那套很相似，或许您还能记得，他对那套服装有多么

欣赏。不过，他可能从未穿过它，因为就我所知，穿着这套衣服，他感到很难为情，即便去了这么远的地方，他告诉我，最初他只敢在深夜或清早的时候穿，而且只在人迹稀少的地方穿，直到他习惯了它为止。遗憾的是，他没有告知我他的路线，因而我对他的行踪一无所知。听说您最近购买了那套您临时使用的苏格兰的房子，我冒昧地请问，在那一带，您是否看到或听说有人看到，和您的服装相近似的高地服。我并不指望收到此信的回复，除非您有关于我的朋友和合伙人的消息，因此，除非有线索，否则务请不必烦劳回信了。虽然他的来信没有日期，但信封上有“耶伦”的邮戳，我发现它是在阿伯丁郡，离克鲁肯农庄不远，我由此受到启发，认为他可能就在您邻近的地方。

亲爱的先生，不胜感激！

您恭敬的

乔舒亚·胥尼·科恩·本杰明

（麦卡勒姆·摩尔）

老霍根：未解之谜

“要是他有男人气概，就会去。”我的岳母说。

“真的，我想你可能会去，奥古斯塔斯。我知道我经常做出让步，设法使你高兴，而你知道我亲爱的妈妈喜欢吃螃蟹。”我岳母的女儿说。

“我不该多嘴的，”杰迈玛表姐——她们是这么称呼她的，边说边把她的帽绳顺下来，“但我确实认为凯特表妹——她和我一样，根本不像外表看起来那么强壮——要是能有什么东西打开她的胃口，那就再好不过了。”

杰迈玛表姐是我岳母的表亲，其体格如瑞士卫兵一般强健，胃口和消化功能如印度野人一般旺盛。我被激怒了。

“你们到底在说些什么呢？”我说，“人家还以为你们都在受苦受罪呢。你想吃螃蟹——而你实际上正在吞下一只我这辈子看到过的最大的螃蟹。这都是什么意思呢？真的，除非你们纯粹是想惹恼我！”

岳母这时以一种高贵庄重的方式放下叉子，怒视着我，说："如果比布里德波特更近的地方没有螃蟹了，那你就得去那儿。"她的女儿开始哭起来。

当然，这一哭，事情就解决了。当岳母猛烈攻击我的时候——虽然会让我不适和不快——我还能忍受，但她女儿哭起来，我便没戏了，于是我尽量打哈哈——尽管微弱无力——以便体面地缴械投降，光荣地退出战场。

"我会给你们找来一些螃蟹的，"我说，"亲爱的岳母大人，哪怕是你都无法征服的螃蟹，或者哪怕是消化不良的杰迈玛表姐也没有办法打败的螃蟹。"

她们看上去都十分阴沉，所以我只得再做努力。

"好的，"我继续说下去，"我会给你们带回一些巨蟹，哪怕我不得不先找到老霍根。"

只有我岳母发声回应，她言辞犀利地插话进来："要是老霍根和你一样冷酷无情，我就不奇怪他已经摆脱了——"

杰迈玛表姐以一系列的吸鼻子和不出声表达了赞同的态度，跟明星一样表演逼真，像《项狄传》[1]悲观的篇章一般富于表现力。露西看着我，不过目光温柔，更具妻性，少了至今为止一直表现出来的女儿性，因而我俩不言而喻地结为了同盟。

一阵沉默过后，岳母发话了：

"我不明白，我就是不明白，你为什么总是提起这个恶心的

① 英国作家劳伦斯·斯特恩的一部小说。

话题。”

既然她发起了战争，而露西现在站在我这边，我就不想回避战斗，而是开始反攻了。

“你说螃蟹？”我质疑地问，带着让自己都感觉危险的语气。

“不，不是螃蟹。你竟敢说我吃的东西——你知道我的胃口有多么脆弱——恶心——”

“哦，那你指的是什么呢？”我问，再次亮起了绿灯。

“我说‘恶心’，是指你老是唠唠叨叨的话题——那个他们说被人谋杀了的为人不齿的老家伙。我已经问过——多次问过——有关他的事情，我发现他的生活太不光彩了。我设法发现了一些他的偷情细节，实在不成体统。你怎么看，杰迈玛表姐——”

说到这里，她朝另外那个老太婆低声耳语，而后者也兴奋地竖起耳朵倾听。

“不会吧，真的！十七个！真是个混账老东西。”杰迈玛表姐沉浸于道德的梦幻之中。

我的岳母接着说：

“奥古斯塔斯，当你在我们没有准备的情况下，不断提起这个邪恶的人的名字时，你就是在侮辱你的妻子。”

这时候，体内那只至今为止好似在蜿蜒蛇道上一直不停扭动，能够威胁和攻击的寄生虫，转过身来，我开口了。

“我不认为提起大家都感兴趣的话题，有你的指控一半糟糕——这话题自我们来到这里，每一天的每一个小时，都强加在我们身上。我这么尊重和热爱我的妻子，”这儿，我将露西朝我这边拉拢，她也欣然接受了，“哪怕是不经意的，我都不愿意冒犯她。而且，我认为，夫人，在我吃饭的时候，要是你能管住自己的舌头，给自己一个厌烦和厌倦螃蟹的机会，让我得到片刻安宁，而不是发起这样荒谬和恶毒的攻击，是不是更好一些呢。自我来到这里，还没有一次我坐下来，你不抱怨连连，让我好好吃顿饭的。你把我的胃口都败坏了。你就不能放过我吗？”

进攻的效果是极其严重的。

我的岳母，这时候已经吃完了最后一口螃蟹，瞠目结舌地坐了一会儿，接着平生第一次，泪雨滂沱。

她的泪水在我身上所起的效果，和在露西身上所起的效果不一样，我无动于衷地坐着。杰迈玛表姐天生就倾向于安全地着落于盛气凌人的一方，她用可以听得到的声音说：

“说得很对，凯特表妹，你妨碍这个男人吃晚饭了。”

露西什么都没说，只是同情地看着我。

不久，岳母极力镇定下来，说：

“嗯，奥古斯塔斯，或许你是对的。让老霍根的名字对我们来说耳熟能详，真够人受的。”

我们确实受罪了。过去几个星期，老霍根的全部历史，已经以最黑的墨迹写入我们的灵魂。在经历了一年的焦虑和烦恼之后，我们来到查茅斯，希望在这个美丽的地方找到内心渴盼的宁静。我们对这个地点相当满意，因为它是个得天独厚的地方。它位于宁静、懒散的多塞特郡，靠海，但又免受大海的呼啸。由许多结实的房子构成的村庄，零零散散拖得很长，在与海岸平行的陡峭的小山坡上，向下延伸。到处都是水质甘美的小溪小流，处处都有怡人的美景，似乎无穷无尽。大多数居民是面带笑容、辛勤劳作的农民，在他们之间，见面致意的旧俗还未消亡。身穿一件城镇制作的大衣，会使女人行屈膝礼，使男人以部队的方式敬礼，因为青年男子都是民兵或者志愿者。

我们已经在查茅斯待了三个星期。我们的抵达造成了自我为重之心的膨胀，因为，从我们坐上白天的公交车离开阿克斯明斯特，到我们置身于美丽的村舍，在诱人的盎然绿意和旧世界的似锦繁花的掩映下，我们的出现，似乎激起了人们的兴趣和关注。自然而然地，我猜想，乡下人的头脑，是被体现在我们的服饰和神态上的都市格调征服了。露西将之归因于——在她的脑海里，她妈妈已替她善意地诠释了——她非同一般的可爱所具备的那种震惊世界的效果。杰迈玛表姐认为那是他们对血统的尊重，而我的岳母则把它当作对稀贵之物的合理尊崇，倘若这稀贵不是独一无二，也是集出身、风度、和蔼、教养、天赋、智慧、文化和力量之大成，正如她自己表现出来的那样。然而，我们很快就发现了，根本不是这些原因，而是另有缘由。

最近某些情形倾向于显示，我们不是受人敬仰，而是令人怀疑的对象。

我们到达的前几天，一位据说在当地极为富有又极为吝啬，名叫杰贝兹·霍根的老居民失踪了，结果谣传是被谋杀了，这在查茅斯引起了极大的轰动。声名巨大使他备受尊重，不只局限于查茅斯，而是在整个地区范围内，从这边的莱姆里杰斯，到那边的布里德波特。

甚至在内陆，老霍根的财富也是声名远播，在阿克斯明斯特，甚至查得，都能听闻。然而，坐拥金山，却是他唯一的美名，因为，他人际交往的不检点行为，实在是太五花八门、层出不穷了，以至于激发了莱姆这个地方所有社交明星的兴趣。在莱姆高地温暖舒适的房子里，居住着一些年长的女士，她们声称对这个美丽小镇马德拉小路上那些有顶盖的座位拥有特权，并且她们十分挑剔，除非是在大型活动或者人头攒动的场合，否则她们是不会与别人交往的。老霍根的过失，给她们的说长道短提供了肥沃的主题。这个臭名昭著的罪人缺德的细节，一点一滴都被记录在案，构成了无穷无尽的储藏。

一年又一年，老霍根夹在查茅斯这些遵纪守法的居民中前行，在他自己的邪恶里打滚撒欢，一边充实货仓，一边给将来累积恶名。

好奇怪，这么久，居然没有一次——哪怕就一次——地球张开裂口，将他吞没。相反，他蓬勃发展。不管什么天气，他总能获利。即便天气突变，真的把他的一种农作物摧毁了，又会使另外一种农作物兴旺茂盛。暴风雨来临时，他收集海草巨藻；风平浪静时，他捕获大鱼海鲜。他的许多邻居开始认真地怀疑，地球根本就不会张口吞噬，莱姆里杰斯那些年老的女士——已经错过了求婚年龄的那些，开始感到后悔，或者至少重新思考她们的青春——有时候甚至会认为，或许这位不朽人士受到的谴责，终究是过于严厉了。

突然，这个老家伙失踪了，查茅斯苏醒过来，意识到他是该地区最知名、最受尊重、最重要的人物。他的过错变得微乎其微，而他的优点被揭示出来，占据了巨大的比例。男人们指出他的公共精神，他实行的改革，他发展的动力；女人们强调他对异性总是那么温柔，所举出的例子，和抹黑他的生活、证明他的卑劣的例子，是一模一样的。不止一位聪明的主妇评说，要是他能遇到一个好女人而不是那些荡妇的话，他的为人处世可能会有所不同。

值得注意的是，“可能会”的逻辑，也就是通过怜悯女人的途径进入天堂，其主要的前提条件，就是怜悯女人。

然而，不管他的生活作风良好或是不好，老霍根消失了，自然而然地令人联想到谋杀。有两种推测——无人知道起源何处——比较流行。最普遍的看法是，一些对他不满的相好，知道他的财富底细，贪图他的大金表和钻戒，煽动其他更不要脸的相好，谋杀了他。另外一个观点是，他的一些亲属——人们认为他有些亲戚，虽然从来没人看到或者听说过他们——悄无声息地把他干掉了，这样他们很快就能在法律程序上拥有他的遗产。

后面这个推测的结果是，每个新来此地的人都沾染上了嫌疑。这是自然的，秃鹫一般的亲戚将会尽快到场，而热切的眼睛会仔细地审视每一个初来乍到的人。我很快就发现，我因为婚姻而沾亲带故的、令人尊敬的杰迈玛表姐，和那个失踪的男人长相十分相似，把查茅斯所有的好奇心都吸引到了我们美丽的栖息地，并且将秘密的法律从业者的注意力都引来集中到了这里。

事实上，查茅斯的警察已经出没于这个地方了，还有从布里德波特和莱姆里杰斯，甚至阿克斯明斯特过来的，身着宽松罩衣、脚蹬长筒靴的奇怪的人们。

这些德文郡、多塞特郡和威尔特郡聪明过人的后人代表，手段真是卑鄙狡猾，花样百出。坦率地承认还没完事，增强了他们之间的交谊，乡下人直线思维的时候，可能有时会承认工作进展缓慢，但甚至在完全酒醉之前仍然拥有意识的最后阶段，一种品质仍在继续——确信。

而在简单的头脑中，与确信相关联的，就是对目标和信念的执着。

因此，认为我们有罪的观点一旦被提交讨论并且通过，尽管没有直接或者间接的证据，便再也不能从这些乡下侦探的脑海中抹去。这些精明人开始寻找我们有罪的证据，但其实他们内部也互相抹黑，带着这个没有身份的虚构人物的形象，一个接着一个，一个妒忌一个。我突然想到，索尔兹伯里[①]教区的居民有个稀奇的特性，他们的初级脑力劳动者一旦有了某种意向，其他所有的努力便会服从这一原则。这种观念可能起源于他们对大教堂历史性的凝望，从

① 英国南部城市，以拥有一座富丽堂皇的13世纪大教堂和《大宪章》正本而知名。

而下意识地努力追赶它的创造者的魄力。

或者，也可能不是这样。

但是，在任何情况下，他们的努力都是以测量的形式来体现的。我本人无论如何也看不出来，测得如此精确无误，又能帮他们什么忙。而且，我无法理解，在这方面最严格、最准确的详细检查，如何能够启发一堆证据，又从这堆证据中，顺理成章地导出结论。然而，他们依然测量着，一个多星期了，日夜不间断，而且总是偷偷摸摸的。有个晚上，他们把我们的村舍外面全测了。夜里我听到他们在屋顶上像巨猫一样爬行，虽然我们得知有个人掉下屋顶，折断了手臂，但从来没有人正式告知我们。他们使用各种托词，入侵我们的房子，想方设法地测量室内。

每一次都使用一条诡计。有个上午，我们出去游泳了，有个人说来测量煤气管道，在完成测量几个房间的墙壁尺寸之后，用人告诉他，家里没有煤气，不仅这座房子没有，整个村子都没有。因为没有准备好另外的借口，他尽量做出无动于衷的样子说“没关系”，便走掉了。另外一次，一个工人装扮的英国人，身穿法兰绒板球服，头戴草帽，来替房东检查厨房锅炉，还说他可能要从屋顶着手。我看到必然随身携带的直尺和卷尺，告诉他说，房东的房子在隔壁，而且他会发现锅炉埋在花园里。他过分热情地谢了我，在笔记本上写下“埋在花园里”几个字，便退了出去。

还有一次，有个人来卖鱼——他只有一条鲽鱼在手。厨子出门了，我跟他说这鱼我们要了。他问他能不能去花园里将它去鳞，我说可以，然后就出门了。一个小时后我回来，发现他还在那里，忙着测量呢。他已经得到了花园和墙壁的尺寸，现在正忙着测各种花儿的高度。我问他还在那里干什么呢，为什么在测量。他含糊地说他没有在测量。

“哎呀，你这个人啊，”我说，“别跟我来这一套，我看到了。为什么你还在这里测量？”因为他确实就是嘛。

他立起身回答我：“嗯，先生，我告诉你为什么。我正在看能不能找个地方把鱼鳞埋了。”

他没有给鲽鱼去鳞，它正躺在一面用作标记的小旗帜上，在灼热的阳光里，目光呆滞。

他们甚至还绞尽脑汁地测量我们家庭成员的身高。我们当中有谁从这些人所在之处的墙壁前经过，他马上就能在墙上找到相等高度的点位，我们一走过去，他立马把尺子拿出来，开始测量。

一个晚上，一个高个儿男人让我们的厨子把头放在他的肩上。她后来告诉我们，她照做了，因为她太惊讶了，都不知道该怎么办。当她进了屋，我们看到她黑色的帽子上，有粉笔反着写下的一系列数字，在太阳穴上方被磨去了一点：5 英尺 $6\frac{1}{2}$英寸。

杰迈玛表姐是个大块头——至少可以这么说，有个晚上在小路上被两个男人截住，他们从两边用手环住她的腰。她绘声绘色地说，他们拿着一根像是有英码标记的长绳子，或者如她坚持的说法，是有链子标记的绳子，当她逃脱的时候，他们似乎很着急地检查它，并且在他们随身携带的本子上写下一些东西，还一边指着她，一边戳着对方的肋骨，笑个不停。

我们的狗经常被测量。一天下午，我们听到一声可怕的猫叫，发现一个令人尊敬的人正试图用从隔壁商店借来的天平，给我们的猫称重。

我的岳母，怎么着都不可能是个令人疑心的对象，她间或会愤怒地大谈那些在我们家门口来回溜达的闲人的粗鲁，因而时不时地表现一下河东狮吼，搞得他们十分惊恐。我在求爱期间，并不知道这位非凡的妇人竟拥有这样一种骂个不停的威力。她以自己的行为绝对地证明了，在隐藏自己方面，她是个完美的演员，因为，在那大喜大悲的特定时段，我时常冥思苦想，最终获得了同声相应、琴瑟和谐的实际结果，收获了毫无杂质、自然成熟的甜蜜。妻子和我都明白这些当地侦探的动机，因而总是能够识破伪装，认出他们的真面目。杰迈玛表姐永不满足的好奇心，还有岳母周期性怒火喷发的奇观，给我俩提供了无穷无尽的快乐。为了给自己找乐子，每一天，在上级主管松懈，忘了让这些侦探在老霍根主题前忙个不停的空白时段，我们就把它给填上。我随身携带小笔记本，草草地记下各种奇怪的测量方法，故意将它随便丢放，以便迷惑侦探，以此自娱自乐。

因此，令人憎恶的人物老霍根，在一定程度上，竟然成为我们的兴趣，他的名字织入了我们的日常对话网。

我知道跟我岳母提老霍根，在她受到挨饿的影响，或者任何由挨饿而附带出来的恼怒的影响时，将会产生将红布放在公牛身上的效果，正如大家所看到的那样，我没有失望。

然而，现在，晚餐既已结束，螃蟹已经下肚，我发现自己立下了誓言，明天必得找到足够多的那个汁多味美的食物。我没让这事把自己搞得心烦意乱，因为我预期将有一次沿着海岸走到布里德波特的愉快步行，一次我还没有付诸行动的散步。我醒得很早，天刚破晓，没有惊动熟睡的妻子，我上路了。

黎明时分的空气宜人又清新，不平静的海景让我充满了欢乐，尽管一阵不祥的雨落在了水面上，冷风预示了暴风雨即将到来。

在这一带的多塞特海滨，大海永恒地向陆地侵袭。整个地区起伏不平，海岸呈现连续不断的陡峭悬崖，其中一些达到了壮观的规模。

悬崖不是软的蓝黏土质就是易碎的砂岩材质，在海潮的侵蚀下，加上溪流旁支的助力，永远都在节节败退，造成了数不胜数的系列滩碛。除了延伸到海里的满是化石的半成型岩石周边，海滩不是细沙砾就是碎石。

路上满是碎石，有时候不太好走。

我想找个地方小便，经过一个巧妙地预留给绅士们作为海滨浴场的地方，在第一个岬角下面把问题解决了。这个岬角的峭壁裸露，颜色发黄，顶部边缘有流苏式的深色松树林带，由于西风常年盛行，树林向东倾斜。

在这儿，碎石开始变厚重了。连续不断的海潮和暴风雨将它们推挤为雪堆似的一大块，得沿着隆起的顶脊行走才行，每迈一步，脚下的卵石便纷纷滚落。

风力开始增强了，我前行的时候，海浪一波高过一波，直到整个海滩布满了浪尖扫荡进来的泡沫。有时候，大片的海草——多塞特海滨稀有之物——随着波浪的卷入、碎开，而起起伏伏。

我尽量意志坚定地前进。查茅斯悬崖蓝黑色的土壤现在已经让位给砂岩，巨大的圆石形似猛犸的骨头——可能它们确实就是的——在滩头到处都是。我停下脚步查看，貌似出于科研的兴趣，实则是为了歇歇脚。我现在有点累了，感到饿，因为出发的时候，我是打算在布里德波特吃早餐的，考查考查当地的餐饮水准。

我坐在石头上，朝大海望去的时候，注意到在巨石之间，有个东西漂来漂去。经查，是一顶帽子——一顶人戴的帽子。我用一块漂浮的木头把它钩起来。我将它翻转，翻转时看到一个白色的东西卡在皮内衬里面。我小心翼翼地检查，发现这团白色的东西是纸，其中一张的外面写有“J. 霍根”这个名字。

“嗨！”我自语道，“终于有了老霍根的消息。”在扁石之间，我把纸掏出来，尽量小心地把水挤掉，将它们放入我猎装的口袋里。我把帽子放在一块大石头上，环顾四周，看能不能更进一步地发现这个失踪者的蛛丝马迹。风一直在增强变冷，波浪越变越大，滚滚而来。

我再次看到，约莫 20 英码之外，漂浮着什么黑色的东西，随着波浪而上下起伏。过了一会儿，我琢磨出那是一具人体。此时，我内心的激动已经变得高度紧张，我迫不及待地等着海浪承载的那个人体的到来。

它漂啊漂，漂过来了，随着波浪一点点前进，最后我把一根木棍伸出去，钩住衣服，将这团东西拉向海岸。

接着我抓住大衣衣领，使劲地拉。布料已被海水侵蚀，烂掉了，只剩下我手里这块。

竭尽全力——因为我得十分小心——我把人体拖到沙滩上，开始仔细地检查。

这么做的时候，我发现自己口袋里有个卷尺，这让我想起，我必须完成当地警察的全部要求，于是我开始测量尸体。

我量了身高，四肢以及手脚的长度，我测了肩宽，还有腰围，实际上，我在小本子上记下了充足的细节，够向一个准备制作男式套装的裁缝说明清楚的了。当时有些尺寸让我觉得相当奇怪，但核实之后，我照实记录下来。

检查衣服和口袋的时候，我发现了带有吊链的巨大金表，还有大钻戒，依当地人的说法，正是这两样东西，激起了他人的贪欲，导致了谋杀。我将它们连同这个死人的钱夹、饰钉、纸张和钱，一同放入我的口袋。检查的时候，大衣破了，在面布和衬里之间，露出一大沓钞票：实际上，整件衣服的夹层里全是钱。还有个小便条盒，里面装有上个星期乘海船离开南安普敦，前往昆士兰[1]所必需的文件。

我认为这些发现太宝贵了，感觉有责任把尸体带到最近的行政

---

① 澳大利亚的一个州。

部门，我想可能是奇迪洛克吧，我在地图上看到过，它是通往布里德波特路上的一个村庄。

现在狂风大作，波涛打在海滩上，发出雷鸣般的轰隆声，随后又带着刺耳的尖叫，携沙带石地退下碎石滩。雨倾盆而下，越来越猛烈的暴风雨逼迫我决定，要想那么做的话，我得扛着这具尸体走。

我吃力地将它举起，放到自己的肩上，每用一点力，那为了把纸钱弄出来而已经被扯烂的衣服，就一片片散落下来。不过，最后我还是把它脸朝下地放在了肩上，开始迈步。我还没有走出一步，就带着一阵无法掌控的悸动，让它滑落了下来，或者不如说，我把它扔了下来，落到了地上。

我感觉它好像还活着。我肯定感觉到了一点活动。当它在海滩上摊成一堆，滂沱大雨打在那张死灰的脸上时，我开始为自己的悸动感到羞愧，然后，再次努力，我把它放上肩，重新开始。

相同的悸动再次发生，原因也一样——那身子似乎是活的。不过这次我做好了心理准备，挺住了，过了一会儿，这种感觉没有了。

不久，我来到一个岸边四处散布着大圆石的地方。从一块巨石踏上另一块巨石，我和我身上的重负都摇摇晃晃的，当我从最后一块岩石跳到横在前面的平整的沙滩上时，突然感到如释重负。由于我的负载失去平衡，我和我的驮载物一起滚落到了沙滩上。

老霍根一分为二，身体从中间断开了。

可想而知，我没多久就爬起来了。在对残骸做调查时，我大为惊讶地看见，一些巨大的螃蟹从身体里爬了出来。那么，这就解释了尸体为什么有奇怪的活动了。我突然想到，这些海鲜确凿地证明了在布里德波特和莱姆里杰斯之间真的有螃蟹。想到杰迈玛表姐和岳母，我捡起两三只，将它们放入我猎装的大口袋里。

接着我开始考虑，是把断裂的霍根留在此地，还是继续带他前进。

我权衡了一下利弊，最终决定带他前行，或者说是它，也可以说是它们，或者随便怎么叫这些断片都可以吧。无论如何，这都不是一个诱人的任务，承担起这个责任，需要巨大的勇气。

我把这些东西聚集起来，它们形成了样子奇怪的一堆——苍白的四肢从一堆湿淋淋、凌乱不堪的烂布间突伸出来。然后我开始将它们捡起来。把身子扛在肩上相对容易，但现在我不得不捡起分离的断块，抓在手里，夹在腋窝下，带着它们一起走。我曾经过维多利亚街，看到可敬的男男女女却缺乏组织和归纳能力，他们从合作商店[①]出来，拿着从各货区毫无章法地购买的大包小包，我因此常常笑话他们。但现在我感觉自己就是他们中的一个。我无法同时抓住我同伴的各个部分。我刚小心地把老霍根的两半夹在腋下，就发现他的一些衣物落在了海岸上，而试图拾起这些东西，就有另外一些东西从我身上掉落。让事态更加恶化的是，死者身上的磨损开始显现，因此，我抬起上部分的时候，一条手臂掉了，抬起下部分的

---

① 英国一连锁商店，至今仍在营业。

时候，一只脚没了。

不过，我尽最大的努力，将各个部分捆在了一起，用手臂抬着这一大团，继续前进。现在暴风雨猛烈无比，我看得出来，我必须快速行动，不断推进的波浪，每一刻都朝悬崖冲得更近，它们会把我的路切断。透过让人视线模糊的雨帘，我看到前面有个岬角，明白我一旦越过它，就会进入相对安全的地带。

于是我尽量加快脚步，有时候掉落负载物的一部分，但根本没有时间将它捡起。要是我的思维活动和脱口而出的话语被记录下来，大概是以下这些：

“掉了一只手，还好，我已经把戒指退下来了。”

“半边衣服，正是我发现藏有钞票的那件。”

“背心掉了，真走运，我拿到了表。”

“脱了一条腿——天啊！我到底能不能带他回家啊？”

“另外一条腿。”

“一条手臂没了。”

“他的坟墓将有一英里长。”

“我们必须圣化那片海岸，他神圣的归属之地。”

“躯干的下半部分也没了。可怜的家伙，现在没人能够攻击他皮带以下的部位了。”

“另一条胳膊也没了，要是有人打他，他就不能自卫了。”

“谋杀！可是他走得很快。”

“衣服也全掉了——我应该把它留在原地的。”

“啊！躯干掉了，除了头，什么都没剩下。”

“咳！总之这是唯一幸存的。没关系，我会保证你的安全。”

我紧紧抓着头颅，它现在是尸身上我唯一拥有的了。

但要抓紧头颅，十分困难，因为它像玻璃一样光滑，紧抓着它束缚了我，从一块岩石跳到另外一块岩石，或者疾速穿过现在已冲刷到悬崖底的波浪时，我放不开手脚。

透过重重雨帘，我看到，至少岬角是开放的，在一阵大浪退下的当口，我使劲冲过去，绕过岬角，在前方宽阔的海岸上休息了一会儿，调整呼吸。

然后我用了点儿时间来收集散落的人体器官，也就是最后半个小时丢落的，唯一能够收集起来的部分了。

我感到很懊悔，努力把老霍根的身体带到葬礼仪式，是个错误。全掉落了，除了沙滩上的头颅。由于泡沫正巧停留在眼睛上，气泡破裂，泡沫消散，它们似乎正对我挤眼儿呢。我感觉，这份“财物”是足够安全了。我将手伸进猎装口袋，马上痛得大叫一声，抽了回来，因为手被狠狠地夹住了。我早就忘了螃蟹。

我小心翼翼地拿出一只，脚朝上地抓着它，它发疯似的想用钳子抓我。真的，它似乎是只贪婪的螃蟹，它那张神秘的嘴巴好像盖在旅行皮箱锁上的扁平物，正在使劲地吞钻戒，已经进去一半了，而且还吊着一截表链。我发现这个残忍之物实际上已经把表吞下去了，我费了好些周折，才把表和戒指从它的保管中解救出来。我小心谨慎地把这些宝贵财产放到另外一个没有螃蟹的口袋里。

然后我抬起头，或者，不如说是老霍根的头，胳膊下夹着最后的遗物，又上路了。

暴风雨开始减退，去得和来时一样迅疾，因此，我还没有横穿过眼前大片沙滩的一半，风平浪静已经取代了暴风雨，密集的大雨变换成了令人难以忍受的高温。

我在沙滩上挣扎前行，终于在悬崖间看到一个开口——走近后我发现，它是一条小溪在蓝黑色多土的岩石间磨出的一道深深的裂口，小溪从上面落下，翻腾冲刷，消逝于海滩。

这儿的沙滩在我看来，有点异常。它表面光滑晶莹，到处有一种古怪的浅窝。在我攀越了无数岩石和碎石，步履维艰地穿过厚厚的沙滩之后，它看上去是如此平坦和诱人，我高兴地加快脚步朝它走去，却立刻开始下沉了。

根据横贯其上的古怪的颤动，我知道我正在被流沙吞噬。

处境糟糕。

我已经沉没过膝，很清楚除非有人相助，否则我完全无计可施。在那样的时刻，即便是杰迈玛表姐，都会让我乐于接受。

真是不幸，像她这样的人，从来不在讨人喜欢的时候出现——像眼下这样的时候。

然而没有救兵——一边是大海，目力所及，未见一条帆船，波浪仍然因为刚才的暴风雨而怒气未消，闷闷不乐地翻滚上岸；一边是荒野的深色悬崖，而海岸线的两端，是无尽的荒沙地。

我想呼救，但被形势的悲惨和可怕压倒了，声音卡在下颌处，发不出来。老霍根的头仍然在我的胳膊下。在这样危急的时刻，大脑会飞快地抓住眼前的机会，我突然想到，如果我能得到一个立足点，哪怕就一会儿，仍有可能设法脱身。到现在为止我还在流沙边缘，一点点助力就足够了。伴随着这个念头而来的，是办法——老霍根的头。

想到就做。

我把头放在前面的沙地上，用手按住它，感觉缓解了一些脚的重量。我用力抬起一条腿，把脚置于头上，头现在嵌入变化无常的沙子里，有好几英寸深了。接着我将全身的重量压在这只脚上，使出全力，拉起那只被埋着的脚，跳到了坚实的沙地上。我在那儿打滑跌倒了，有好几分钟，一直在精疲力竭地大口喘气。

我得救了，但老霍根的头一去不返了。

然后我朝悬崖走去，小心谨慎地凭感觉走路，在将身体重量放上去之前，检查我的脚必须停歇的每个点。我到达了悬崖，在它坚实的脚下休息，把致命的流沙区甩在后面，继续朝远处稳定的海滨进发。

我拖着脚艰难前行，终于走近了建在绿色裂口上的几座房子，一条小溪从那儿穿过悬崖，落入海中，溪岸上站立着美丽的村庄奇迪洛克。

这儿有座海岸巡逻站，在一排整洁美观的房子前面，有用绳子作为栏杆而围起来的一小块地，上面竖立着旗杆。

当我走近的时候，一个海岸巡逻队员和一个警察从一座小屋后朝我赶来，一边一个地抓住我，用力之猛之紧，我认为大大超过了该场合的需要。

带着自知无辜的本能，我使劲挣脱他们。

“放开我！”我喊起来，“放开我——你们什么意思？放开我！”

“得了吧，别来这套。”警察说。

我仍然挣扎。

“最好保持安静，”海岸巡逻队员说，“挣扎没用的。”

“我不会保持安静的。”我叫道，挣扎得更厉害了。

警察十分残忍地盯着我，用力一扭我的领带，差点把我勒死。“我跟你说，”他严厉地说，“要是你再挣扎，我就用警棍狠打你的头。”

我不再挣扎了。

“现在，”他说，“记住我的警告，你所说或者所做的任何事情，都会作为此后于你不利的证据。”

我想到现在最好的策略是和解，于是尽量做出热诚的样子说：

“老兄，你真的错了。我不知道你为什么要抓我。”

“我们知道，”他打断我的话，带着冷笑，“如果你说你不知道，那你就是一个骗子！”

我气得气都透不过来了。被抓住已经够糟糕的了，再加上被叫作骗子的侮辱，怒火肯定是可以原谅的。受到侮辱，我冲动地想挣脱开来，狠揍这个人，但他已经明了我的意图，将我抓得更紧了。

“小心！”他说，举起了警棍。

我小心自保了。

“你好好问问自己，”我带着所有的自尊说，“你凭什么这样对待我？”

“凭这个！”他答道，举起警棍，又令人恼怒地刺耳地大笑起来。他戏谑地旋转警棍，好像在向我强调，他深谙此物的用法。

接着他拿出一副手铐，铐在我的手上。我拼命挣扎，但我对付不了两个人，只得屈服了。

然后他开始对我搜身。他先是把手伸进我的猎装口袋里，掏出表和表链，他欣喜若狂地看着它。

“那是老霍根的表。”我说。

“我知道。”他答道，同时拿出笔记本，记下我说的话。接下来，他掏出钻戒，还有钱包。

“那个也是，”我说，“还有那个。”

他又记下我说的话——这次默不作声了。然后他又把手伸进去，将东西掏出来，说：

“只是湿纸！”

接着他把手伸进另外一个口袋，马上又把手缩了回来——这次可不是默不作声了。

“该死的！是什么东西？”

他极为小心地将一只螃蟹从口袋里拿出来时，我笑了。事情已经做到这个程度了，他继续说道：

“现在，小伙子，你有什么要为自己辩护的？”

后面这几分钟，一个非常不乐观的念头在我的脑海里逐渐成长，越长越大。很明显，我因为谋杀老霍根而被逮捕了，我被捕时持有他的财产，但没有证人能证明我的无辜，而且失踪者本人毫无踪迹可寻，无法用事实证明我的说法。我开始对结果感到有点恐惧了。

“我要对你说的事，十分奇怪，”我说，“今天一大早我离开查茅斯，步行去布里德波特，去给我岳母弄些螃蟹。”

“哟，你已经弄到螃蟹了呀。”警察说。

“我是从海岸那边弄到的。”我说，指着西边。

“嘿！别瞎说！”警察说，“螃蟹不会被冲上这里。在布里德波特和莱姆之间，海岸上看不到一只螃蟹。”

“不管怎样，这是真的。傻子都知道这一点！”海岸巡逻队员附和道。

我继续说下去：

“我发现老霍根的身体浮在水上。我试着把它扛到这里，但暴风雨来了，我能做的，就是尽量躲避。而且，身体全都掉成一块块的，最后——”

“好精彩的故事！”警察说，“但要是掉成一块块的，那你为什么连一块都没有带着？”

“我试着带一些的，但它们都掉成碎块了。”

“头不会成碎块，”他说，“你为什么没有带着它？嗯？”

“我确实带着它的，”我说，“但我陷入流沙，它丢了。”

海岸巡逻队员插嘴进来。

“这片海岸只有一小片流沙地，他们说的，我自己从来没见过它。哎哟，你这个人啊，二十年来它都没有显现过一次。”

“那螃蟹呢？”警察问。

“它们是从老霍根的身体里拿的！”

“你想拿它们做什么？”

“我要把它们带给岳母。”

“噢，你这个肮脏的混蛋！”海岸巡逻队员喊了起来。

“你带着它们穿过了流沙地？”警察询问。

“是的，”我说，“当我脱身出来时，我发现那个大家伙已经吃掉了表，正努力吞下钻戒呢。”

警察和海岸巡逻队员粗暴地抓着我，后者说：

“得啦，把他带走。他是我见过的最会胡说八道的骗子。”

“让我们先搜查完。”警察说，重新开始搜查。

现在，我的处境十分令人可疑的想法开始使我感到极度不安。“我可怜的妻子！我可怜的妻子！”我不断地对自己说。

警察工作热情高涨，再次把手伸进有螃蟹的口袋里，大叫一声把它拉了出来。然后他拿出最大的那只，顺便说一下，这只螃蟹一只钳子比另外一只大得多，左边的钳子更大。他把这只螃蟹扔到岸边，准备用脚踩它，海岸巡逻队员拉住他，说：

“停下，好啦，老兄。螃蟹在这个地方，可不是走在路上能随便踩到的。在布里德波特和莱姆之间，一只都没有。”

警察继续搜查。他从另外一个口袋里拿出那团湿纸和钞票，将它们丢在地上，继续翻找口袋的隐秘处。海岸巡逻队员显然被某种东西刺激到了，他俯下身子看那些纸，将它们翻转过来，大叫一声双膝着地，跪在了它们旁边。然后，他压低激动的声音，叫唤道：

“看！老兄，看！全是钱。有几千镑。”

警察也跪到那些纸旁，两人在那堆东西上，面色激动地相互对望。

“要好好保管它，好好保管！”警察说。

“当然！”另外一个简短地说。

“一大笔钱！”

两人目光交织，然后偷偷地看我，不知怎的，我感觉到了他俩共同的卑鄙天性，而我，妨碍他们了。因此，我尽量做出听之任之的样子。

两人盯着那些纸。海岸巡逻队员说：

“其他那些东西在哪里？”

“在这里！”警察说，拍拍他的口袋。

“最好把它们都放在一起。”

“用不着。放我身上很安全。”

两人看着对方，似乎明白了彼此的心思，一言未发地，警察从他的口袋里掏出了表、戒指和钱包，将它们放在海岸上。

两人贪婪地盯着这批东西。突然，警察环顾四周，像疯子一般跑向海滩，大喊着：“捉贼！捉贼！”跑到水边，他停了下来，举起逃跑的螃蟹。他把它带回来，将它腹部朝天地放在其他东西旁边。当他疑心地注视那个小堆，好像审视有没有东西被移动过时，他对螃蟹挥舞着拳头，说：

“你这可恶的畜生，你可能一直在偷东西。”他说“你”字的腔调，明显意味着对海岸巡逻队员的警告和怀疑。后者意会到了，气愤地说：

“别瞎说！”

然后两个人继续搜查我。他们把我身上经过贪念拷问之后，被理解为有价值的东西，全拿走了。他们打开我大衣的接缝，把衬里翻出来。

接着，他们走开了，交头接耳了一会儿，然后回到我身边，把我的腿绑在一起，将一个塞口物塞进我嘴里，扛着我绕过一块岩石，那个地方，任何来人都不可能看得到。然后他们把那些值钱的东西都带到这里，坐下来，开始记录这批东西值多少钱。

他们把钞票一张张地展开平放。它们的日期和号码是打乱的，没有顺序，我旁观的时候感觉到，从这一点来说，一旦用掉，便绝无可能追查到它们。他俩把金饰和表、戒指放在一起，那些纸单独放在一起。

这是一大笔钱——金饰只有 70 磅左右，但钞票约有 37300 镑。

当两人把钱弄清楚了，他们盯着我，带着令我毛骨悚然的神色——这意味着谋杀。

他们又对望了一下，稍微走开一点，低声说话。

我稍微转身侧躺，这样我就能观察他们了。这么做毫无困难，但这样我就更加害怕了，因为我明白，他们根本不在乎我留意他们的动向，说明他们已经下定了决心。

一点儿时间就够了，他俩又转过来对着我。然而，他们走过来的时候，奇迪洛克老教堂的钟声开始敲响。天色尚早，钟声是为晨祷而鸣的。

海岸巡逻队员的脚步停了下来——某些记忆在他内心苏醒，与此相伴而来的，是一丝疑虑。他停顿片刻，说道：

“老兄。”

警察从犹豫的语调中听出了怜悯，立刻转过身，尽量粗暴而严厉地做出回应，几近威胁地说：

“嗯！”

“老兄，我们必须杀了他吗？要是他什么都不说，让我们带钱离开，不行吗？没人知道这事——他们怎么会知道呢？”

“他不会不说的，”另外那个说，“最好割断他的喉咙，把他埋在这儿的沙子里。”

这个海员盯着我，我读出了他眼里的探究神色，于是尽量用眼神向他保证：

“我会闭口不说的。”

就跟日光一样明白，我的生命悬于他的选择，因此我没有犹豫或者踌躇。

我用眼神的一瞥，强化了重罪的可怕后果。

虽然有我的默认，但在这两个人之间，还是爆发了激烈的争吵——和平的维护者，是两者中更危险的那个。

海岸巡逻队员力劝并主张，如果他们最终想要的，就是安全保证，那谋杀便毫无用处。警察坚持他的观点不动摇，也就是，割断我的喉咙更安全。

对我来说，这份痛苦太强烈了。我这辈子的不端行为，还有生命可贵的每一条理由，尽呈眼前。我向海员使眼色，请他让我说话。过了一会儿，他警告我，要是我说话的声音高过耳语，那我说的第一个音节就是最后一个，然后他把塞口物拿开了。

我只低语了一个论点。

“如果你们杀了我，就会有人找我。我保证不会告发你们，这样你们更安全。”

这个论点很有说服力，说起来和听上去都符合一般逻辑。因此，在威胁我要是不守诺言，后果将会十分严重之后，他们给我的腿松了绑，卸下了手铐。

然后他们把我带到海滩边上的一个船库，在那儿给我刷洗，去掉行走或暴力的任何痕迹。接下来，他们将我塞进停在通往奇迪洛克的道路边的一辆小马车里，驶入查茅斯，将我放在自家门口。一路上，一个人也没有遇到。

我最后听到的话是警察的低声警告：

“没人看见你或者我们。回到你的床上，假装你从来没有出过门。”然后他们策马而去。

我听从建议，脱下靴子，悄悄地上楼。妻子仍在熟睡，于是我宽衣解带，上了床。生怕惊醒她，我假装睡着了，很快，尽管大脑焦虑不安，我也睡过去了。

我是被妻子惊醒的，她已经起床，穿好了衣服。

“哎呀，奥古斯塔斯，今早你睡得好沉啊。已经十点多了，早餐时间早就过了。杰迈玛表姐不愿意等了。不过，你的早餐保温着呢。”

我完全清醒过来了，但认为假装懊恼比较明智。

“没关系——我很快就起床。”

“可是，亲爱的，你现在必须起床，否则你就要错过去布里德波特的班车了。记住，你答应给杰迈玛表姐弄些螃蟹的。”

“噢，我的杰迈玛表姐。一个晚上，已经有够多的螃蟹了。”说这话时我突然一个激灵，赶紧住口了。

“哦，亲爱的。我希望你不要也消化不良。杰迈玛表姐说她一直很不舒服，肯定是吃那种新面包引起的。”

“就是！”我自言自语道，“我很高兴她也受罪了，因为全都怪她，我才经受了那可怕的苦难。”

我起床，下楼。一切如常，很快，我开始认为我肯定一直在做梦。这个看法逐渐明晰，这事我想得越多，它似乎就越不真实，越像梦境一般。

然而，当我快吃完早餐时，仆人进来说，有两个人在门口，想卖螃蟹。

“让他们马上离开，”我生气地大叫，“我不要什么螃蟹。”

仆人走开了，很快又回来，说：“先生，要是你高兴的话，他们说他们希望你买只螃蟹，他们有只在布里德波特和莱姆之间抓到的螃蟹。”

这番话让我大吃一惊，因为我感到一种恐惧，我新近的攻击者已经找上门来了。我对仆人说我会去看看那东西，然后走到门口。那儿站着两个人，但一点儿也不像之前那两个。海岸巡逻队员是个留着大胡子的小个子，而警察是个大个子，脸刮得很光。这两个人，也一大一小，但大个子有浓密的胡子，而小个子脸刮得很光。我认为两个人都在使劲地盯着我，于是我装作除了交易的物品，什么都没有注意到，尽量漫不经心地说：

“哦，哥们，我听说你们要卖螃蟹，我想看看。”

大个子答道：“我们只剩下一只了。在这里。”他从篮子里拿出一只左钳大右钳小的螃蟹，眼神十分锐利地紧盯着我。我情不自禁地吓了一跳，动作明显，不可能不被注意到，因此我认为保持更漫不经心的样子更好，说道：

“不，这只不够好。我不想要。”

我说话的时候，妻子和岳母还有杰迈玛表姐回来了，快走到门口了。

他们没注意到她们，大个子礼貌地对我说：

“行，先生。没关系，但我想让你看看比较好。”

他把螃蟹放回篮子，杰迈玛表姐看到了，快步走上前来。

“是什么，奥古斯塔斯？你不是要把螃蟹打发走吧？你这个混蛋！”最后这句话说得很轻。

她稍做讨价还价，买下了这只螃蟹，好奇怪，他们似乎不太情愿卖给她，而我则带着额外的快乐付了钱。

杰迈玛表姐得胜般地把螃蟹拿到厨房，那两个人则往阿克斯茅斯方向去了。

我回到客厅，受到了各方的攻击。杰迈玛表姐眼含热泪，说我的表现没有人性——我竟把连日来看到的唯一一只螃蟹打发走，就是为了让她生气和失望。

我岳母推测我这么做，是因为我想去布里德波特，在那里，要是没和某种“生物”相遇的话，我会趁没人注意，玩台球，喝得醉醺醺的。她女儿程度轻微地同意了她的想法，尤其是对“生物”那个东西。

我严守否定的立场。

这一天，教区牧师乔治·爱德华·安西的妻子来家里喝茶——她丈夫是治安官员，作为一个永久居民，他实际上是当地的治安法官。谈话当中，她说乔治·爱德华这个上午一直很难过和忧虑。他眼下面临两个不服从命令的事例。一个是海岸巡逻队员，他当着其他人的面侮辱海员头领，被严厉训斥而当场辞职，已经离开村庄了。另外一个是警察，因为拒绝值班而被当场开除了。安西先生对他的离去感到遗憾，因为他被视为该地区最可信赖、最活跃的官员。

当我得知这些小事，感觉比任何时候都更迷惑不解了，因为他俩的组合以及确切的行为方式，符合早上所发生的一切，似乎确凿地证明了，整个事件并非梦一场。

晚餐前我出去散步。正要出门的时候，妻子说：

“一定要按时回来，塔斯。晚餐有螃蟹，杰迈玛表姐准备打扮一番——”

海滩漫步对我大有裨益，它使我的头脑冷静下来，在傍晚更宁静的气氛当中，我又开始相信，发现老霍根的整个事件，是一场梦，一场噩梦。

我心情大为好转地回家，内心安定，无所畏惧，甚至对杰迈玛表姐都生发出善意，对她的小怪癖产生出包容。

就在家门口，我的美好决心受到了考验。

杰迈玛表姐坐在门厅里的一张椅子上，正等着我回来，恰如一幅阴森恐怖、气势汹汹的不快画面。我进门的时候她抽起鼻子，我看情况不对，于是一言不发。她跟着我进到饭厅，妻子和她母亲正坐在那儿，晚餐刚刚吃完。

“有这样的行为表现，我说过我们一刻也不会等你。”

“现在又怎么啦？”我说。

“就是啊，怎么啦！”这话带着愤怒的挖苦，“在两个胃口不好的女士身上玩弄绅士派头的花招。”

“噢，噢，噢，”我说，意图以最优雅的方式，说出最讥讽的话，“那么你们暗指我通过写信，做了些什么事啰？”

“写信？当然不是！你说些什么呢？”

“你说我在两个胃口不好的女士身上耍花招，我猜我肯定是靠信件做到的。看不出来吗？一定是远离这儿的某个人，因为我知道这里没人符合这个描述。”

“你可恶！”杰迈玛表姐说，而岳母一言不发，怒视着她微笑的女儿。

我坐下来，试图缓和气氛。

“好啦，妈妈，”我说，“告诉我我都做了些什么，是怎么回事。”

“那螃蟹。”杰迈玛表姐立刻以阴森恐怖、歇斯底里的语调说。

“嗯，它怎么啦？”

“你是故意这么做的。”

“我做什么啦？我是一头雾水。”

我妻子插话进来。

“事情是这样的，亲爱的，那螃蟹是个骗局，妈妈和杰迈玛表姐看到你和那两个男人说话，猜想你设计了这整个事件，想开个玩笑。实际上，它是个叫作‘植物’的东西。”

“我亲爱的，我还是没弄明白，那螃蟹怎么是个骗局了？”

“哦，你看，它非常奇怪。你要知道，它很新鲜，但它被打开过，被人用刀割成小片，然后又重新拼装起来，就好像有人搜查过它似的。”

这是令人震惊的证据，证明我并没做梦。我几乎喘不上气来，感觉自己面色变白。

三个女人都注意到了这个变化。

“你病了吗，亲爱的？”妻子说。

“看来是的。”她母亲说。

“活该！”杰迈玛表姐说。

我很快回过神来，尽量笑起来。

“你们这群傻瓜，我对它一无所知。嘿，是你，杰迈玛表姐，买的螃蟹。”

过了一会儿，谈话转到了其他话题上。我现在被重重疑惑困扰着。我的整个奇遇，到底是不是一场梦呢？

我不知道。

回到城里大概三个月后，我们读到住在海滨的朋友定期寄来的《南多塞特新闻报》，其中有下面这篇报道：

霍根先生之谜

围绕着已故的杰贝兹·霍根先生——查茅斯的百万富翁——他的失踪让多塞特及邻近郡县极为关注，奇怪的谜团终于揭晓。我们的读者肯定还记得，去年8月初霍根先生失踪了，他的财富和古怪不仅在他的原籍——查茅斯宁静的乡村，是人们茶余饭后的谈资，在所有邻近的郡县，也都广为流传。这边的莱姆，那边的布里德波特，还有内陆城镇阿克斯明斯特和查德，都很熟悉这个有钱的怪人的名字。霍根先生非常孤僻和沉默寡言，因而当人们得知他失踪时，没有一个人能够猜出，究竟是何动机或原因导致了这个事实。他不信任任何人。曾经一度，人们普遍认为，他是因为名声在外的财富而被人谋杀了，警察毫无根据地将怀疑黏附在夏天来我们风景宜人的多塞特海边度假的某些游客身上。我们的同侪《布里德波特之旗》，以其糟糕的品味和同样糟糕的扯谎为言语特色，建议说——如果我们记忆正确的话，在开了一些几乎没有正直可言的会议后，某些身上散发出造谣中伤、虚假错误气息的醉醺醺的保守党人，强加于我们耳朵之上的那些粗俗叫嚣——因为我们不读格调低下的小报——或许霍根先生年事已高，认识到自己行为方式的错误，不堪承受曾经遵从自由主义原则的悔恨而自杀了。时间揭穿谎言，向来如此，这是对高贵的死者的卑鄙攻击。最近大家才了解到，霍根先生以史密斯之名，乘坐 8 月 26 日从南开普敦启航的“塔马·印第安号”前往昆士兰。我们有理由认为，由于堕落的风气允许保守党如此卑鄙的机构小报在这块曾经纯净的土地上盛行，可怜的先生备感压迫，内心渴求更为纯净的氛围，那里没有保守主义造成的脏污环境，而伤心地离开了他故乡的海岸。他在船上被一个查茅斯本地人——“塔马·印第安号”上一个叫作迈尔斯·鲁迪的服务员认了出来。被人认出来，他似乎非常难过。第二天晚上，当船上熄灯的铃声响起，扑通一声，人们听到一声大叫“有人掉水里了”。大家竭尽全力地想救起这个人，有几分钟，可以看到他的头在巨轮驶过而留下的泡沫轨迹间上下起伏。但是救助没有成功。他再也没有浮升起来，而轮船不得不在航道上继续前进。全体乘务员和乘客集合点名后查出，失踪者是杰贝兹·史密斯，或者，更正确地说，是杰贝兹·霍根。船长和船上的警官以及几个主要乘客就该事件的处置，已经在昆士兰做了官方记录，我们刚刚收到邮件，就赶紧将事实呈现于读者面前。

过了一段时间，差不多两个月后，以下报道发表在相同的报纸上：

两个查茅斯人的怪异故事

澳大利亚的邮件刚到，从维多利亚带来了一个不幸的传奇故事的详情，据悉，与查茅斯两个已故居民有关。这两个人，几个月之前，在我们可爱的多塞特乡村，是众人熟知的人物，一个曾是警察，另外一个曾是海岸巡逻队员，他们最近抵达了墨尔本。刚开始的时候，他们似乎无足轻重，但没多久就撞了大运——呜呼哀哉！对他们来说是致命的大运。短暂的离开之后，大概在北部的采金场，他们显然十分幸运地发现了金矿，因为回来之后，他们买房买地，显露出他们那时候拥有大量的财富。不知什么原因，他们突然起了冲突，又把房子卖了，一块儿消失于北方。几天之后，人们在一座废弃营地烧焦的废墟间发现了两具残缺不全的尸体。他们不是自相残杀，就是被人谋杀了。营地的篝火蔓延，尸体有些部位已被烧掉，因此无法查明事件的真相。这则奇闻或许可以解读为，我们都被财富的虚荣所驱使。

读着这篇报道，我感觉思想轻松了，因为这使我确信，我并没有做梦。

很久之后的一个晚上，我把整个故事告诉了妻子和她母亲，以及杰迈玛表姐。

我妻子走过来，双臂环抱着我，低声说：

“奥古斯塔斯，亲爱的，你可能做梦了，我希望如此。但是，感谢上帝，你为我们保住了性命！”

我岳母说：

“我认为你可能设法留下了一点钱，但是在这类事情上，你从来不做你该做的。无论如何，在这之前你就该告诉我们的，但我想你有太多需要隐瞒，以至于像藏钱这样的事情，也就跟着瞒掉了。”

杰迈玛表姐先是皱着眉，噘着嘴，好像在思索，接着嗤之以鼻地说：

“我相信这全是谎言！”

“我亲爱的杰迈玛表姐！”我大声抗议。

“好吧！假设它不是梦，”她严厉地应答，“不管怎样，你从老霍根的身子里拿出螃蟹，把它们带到这儿——不，你没有把它们带到这儿，但你让我买下它们……来吃！呸!！你这个可恶的人!!！”

我对整个事件仍然心存疑问。

它是一场梦吗?

我不知道!

孪生子

第1节　迟来的双喜临门

巴布家里喜气洋洋。

漫长的十年，伊法雷姆和索菲妮斯芭·巴布空叹生活的孤独寂寞。他们徒劳地凝视商店里的婴儿服，搜索的眼光在摇篮店里无法移开，那儿，摇篮一排排地悬挂着，十分诱人。他们祈祷，叹息，呻吟，许愿，等待，哭泣，但从未从家庭医生那里得到哪怕一丝儿希望。

但现在，梦寐以求的时刻终于到来。在时间沉重的翅膀上，一个月又一个月地过去了，预定的日子渐近。月份变成了星期，星期缩减为日子，日子细化为小时，小时推移为分钟，分钟慢慢地消失，但秒钟依然存留。

伊法雷姆·巴布蜷缩在阶梯上，双耳竖起，高度紧张地捕捉发自他第一个孩子唇间的极乐音乐的旋律。屋子里一片寂静——飓风来临之前那种死一般的平静。啊！伊法雷姆·巴布，一点儿也没有想到，再过片刻，你安宁、幸福的生活轨道，可能一去不复返了，开启你热切双眼的前面的大门，后面是奇妙的国度，在那儿，幼童至高无上，统治一切；在那儿，暴君婴儿小手挥舞，尖细的声音飞扬跋扈，宣判他的父母将被压在城堡护城河下面致命的墓穴里。这个想法闪过你的脑海，你面色发白。当你发现自己站在深渊的边缘，你是如何胆寒发抖！那时你会忆起当初吗！

但是，注意听！不管是好是歹，自此没有回头路。长年的祈求和渴盼终于到了尽头。从内房里传来一声响亮的大哭，随后又重复了一声。啊！伊法雷姆，那哭声是新生儿还未习惯艰难人世，幼稚的唇间做出的微弱努力，是表达“父亲”这个词的言语形式。在欣喜若狂中，所有的疑虑都被忘光了，当医生如喜讯预告者般走出来，他发现你容光焕发的脸上带着崭新的快乐。

“亲爱的先生，请让我祝贺你，双倍地祝贺你。巴布先生，你已经成为双胞胎的父亲！”

第 2 节　美好的往昔

双胞胎是他们见过的孩子当中最棒的——至少育儿专家是这么说的，而父母立马就相信了。保姆的话本身就是证据。

夫人，不是说他俩就双胞胎而言很不错，而是说他俩就单胞胎而言，也很不错，她清楚这一点，因为她这辈子看护过很多孩子，有双胞胎，也有单胞胎。父母所有的愿望，就是把他俩娇贵的小腿去掉，变换成娇贵的小肩膀上小小的双翼，这样就可以在洁白的大理石墓碑旁一边放置一个，雕琢得很漂亮，作为伊法雷姆·巴布遗迹的圣物。要是夫人比这两个可爱的双胞胎的父亲活得更长久的话，就会这么做的——她斗胆这么说，绝无冒犯之意。他是一位比妻子年长一点的英俊绅士，正因为这年龄差距，她当初听人说绅士永远不嫌太老，对她自己而言，喜欢的也正是这一点：不像那些不懂事的男孩子，这样一对天使般的孪生子（上帝保佑他们！）的绅士父亲，不也是个大男孩吗？虽然以她的经历，她永远都不会知道，他是因为拥有这样一对双胞胎而像一个大男孩，还是任何一对双胞胎都能使他成为一个大男孩。

这对双胞胎是父母的偶像，同时也是他们的欢乐和痛苦。迪德·泽鲁巴贝尔一咳嗽，伊法雷姆就会发出一声恐慌痛苦的喊叫，从甜美的熟睡中惊醒，双胞胎咳嗽不止而面孔涨得乌紫的幻影，会每晚萦绕在他的枕边。迪德·撒迦利亚对空气膨胀产生不适，索菲妮斯芭就会面色煞白、头发凌乱地飞奔到她幼子的摇篮边。迪德们被压住了或者扎紧了，法兰绒或者苍蝇使他们皮肤发痒了，灯光刺眼了，黑暗吓到他们了，饥饿或口渴同步袭来了，巴布全家就会从安静的睡梦中醒来，或者当前的各种运作状态就会做出改变。

双胞胎长得很快，断奶了，长牙了，终于到了三岁这个阶段！

“他俩并肩美好地成长。”

“他俩填满了一个家。”诸如此类，等等。

第3节 战事的风声

哈里·梅福德和托米·山腾与伊法雷姆·巴布生活在同一居民区内。哈里父母的宅第是25号，27号永远幸福地沐浴在托米灿烂的笑容里，在这两家之间，伊法雷姆·巴布栽花种草——他的宅第是26号。哈里和托米从小就习惯了每天和对方见面。他们交往主要是通过屋顶进行的，直到他俩各自的父亲被迫赔偿巴布受损的屋顶和装饰窗，从那时起，他俩被民政事务委员会禁止会面，与此同时，他们共同的邻居及早采取措施，将自家花园墙弄成了卵石面，顶部插上碎块玻璃，以防他们的侵入。然而，哈里和托米，天生具有冒险的灵魂、高远的雄心、鲁莽的性情，还有强烈的自主意识，根本不把巴布这结实不平的墙放在眼里，照样偷偷地见面。

和这两位小年轻相比，卡斯特和珀勒克斯、戴蒙和皮西厄斯、埃洛伊萨和亚伯拉德[①]，都只是二元性，或者关于忠诚和友谊的驯服乏味的例子。从西吉努斯到席勒，所有的诗人或许都会歌颂友谊在危急时刻视死如归的高贵行为，但要是他们知道哈里和托米之间的心心相印之情，便会集体失声了。每天每日，通常是每晚每夜，这两位勇士顶着管家、父亲、母亲的鞭笞禁锢、断水断食、幽深黑暗的危险，相见会面。他们私下里聊了些什么，无人知晓。在他们的谈话中，有何黑暗勾当，无人得知。他俩单独见面，单独相处，单独回到自己的住处。在巴布的花园里，有座满是蔓生植物的凉棚，

---

① 都是传说故事和文学作品中代表忠贞不渝的友谊的人物形象。

四周环绕着慈爱的父亲在孩子诞生之日种下的鲜嫩草木，它们生长得飞快，使他满心欢喜和骄傲。这些树木遮掩了凉棚，哈里和托米经过仔细观察，注意到无人进入这个地方，于是就在这儿，他们举办秘密会议。一次又一次，他们安全地会面，寻欢作乐。让我们撩开神秘的面纱，一探他俩的天大秘密，究竟是在谁的神庙里，他俩才会双膝跪下。

哈里和托米在圣诞节时，各自收到了一份内装新刀的礼盒，很长一段时间——差不多一年——这两把尺寸相近、图案相似的小刀，是他们主要的消遣。他们用刀在各自的家中切割劈砍一切不太可能被人注意到的东西。他们做得很隐蔽很小心，因为他们可不愿意以苦痛为代价，换取片刻的痛快。抽屉的内里，书桌、盒子、桌子和椅子的下边，相框的后面，甚至地毯角能够被偷偷摸摸卷上去的地板上，都布满了他俩的手工印记，而相互比较这些手工艺术胜利品上的记号，是一种快乐的源泉。不过，最终，关键的时刻来临了，因为胃口总是得到满足，快乐就开始丧失效力。现存的破坏方案绝对需要扩展，而要做到这一点，就得顶着被人发现的可怕风险，因为安全线早已经被触碰并且超越了。但是，不管风险大小，必须得闯入新的领域——那里才会有崭新的快乐。旧领地已经贫瘠，而对快乐的渴求，却一日更胜一日地疯狂生长。

危机已经到来：谁能发现这个问题？

第4节　号角吹响

他们在凉棚会面，决心讨论这个重大的议题。两颗心灵都膨胀着革命的热情，两个脑袋都充满了策划和谋略，两只口袋都装满了糖果，因为是偷来的，所以格外香甜。在迅速消灭完糖果之后，阴谋家进入就扩展他们的艺术活动而讲解各自观点的阶段。托米满怀骄傲地披露了一个他冥思苦想得来的妙计，那就是在钢琴的传声结构板上切割出一系列的小洞，以破坏其音乐的特质。哈里在改革理念上绝不甘落后。他已经构思出一项在其曾祖父肖像画背后割裂油画布的工程，他父亲极为尊崇该画作，将之归于家族守护神之列，这样，等有人移动画像时，油漆面就会剥落，整个肖像就会掉出画框外。

议会进行至此，一个绝妙的点子闪过托米的脑海。“为什么享乐不能加倍，将乐器和家族肖像画两者同时供奉于快乐的祭坛？”这个提议毫无异议地通过了，接着，会议因晚餐时间的到来而结束了。当他们下次见面时，很明显，某个地方有颗螺丝松了——“丹麦王国有个东西在发臭。”[①] 在双方提出一些构想之后，结果发现，所有家庭改造的设想都被母亲们的警惕小心杜绝了，而且这些设想稍露马脚，受到惩戒的后果将十分严重，因而都不得不弃而不用——至少，直到改造者不断增强的体力允许他们对父母的恐吓和禁令发出轻蔑的大笑之前，情形是这样的。

---

① 该句出自莎士比亚的《哈姆雷特》。在死去的国王的鬼影出现之后，王宫卫兵的一个长官说了这句话。

很可悲，两个无望的小年轻拿出他们的刀，凝视着它们；很可悲，他们像昔日英雄奥赛罗[①]一样，认为所有荣誉、胜利和光荣的平等机会，已不复存在。他们相互比较着刀子，带着几乎是溺爱孩子的父母的那种喜爱之情。它们——尺寸、力度、美观相当——没有锈迹使之暗淡，没有色斑使之失泽，拥有萨拉丁[②]之剑锐利完好的刀刃。

两把刀子如此相似，要不是刀把上他俩名字首字母的划痕，谁也不太肯定哪把是自己的。过了一会儿，他们开始互相吹嘘各自武器的绝妙无伦。托米坚持说他的更锋利，哈里断言他的更强劲。言辞的交战不断升温。哈里和托米的脾气爆裂开来，孩子气的胸膛里燃烧着果敢和仇恨的男子气概。但据传就在那个时候，一个过往年代的幽灵——一个甚至可以深入巴布家小树林里幽暗的凉棚的幽灵，潜入了。极其古老的严峻的检验方案，被幽灵低声吹入两人的耳朵，突然，激烈的争吵中止了。带着突如其来的念头，两个男孩提议用针锋相对的检验方式，来一决刀子质量的高低。

说做就做。哈里尽力高举刀刃，托米紧抓刀柄，将刀子边缘斜着力压哈里的刀子。接着反过来，哈里变为挑衅的一方。然后他们停下来，急切地查验结果。结果不难看出：两把刀上有两个相等深度的大凹痕。因此，有必要重新比赛，寻求更进一步的证明。

需要什么来将那可怕的冲突的一个个细节串联起来呢？太阳早

① 莎士比亚悲剧中一位妒忌心很重的英雄。

② 埃及和叙利亚的苏丹，阿尤布王朝的创建者，曾指挥抗击十字军东征。

就落下，带着美丽笑脸的月儿早已升上巴布家的屋顶，这时，精疲力竭的哈里和托米该倦鸟归巢了。哎呀！刀儿的辉煌一去不返了。消失了！消失了！荣光已经消逝，除了一无所用的残骸，什么也没留下，锋利的刀刃损毁了，它们现在什么也不像，就像西班牙境内那密集的小山冈。

然而，虽然他俩疼惜心爱的武器，两颗心却洋溢着欢乐，因为，逝去的一天打开了他们的眼界，他们看到了和广袤无边的世界一般，没有极限的快乐的远景。

第 5 节　首次出征

从那天开始，哈里和托米的生命开启了一个新纪元。能顶住父母的权威有多久，他们的新消遣就能持续多久。他们偷偷摸摸、鬼鬼祟祟地把家中不常用的餐具弄到手，然后将它们一一带到约会的地点。这些东西从管家的食品储藏室来的时候精美无疵，哎哟，它们退回去的时候就面目全非了！

然而，随着时间的推移，可用的餐具储存逐渐稀少，再一次，需要动用年轻人善于发明创造的能力。他们是这样思考的："刀子的游戏，确实，已经玩完了，但博弈的刺激是不能放弃的。那么，让我们把这个好点子带入新的领域，让我们依旧沐浴在欢乐的阳光里，让我们继续争锋，不过不是用刀子，而是用其他东西。"

这事已经结束了。现在，刀子已无法吸引壮志雄心的小年轻的注意力。勺子和叉子每天都被压平和击打，不成形状；黑椒调味瓶和黑椒调味瓶互撞，两者从战场上返回，均奄奄一息；烛台见面就争执，分别时此生永不相见；甚至分隔层饰盘在艰苦卓绝的斗争中，也被当作武器。

最后，管家的食品储藏室里的资源消耗殆尽，接着开始了一系列五花八门的破坏活动，这很快就体现在哈里和托米各自家中遭受损坏的家具上。山腾夫人和梅福德夫人开始注意到，家里出现的磨损和破洞异乎寻常地多。一天接连一天，似乎都会有新的家灾发生。今天，一本封面豪华，足以当作陈设的珍藏版图书倒了大霉，书边磨烂了，书脊松散了；明天，一些微型框架似乎跟着遭受同样可怕的命运；后天，一些椅子脚或三脚桌腿显露出曾经经受了非同一般的虐待的痕迹。家中的小女孩们每天都声称，夜里上床睡觉时，她们都小心翼翼地把心爱的洋娃娃放在床头，但休息时间再去找它们，却发现它们容颜尽失，手腿被截断了，脸被打得稀巴烂，貌似人类被折磨的各种状况。

然后是瓶瓶罐罐等物件开始消失不见了。总是无法抓到那个贼，而仆人们的工资也开始变得名不副实，由此引发了时不时的停工。梅福德夫人和山腾夫人为这些损失痛心疾首，但哈里和托米却一天天为他俩的战利品而沾沾自喜，这些战利品在巴布家隐蔽的小树林里越堆越高。两个小年轻对较量的热衷，现在渐次发展到了这样一种程度，那就是：迷恋—疯狂—狂热。

终于，可怕的一天到来了。梅福德和山腾家的管家深受接连不断的损失和抱怨困扰，发现他们名下受损物品项的数字比工资还要高，于是决心开拓新的工作领域，要是在新领域中他们的服务没有获得适当的奖励或者认可，至少不会让他们失去已经拥有的资产和名声。由此，在交出钥匙和放弃受托管理的物品之前，他们从自己名下的账目中预先拿出一些物品，小心确保数目大致对应得上。他们清楚这么做会招致什么样的恶果，压力真的很大。他们眼前的苦痛无比深切，对未来的设想无比苦涩。他们被苦恼的重量压弯了的心灵，使他们大为气馁。原先超越了悲伤，战胜了可怕的恐惧情绪的坚强大脑，被这种思绪缠绕着。他们高大健壮的身子，趴在各自的圣所密室的地板上，暗暗祈祷。

那天晚些时候，当需要用到这些东西时，大家遍寻花园凉亭和厅堂，终于发现了它们的去处。

哈，正义得到了伸张！两位管家都被控好酒贪杯，在堕落的状态下，故意将所有伸手可及的东西打碎破坏。他们的罪行，在被损毁的财物遭受的屠戮中，还不够明了吗？接着他们被指控为造成家中所有灾难的罪魁祸首。在他俩激愤的否认声中，约好待在各自屋里的哈里和托米，走了出来，秘密长期压在大脑上的重负被移除了，真是浑身轻松啊。那次他们各自讲述的故事，之后又被一次次地重复：他看到管家以为没人看见，在食品储藏室里用刀相互击打，在起居室和书房的椅子及书本上、在儿童房的玩偶上、在厨房的碟子上，一比输赢。然后，两户人家的主人在要求正义的呼声中，态度变得严厉而强硬。两位管家都被指控醉酒失职和故意破坏财产，必须严格按照法律追究责任。

那个晚上，哈里和托米在他们的小床上睡得又香又甜。天使们似乎在向他们低语，因为他俩在愉快的梦中露出了微笑。骄傲又感动的父母给他俩的奖赏装在口袋里，尽职尽责的快乐感溢满他俩心中。

真正睡得香甜的，应该说是正义的休眠。

第 6 节 “行乐须及春”

哈里和托米的行动现在该停歇了吧。

但是，才不是呢。这两个小年轻的头脑非同一般，他们的灵魂也没那么脆弱，听到第一声“该收手了”的呼唤，就会屈服。如同纳尔逊[①]，他俩不懂什么叫害怕；如同拿破仑，他俩把“不可能”当作傻子的称谓；他们沉醉于美好的事实，那就是，在青春的词汇里，根本没有“失败”这个词。因此，在管家“不端行为”得以大白天下的第二天，他们就在凉棚会面，计划布局新的战役了。

在那个似乎对他俩来说，全世界最为黑暗的时候，当身边的可能性像越缩越小的围墙，从四周挤压他俩的时候，这两位无畏的小年轻飞扬起这样的思绪：

---

① 指纳尔逊子爵（1758—1805），英国海军将领，以领导能力和英勇善战著称。

“我们已经玩完了那些没有生命、呆滞破旧的玩意儿，为什么不侵入有生命的领地？死去的，已经消逝于被人遗忘的过往，就让活着的管好自个儿吧。”

那个夜晚，当所有的家人已经沉入香甜的梦乡，四周一片寂静，只有夜间发情的猫叫提示着生命和感知的存在时，他俩碰面了。一人抱着一只家养宠物兔，还有一片粘连膏，进入凉棚里。然后，在姣好、宁静的月光映照下，展开了一份神秘、血腥、阴暗的工作。整个活动是以将粘连膏固定在兔子嘴巴上开场的，要是它们想哀号的话，就发不出声响来。接着托米抓住他的兔子的短尾巴，高举着，悬吊的兔子扭来扭去，在月色里一团白。哈里也照样慢慢地把他的兔子抓着举起，举到和他的头平齐的时候，将它放下到托米的兔子身上。

然而他们算计错了。虽然两人紧紧地抓着尾巴，但兔子还是落到了地上。不过，在难逃一劫的小动物跑掉之前，两位操作者已经猛扑到它们身上，这一次，改为抓住它们的后腿，重新试验。

夜深了，游戏还在进行。东方的天空显露出白天临近的迹象，两个大男孩各自拿着自己最心爱的小兔子的尸体，得胜回朝，将它置于小兔箱里。

第二天晚上，双方带来新的小兔子，相同的游戏再次上演，一个多星期——兔箱的供应只能维持这么久——战斗持续着。发现心爱的宠物一个接连一个地死去，山腾和梅福德家的小家伙们心情十分沉重，眼睛红肿，但哈里和托米钢铁铸就的英雄之心对孩子们的痛哭无动于衷，不闻不顾，依旧继续作战，直至痛苦的终点。

当兔子再也供应不上，其他军火短缺的时候，有些时日，战争是以小白鼠、睡鼠、刺猬、天竺鼠、鸽子、羔羊、金丝雀、长尾小鹦鹉、红雀、松鼠、鹦鹉、土拨鼠、鬈毛狗、渡鸦、乌龟、小猎犬和猫儿等接续下去的。这些小东西当中，可以想见，最难操纵的，得数小猎犬和猫儿了，而这两类动物中，与斗猫儿相比，斗小猎犬的方式，则与《大英药典》里介绍的，需要用多少比例的紫胶放入水里形成混合物，可以使奶牛场主愚弄大众，号称这就是牛奶，难度大致相当。不止一次，致力于令人销魂的斗猫的快乐时，哈里和托米曾以为沉默的墓穴会张开它沉重巨大的下颌，将他俩吞没，因为这些猫科牺牲者在死亡的痛苦中不够有耐心，经常在两位能手以为安全的时候，挣脱束缚，凶猛地转向它们的行刑者。

然而，最终，所有可用的动物还是用尽了，但博弈的热情依然高涨。这一切，如何收场？

第 7 节　希望在前

托米和哈里失意泄气、闷闷不乐地坐在凉棚里。他们像亚历山大二世一样暗自饮泣，因为世上已无疆域可供征服。终于，他俩被迫判定，可用于比输赢的资源已经穷尽。就在那个上午，他们结束了一场浴血奋战，他们的华服显示出遭受了残酷战争的蹂躏的模样。他们的帽子被击打成没有形状的一团，他们的鞋底和鞋跟掉了，鞋面破烂，他们的吊带头、袖口和裤脚都磨破了，曾带给他们无尽阳刚之美的外套后摆，也不见了。

确实，博弈对他们来说，已经变为一种引人入胜的热情。他俩长期在斗争的恶魔的翅翼上横冲直撞，在最好的情况下，无能为力倒是好事，但现在，战斗使他们浑身发热，不分胜负使他们大为恼火，而对胜利的渴望，仍未得到满足，他俩比以往任何时候都更为渴求新的娱乐，就像老虎已经尝到了血的滋味，他们渴望更多、更强效的祭酒。

他们坐在那儿，愿望和绝望在灵魂中交集的时候，某个天才的魔鬼引导着巴布生命之树开出的两朵花，进入了花园。手拉着手，撒迦利亚和泽鲁巴贝尔从后门跑出来：他们从保姆的看护下偷溜开来，带着人类探索的天性，勇敢地迈入广阔的世界——一片未知的领域，父亲掌控的疆域的最边缘。

一段时间之后，他俩接近了杨树树篱，从树篱后面，哈里和托米焦灼的双眼追寻着他俩靠近的脚步，因为他们知道，双胞胎在什么地方，看护的人通常就聚集在什么地方，他们担心被人发现，而退路却被切断了。

这是一幅动人的图景，两个可爱的幼童，外形、特征、大小、表情和衣着一模一样，事实上，太相似了，以至于没办法分清谁是谁。当哈里和托米意识到这令人惊异的相似时，他们都突然侧转身子，抓住对方的肩膀，激动地低声说道：

“斗人！他俩不分上下！这正是我们艺术的巅峰！”

面色激动，双手颤抖，他们制订好计划，就在这座阴森的房子的管辖范围之内，引诱这两个天真无邪的幼童，而他们不久便大功告成，双胞胎蹒跚地走到树篱后面，消失于父母的宅第的视野之外。哈里和托米在家附近一带并不以温和著称，但要是慈善家看到他们给这两个无助的幼童提供快乐的善良举动，一定会十分开心。面带笑容，语带嬉闹和温柔的引诱，他们引导着他俩进入凉棚里，然后，假装做出幼儿喜欢的那种突然的跳跃，他们把他俩从地上抬了起来。托米双手抱着撒迦利亚，让幼儿满月般的脸儿笑着朝上观看凉棚屋顶的蜘蛛网，而哈里，则用力把如天使一般可爱的泽鲁巴贝尔高高举起。

两人都振作精神，鼓足了劲，哈里主动出击，托米迎上，然后就是泽鲁巴贝尔绕着哈里发光而又坚定的面孔在空中回旋。一声令人作呕的碰撞，明显可以看到托米的手臂被击退了。

泽鲁巴贝尔惨白的脸正好打在了撒迦利亚的脸上，因为到了现在，托米和哈里已经极具经验，绝不会错失这样一个简单的标记。油灰一般的鼻子塌陷了，油灰一般的面颊立马扁平了，当他们又错开的时候，两张脸都布满了鲜血。苍穹立刻被一声声哭喊刺破了，似乎能把死人惊醒过来。从巴布家的屋里马上传来了父母的喊声和脚步声。当匆忙的脚步声在府宅里回响时，哈里对托米喊道：

“他们很快就会找到我们。我们得赶快上到马厩的屋顶，然后把梯子收上去。”

托米点头同意，于是两个大男孩不计后果地一人背负双胞胎中的一个，借助通常靠墙而立的梯子，爬上了屋顶，然后把梯子抽了上去。

当伊法雷姆·巴布从房子里出来寻找他的爱子时，眼前的一幕把他的灵魂都冰封住了。那儿，在马厩屋顶，站立着哈里和托米，他们又重新展开了游戏。他们好像两个年轻的鬼精灵，正在锻造某种邪恶的工具，因为他们轮流把双胞胎高举空中，然后让其带着令人瞠目的冲力落在他仰面朝上的同伴身上。伊法雷姆的感受如何，只有一个温柔亲切又极具想象力的父亲才能够体会。哪怕是铁石心肠的父母，这一幕已足够摧心裂肺，何况是看到自己的血肉，老年得来的心肝宝贝——他至爱的双胞胎——成为不思悔改的小年轻以残忍为乐的牺牲品。这两个青少年，根本不把残杀同类的罪行当一回事，而刻意为之。

这时，头发散乱的索菲妮斯芭也来到现场，她和伊法雷姆同时大声哀号悲惨的命运，徒然高呼寻求帮助，但出于极为罕见的糟糕运气，除了他们，竟没有人目睹这屠宰的行为，或者听到绝望痛苦的尖叫。伊法雷姆站在他妻子的肩膀上，疯了一般地想攀爬上马厩的墙壁，结果是徒劳无功。

被所有的努力难住了，他冲进房里，不一会儿，手里拿着双管猎枪出来，边跑边把铅球袋里的东西倒进枪里。他走到马厩边，对凶残的年轻人高喊：

“把双胞胎放下，下来，否则我会像射杀狗一样毙了你们。”

“不要！”两位英勇的战士同时冲口而出，同时以高涨了十倍的热情继续他们的游戏，因为他们知道，父母痛苦的双眼会因为他们快乐的源泉而哭泣。

但是，唉！舐犊之情使他从不发颤的双手发抖了。当硝烟散去，伊法雷姆从枪身的冲击中回过神来，他听到两个人胜利的大笑，看到毫发未损的哈里和托米在空中挥舞着双胞胎的身躯——慈爱的父亲将他自己的幼子的头颅完全打飞了。

托米和哈里兴高采烈地尖声大叫，只有“屠婴者”和他妻子极度痛苦的双眼看见，在抓着身躯玩耍了一阵子之后，他俩才将它们抛掷于空中。伊法雷姆冲上前想抓住曾经的撒迦利亚，而索菲妮斯芭则发狂般地想抓住她心爱的泽鲁巴贝尔的残余！

但他们没有意识到身体的重量和跌落的高度，加上对简单的动力方程式的无知，这理性的常识和科学的知识结合起来，应该会告诉他们，想这样抓住一个抛物体，是不可能的。两团东西落下来，伊法雷姆和索菲妮斯芭被从天而降的双胞胎击中，昏死了过去，而死去的双胞胎，后来便被作为近亲残杀的罪证。

根据勉强宣誓的哈里和托米提供的证据，非人的魔鬼酒醉乱性，用加农炮把他们的后代射上了天空——自那以后凶器就被偷藏起来了——而孩子又像咒语一般，从那里掉落到他们的头上，然后他们企图用自己的手了结自己的生命。聪明的验尸官陪审团认定，父母残杀婴儿并企图自杀，罪名成立。

因此，伊法雷姆和索菲妮斯芭不能享有基督徒的葬礼，而必须以“残缺的仪式”入土，也就是用尖木桩刺穿他们的躯干，将他们钉死在污浊的坟墓里，直至世界末日。

哈里和托米都受到了国家的奖励，即便年纪尚小，依然被封为爵士。

命运似乎一直特别青睐他俩，他们都活到瓜熟蒂落的老年，身体健壮，精神矍铄，深受大家的尊重和爱戴。

常常，在金黄色的夏日傍晚，当天地万物似乎安息，当陈年老酒被打开，大灯点亮，当栗子在烟火余烬里发光，小山羊在烤肉叉上翻转，当他们的曾孙假装修理虚构的胄甲，修剪臆想出来的头盔上的羽毛，当他们孙儿的贤妻的梭子在织布机上快速地飞舞，在一片其乐融融、欢声笑语中，他们习惯于给大家讲述孪生子的故事，或者说，双生子注定死亡的故事。

命运之链

第 1 节　预兆

抵达斯卡普时，已经很晚了，我未能有机会看清楚这座房子的外观，但是，在暗淡的暮色中，我还是能够判定，这是一座有年头的非常堂皇的大型建筑，由白色的石头砌成。不过，当通过门廊时，我能够更近距离地观察它内部的美丽，因为大厅里的炉火烧得很旺，所有的房间和走廊都点上了灯。厅堂本身的宽敞就透露出上流社会奢华的气派，深色的橡木楼梯如此宽大，阶梯缓缓上升，可能一辆四轮马车都能驾驶上去。房间很大，屋顶很高，墙壁镶着和那些楼梯一样的橡木，由于年代久远而颜色深沉。这种深暗的材料本来会使得房子非常阴郁，但房间和走廊的高度及宽度产生出来的效果，却具有一种面积和温馨相结合的居家味道。窗户设置于深厚的斜面墙里，在底楼那层，几乎是从天花板一直落到和地板平齐的地方。大型壁炉的样式非常古老，被繁复的橡木雕刻包围着，描绘的是《圣经》故事里的一些场景，而在壁炉的两边，均竖立着一对铁艺雕刻的巨狗。总而言之，这样一座房子，应该会使得华盛顿·欧文或者纳撒尼尔·霍桑[1]满心欢喜。

房子最近被重新修葺过，但在修缮时并没有忽略舒适感，所有现代的改进都是为了让房间更具家庭的气息。大概是伊丽莎白时代遗留下来的老式的菱形窗扉，已经让位于更实用的平板玻璃，还有许多其他的改良，也是按这一原则进行的。每做一点改变，都十分审慎明智，因而新旧之间毫无冲突，而是和谐共处，天衣无缝。

我心想，难怪特雷弗夫人第一次看到斯卡普，就爱上了它。特雷弗夫人喜欢这个地方，正是其丈夫买下它的原因，他是如此富有，只要是能用钱买到的东西，他几乎都能弄到手。他本人的鉴赏力就很不错，但在这方面，依然感到远远不如他的妻子，因此在任何选择或者判断的问题上，他从不敢梦想持有与她不同的意见。特雷弗夫人，毫无例外，是我所认识的人中品位最好的，而且说来奇怪，她的品位并不局限于任何艺术流派。她不写作，或者绘画，或者歌唱，但她对写作、绘画或音乐的判断力，仍然使她的朋友们心服口服。在任何单独的艺术流派里，她都不具备执行能力，似乎就是为了造就她拥有欣赏所有流派的美和真的完美禀赋。她非常善于协调，创造和谐——日常生活的一门艺术。她丈夫常常牵强附会地戏说，她的星座肯定是天秤座，因为她所说的和所做的每一件事，都平衡得恰到好处。

---

① 两者均为19世纪美国作家。

特雷弗先生和夫人是我所知的最模范的一对夫妻——他们真的好像不是两个个体，而是同为一体的。他们似乎信奉法国人关于夫妻关系的观点——比朋友更像朋友，因为不可分割的纽带已将两人联结在一起——他们共享欢乐，分担忧愁。前者远胜后者，因为夫妻两人都性情乐观，从任何事物中都能发掘出乐趣，甚至在用于打人的惩戒杆里也能找到安慰。

即便如此，仍然有一丝忧虑，流经他们平和幸福织就的大网。它在奇怪的地方突然出现，又在奇怪的地方消失，却在整个结构上遗留下一抹静静的暗影——他俩没有孩子。

共担忧愁的时刻已经到来
内心尘封的情感逐渐复苏
虽是掠过心头，重归沉寂
却遗下未曾洞悉的愿望。

他们对孤独生活的耐心忍受简单而神圣——真心相爱却没有爱情的结晶，大房子显得多么空洞。与其他同样遭遇的夫妻不同，他们没有表现得急迫、失望和渴求。他们是那种单纯、耐心、安于天命的人，共同的忧虑比共同的欢乐将他们更紧密地联结在一起。我本人从他们对待我的方式中，就能够感受到他们内心的温暖和对孩子强烈的喜爱。

自从我在学校里病倒，特雷弗夫人如慈爱的天使般出现在我因为高烧而模糊的双眼之前，我感觉自己在他们心中的分量逐渐加重了。谁能够想象得出，我对这位夫人是多么感激，她只不过是从我的一位校友那里听说我生病了，处境凄凉，便过来日夜照顾我，直到我退烧。当我的身体大为好转，可以出院了，她又把我带到乡下，那里清新的空气、无微不至的照顾和关怀，让我变得前所未有地强壮。自那以后，我便成为特雷弗家中的常客，一个月又一个月地过去，我感觉他们对我的感情越来越深。我在他们的房子里度过了四个漫长的暑假，每一年，我都能感到特雷弗先生的握手变得越来越有力，而他妻子在我前额上的亲吻——她总是这样欢迎我——变得越来越轻柔，越来越如母亲一般。

他们对我的喜爱如今发展到这个地步，以至于在他们的内心深处——这对他们两个来说，是一处圣所——他们已偷偷地把我当儿子一样看待。他们的爱得到了这位孤独的男孩全方位的回报——这个在长大成人的过程中，内心的烦恼和对青少年时期最善良的朋友的挚爱都同步增长了的男孩。即便在自己的内心，我都羞于承认，我有多么热爱他们两个——我是多么崇拜特雷弗夫人，就像崇拜我幼年时失去的，有时候在梦乡，双眸会像星星一般在我头顶上熠熠生辉的母亲。

好奇怪，提到感情，我们是多么拘谨羞怯。仅仅因为我从未告诉她，我是怎样像爱母亲一样爱她，她从未告诉我，她是怎样像爱儿子一样爱我，有时候想到她，我会带着一种潜在的怀疑，怀疑自己是不是凭空想象得太多了。有时我尽力避免想她，直到我的渴望变得如此强烈，无法抗拒，然后我会静静地、久久地思念她，对她的爱越来越深沉。我的生活如此孤独，以至于我唯一喜欢做的事，就是向她靠拢。当然我也爱她的丈夫，但我对他的感受不一样，因为男人之间不太表露感情，甚至对自己都不怎么承认内心的爱慕。

特雷弗夫人是位极好的东道主。她总是让客人感到备受欢迎和被期盼，除非是不速之客。可以想见，她在各类人中都广受欢迎，但更为鲜见的是，不管是同性还是异性，大家都同样喜欢她。受到同性爱戴，那可是检验一个女人价值的试金石。凡是她去过的农民阶层的家中，大家都说她像一位天使，带来了慰藉。她懂得如何与穷人相处，总是在物质上帮助他们，但又不冒犯他们的自尊。年轻人都很敬爱她。

关于斯卡普是什么样子的，我的好奇心已经被激发起来了，因为，为了给我一个惊喜，他俩对我只字不提，而是说我得等待，并做出自己的判断。对这次拜访，我充满了期待和好奇。

当我进入大厅时，特雷弗夫人出来迎接我，并如通常那样，吻了我的前额。几位老仆人走过来，微笑鞠躬，对“弗兰克主人”致以问候。我和他们几个握手致意，女主人则带着满意的笑容在一旁看着。

当我们走进温暖舒适的客厅，桌上已摆着一顿愉快的晚餐，特雷弗夫人对我说：

“我很高兴你这么快就来了，弗兰克。现在这里没有客人，所以这几天你会单独和我们在一起。今晚就你和我，因为查理去参加在韦斯特尔摩的晚餐聚会了。”

我说我很高兴斯卡普没有别人，因为在这个世界上，我最想和她以及她的丈夫在一起。她微笑着说：

“弗兰克，如果是其他人说这话，我会把它当成纯粹的恭维，但我知道，你总是说真话。与像查理和我这样的老夫妻单独相处两三天，当然不成问题，但只要到了星期四，你就会把这些光阴看作是浪费了。”

“为什么？”我不解地问。

“因为，弗兰克，那时候会有一个女孩儿来和我相伴，我希望你能爱上她。”

我玩笑着回答：

“噢，非常感谢您的好意，特雷弗夫人——但设想一下即知，这是不可能的。‘人只能把马领到池塘边。’‘人鼠之间设下的最好计划。’[①] 呃？”

“弗兰克，别犯傻了。我没有想让你违背意愿地陷入爱河，我只是希望并且相信你会的。”

“哦，我肯定希望您不要失望，但我还没有碰到一个事前被赞美的人，当我真的认识了他或者她，却没让我产生失望之情的。”

“弗兰克，我赞美过哪个人吗？”

① 这里引用了两句英语常用语。意思是：“人只能把马领到池塘边，却不能强按马喝水。”“最好的计划也可能出错。”

“嗯，我自负地认为，你已经知道我会爱上她的说法，是一种间接的赞美。”

“哎呀，弗兰克，你变得多么的谦虚啊。‘一种间接的赞美！’你的谦逊真令人感动。”

“能问问这位女士是谁吗，既然我应该成为感兴趣的一方？”

“由于你已经对她的优点表示怀疑，我不知道该不该告诉你。而且，我可能会削弱实际介绍的效果。如果我激发了你的好奇心，这对我有好处。”

“噢，好吧，我想我只能等待了？”

“啊，好了，弗兰克，我会告诉你。让你等待不公平。她是福斯林家的一位小姐。”

“福斯林？福斯林？我想我知道这个名字。我记得很久以前在哪儿听说过它，要是我没搞错的话。她是什么地方的？”

“她父亲是诺福克的一位牧师，但他属于华威克郡的家族。我几个月前在温斯罗普遇到她，在哈里·布朗特家里。我非常喜欢她，她也喜欢我，所以我们很快成了朋友。我说服她今年夏天来看我，所以她和她妹妹星期四要来这儿住一段时间。

“那我能斗胆问她长什么样吗？”

“你想问就问，弗兰克，但你不会得到回答。我不会试图描述她。你得等待并做出自己的判断。”

“等待，”我说，“整整三天？我怎能做到？请告诉我吧。”

她不为所动。那晚我问了好几次，试图得到更多关于福斯林小姐的信息，因为我的好奇已经被激发起来了，但就这个话题，我得到的回答都是——“等待，弗兰克，等待，你自己判断。”

向她道晚安的时候，特雷弗夫人对我说：“再见，弗兰克，明天过后，你得让出今晚你睡的房间。我想让这房子显得满满当当的，不能让你独占双人床的房间，所以我准备把这间房给福斯林姐妹俩住，你上三楼去。我只是想让你感受这个房间，因为它有一种浪漫的氛围，还保留着我们搬来时里面所有的家具。那里有几张值得一看的图画。”

就卧室来说，我的卧房十分宽大——有两扇跟客厅以及休息厅的那些窗户一样的落地窗。家具是老式的，但还没有老到让人感到好奇，墙上挂着许多图画——肖像画——这座房子里满是肖像画，还有风景画。我只是大致扫了它们一眼，打算早上再仔细看，就上床睡了。房间里生着火，我睁着眼躺了一阵子，睡眼惺忪地看着家具的影子随着柴火的跳跃起伏，而在墙上和天花板上不断地变换起舞，还有红色烧尽的木块，变白了，掉落到壁炉地面。我试图控制住思绪，但它们不断地奔向一个主题——神秘的福斯林小姐，一个我将要爱上的人。我肯定在什么地方听说过她的名字，间或还有一张小孩的面孔的散漫回忆。这样的时候，我会从越来越浓的睡意中惊醒过来，但在我能集中散乱的思绪之前，那个想法又模糊了。我既不记得是在什么时候，也不记得是在什么地方，曾听说过这个名字，甚至也无法忆起那张小孩面孔的表情。那肯定是很久很久以前，我还年少的时候的事了。我年少的时候，妈妈还在世。母亲，母亲，母亲。我发觉自己半睡半醒，不断地重复这个词。终于，我睡着了。

我想我是突然醒来的，带着从睡眠中突然惊醒有时会产生的那种奇怪的感觉，好像房间里有人一直在说话，声音仍然回荡在空中。到处静悄悄的，火已经熄灭了。我朝直对着床脚的窗户望出去，留意到外面有一线光亮，慢慢地越变越亮，直到房间几乎亮如白昼。窗子像一幅带框的图画，画框由檐口围成，处于床脚的上方，而窗帘包裹着的巨大柱子正好支撑着它。

随着光亮的抵达，我环顾房间，没有任何变化。除了一些家具和装饰物比之前更为鲜明地凸显出来，一切照旧。在这些物件当中，最为显眼的，当属置于房间的另外一张床了，床边的墙上，挂着一幅旧画像。由于那床和我躺于其上的这张床纯属一对，我的注意力便集中在画像上。我带着极大的兴致，近距离地观看它。这是一位年轻女孩的肖像，似乎很旧了，女孩的脸虽然善良又快乐，却又若有所思，情感饱满——几乎就是满怀激情的样子。我观看的时候，有几个瞬间，它让我联想到莎士比亚笔下的比阿特丽斯①的模样，有一个瞬间，又让我想到比阿特丽斯·倩契②的样子。但这或许是由于两个名字相近似而引起的联想。

房间里的光线还在继续增强，我又望向窗外，试图追寻光源，我看到了一番可爱的景象。窗户似乎消失了，有三个可爱的孩子

---

① 莎士比亚笔下一位机智、聪明、忠于家庭的女性形象。

② 一位罗马贵族女子，与家人一同谋杀了残暴的父亲，于1599年被处死。

结伴在一起，好像悬浮于半空中。光线似乎是从她们身后很远的地方发射出来的，而在她们旁边，有团暗黑的阴影，抵消了她们的光彩。

孩子们似乎正对着房间里的什么东西微笑，循着她们的目光，我看到它们停留在另外一张床上。在那儿，好奇怪啊，我刚刚在图画中看到的头像，却安息在枕头上。我转望墙上，画框空洞，图像没了。我又朝床上看去，看到那个年轻的女子正在熟睡，脸上的表情不断变化，好像正在做梦。

我仔细端详她的时候，一种恐怖的表情突然布满了她的脸，她像个梦游者般坐起来，双眼圆睁，瞪着窗外。

再次转望窗口，我的目光发直了，因为外面发生了巨大而怪异的变化。那些人物形象还在那儿，但她们的特征和表情已经变得大不相同。幸福纯真的孩童表情已被恶毒替代。随着这个变化，孩子们也长大了，在我面前的是三个妖婆，豁齿畸形，像典型的女巫。

但比这一转变更糟糕千倍的，是她们旁边那团暗黑的变化。从一片模糊不定的乌云，变成一种一定形状的影子。我看着的当儿，它变得更暗更丰满了，直到最后变得让我颤抖。站在我面前的，是恶魔的幻影。

好长一段时间，死一般的静默，在静默中我能听到自己的心跳，但恶魔终于对其他人说话了。他的话语好像是从唇间机械地发出，毫无情感——“明天的明天的明天。最公正和最优秀的那个。”他看上去如此恐怖，以至于我的脑海里升起这个疑问——“要是没有窗户的话，我敢不敢直面他——有人敢走到那些恶魔中间去吗？”凭空一声刺耳、尖锐、邪恶的大笑，似乎对我没说出口的问题做出了否定的回答。

但在听到大笑时，我也听到了另外一个声音——语调甜蜜又悲伤，穿过房间。

“噢，孤独啊，孤独！附近就没有人吗？无望啊，无望。我要疯掉了——或者死去。”后面几个词是倒抽着气说的。

我试图跳出床铺，却动弹不得，我的四肢被睡眠束缚住了。年轻女子的头突然跌回枕头，无力悬垂的下巴和大张着的毫无意义的嘴，简单地说着刚才那些话。

又一次，我听到了那没有感情的邪恶的笑声，越来越响，直到最后变得振聋发聩，以至于我惊恐得把睡意甩到一边，从床上坐了起来。双耳竖立，我听到一声敲门，过了一会儿，我更清醒了，明白那声音是从厅堂传过来的。毫无疑问，是特雷弗先生聚餐结束，回到家了。

厅堂的门打开又关上，接着是拖着脚走的余音和人声，但很快就消失了，房子里静悄悄的。

我清醒地躺了很长时间，思索着，看着房间那边的画像和空床。现在月儿散发着明亮的光辉，偶尔发生的夏天的闪电，使得夜空更为亮堂。时不时地，静默被外面一只猫头鹰刺耳的尖叫刺破。我睁眼躺着，沉思默想，我被所看到的一切搅得心绪不宁，但最终，把几样事情摆在一起，我得出这个结论：我做了一个并不出乎意料的梦。闪电、厅堂门上的敲击、猫头鹰的尖叫、空床、画像中的面孔，把它们集中在一起，便给幻影的要素提供了题材。其余的，当然就是纯粹的想象的产物，是上述提及的组成元素在大脑里互动的自然结果。

我起床朝窗外望去，看到绵延好几英里，直到远处的岸边，融汇于朦胧夜色的湖水，月光倾泻在湖心上，熠熠生辉，还有在湖水和房子之间铺着的草皮，上面点缀着灌木丛和长草，除此以外什么也没看到。

幻影已经完全消失了。然而，梦——因为这些原因，我想，我该这么称呼它——余威不减，我没再睡觉，一直到阳光照进窗户，流水般倾泻进来，然后，我打起了盹儿。

第 2 节　更多的关联

那天上午晚些时候，我被特雷弗先生的男仆帕克斯弄醒了，我来拜访我的朋友们时，总是他来照顾我的。他给我带来了热水和当地的报纸，和他聊天，我一度忘记了夜里受到的惊吓。

帕克斯是个上了年纪、保守古板的人，属于一个如今正在快速消失的阶层——古老家族的仆人阶层，他们以对主人世袭的忠诚而骄傲，正如主人们因家族的名字和等级而骄傲一样。和所有的老仆人一样，他对各种传统惯例怀有极大的热情。他相信它们，敬畏它们，对一切有渊源的东西心怀最崇高的敬意。

我问他是否知道任何关于斯卡普的传奇历史。他带着一种迟疑的表情回答我，就好像一个人措辞小心地表达一个还不完整的评价。“嗯，弗兰克主人，斯卡普这么古老，肯定有传说，但它空了这么久，村子里都没人记得这些传说了。某种意义上说，这地方似乎已经被遗忘了，在人们的头脑里死亡了，因此我十分怀疑，先生，所有真实的历史已经失落了。”

“你所说的真实的历史是什么意思呢？”我询问。

“嗯，先生，我指的是真实的传统，而不是村里那些人的胡编乱造。我听教堂司事讲了一些故事，但我很肯定它们不是真的，因为我可以看得出来，弗兰克主人，他自己都不相信它们，而只是用来吓唬我们罢了。”

“难道你就没听说任何你感觉是真实的故事吗？”

“没有，先生，我已经努力尝试过了。你看，弗兰克主人，村里的酒馆每周都举行一次某种形式的聚会，都是由非常有名望的人参与的——非常有名望的人，确实是的——他们让我做会议的主席。我和主人说过这事，他许可我接受这个提议。我接受了，因为他们把聚会看得很重，在这个位置上，我当然可以很便利地过问很多事情。先生，我昨晚就参加了会议，所以我没能在这儿照料您，希望您多多包涵。”

宣告那个聚会的消息时，帕克斯骄傲和屈尊混杂的表情十分微妙，他说话时语带透露秘密的坦率，更加增强了这种效果。我问他能否找到一点儿关于这样一个古老地方的传说的线索。他带着一丝勉强回答说："哦，先生，村里有个已经老得糊涂的妇人，她显而易见知道些关于斯卡普的事情，因为听到这个名字的时候，她咕咕哝哝地说了些'好可怕的故事'，还有'恐怖的时代'，诸如此类的话，但我无法让她明白我想知道的是什么，或者使她跟上要点。"

"你试过很多次吗，帕克斯？为何你不再试试？"

"她死了，先生！"

当帕克斯告诉我老妇人的时候，我差点要取笑他了。他说"好可怕的故事"，还有"恐怖的时代"这些词时，所带着的那种洋洋自得的神态，真的非言辞可以形容，得亲耳听到，亲眼看到，才能确切地体会。他的声音变得低沉神秘，想到有这么多构成噩梦的精神食粮，他几乎都要咂嘴了。但是，当他平静地告诉我那个妇人已经死了的时候，混杂着惊惧的空虚感降临我的心头。就在这儿，我自己和神秘的过往的最后联系断裂了，再也无法修补。从各种情形之下奇怪的事态里，从一代代忠于他们的领主的村民的想象和信念中，所生发出来的丰厚的传说和传统，永远地失落了。我感到非常悲哀和失望，帕克斯和我都没有兴致继续聊下去了。没过多久，特雷弗先生来到我的房间，我们相互致以温暖的问候，便一块儿去吃早餐了。

就餐的时候，特雷弗夫人问我对卧室里女子的肖像画有何感想。我们经常讨论面部个性特征，因为我俩都是观相家，而她问这个问题的样子，好像非常好奇，很想知道我的看法。我说我只是粗略地看了看，要是没有做更仔细的研究，宁愿不要下定论，但从我看到的画面来说，它令我印象深刻。

“哦，弗兰克，吃完早餐，再去仔细地看看它，然后确切地告诉我你是怎么想的。”

早餐过后，我受命而去，然后又回到餐室，特雷弗夫人依然坐在那儿。

“嗯，弗兰克，你有什么看法——注意，要准确。我需要你的意见，是有特殊原因的。”

我告诉了她我对那个女子性格的判断，要是面相学里有真实的成分的话，她应该是非常好的一个人。

“那么，你喜欢那脸蛋儿喽？”

我应答道：“很可惜，现如今已经没有这样的人了。他们好像随着约书亚爵士和格勒兹[①]一块儿消亡了。要是我能遇见画像原型一样的女子，不把她娶为妻子，我会终身抑郁不乐。”

让我大吃一惊的是，我的女东道主跳了起来，拍手鼓掌。我问她这是为何，她模拟我嘲弄的腔调大笑着回答：“不过是设想一下你的善意受挫是什么样子的。‘人只能把马领到池塘边。’‘人鼠之间设下的最好计划。’呃？”

“哦，”我说道，“可能事出有因。我想肯定是的，因为您已经点到了。但我这边还是不明白。”

“噢，我忘了告诉你，弗兰克，那幅画像可能就是为戴安娜·福

① 分别为英国和法国著名的肖像画家。

斯林而画的。”

我感觉我的脸不自觉地红了。她注意到了，当我们在沙发上坐下时，她抓住我的手，放在她的双手之间，轻柔地对我说：“弗兰克，亲爱的，我不打算在这个话题上再打趣你了。我深信你会喜欢戴安娜的，你钦慕她的画像，更加坚定了我的信念，而据我对人性的了解，我肯定她也会喜欢你。查理和我都希望看到你成婚，各方面都和你相称的人，我们才会考虑她成为你的妻子。我这辈子还没有遇到过像戴安娜这样的女孩儿，要是你和她相互爱慕，让你俩成婚，将是查理和我的欣慰和快乐——婚事由我们具体操办。喏，别说话。你肯定非常清楚，我俩有多么爱你。我们一直把你视为儿子，并打算将你作为我们唯一的孩子一般来对待，直到上帝将我们分离。嗯，你亲眼看到戴安娜之后，仔细想想这事。但是，注意，除非你俩是真的心心相印，否则我们宁愿不要看到你们结婚。任何情况之下，无论发生什么，我们都会为你的幸福祈祷和祝福。上帝保佑你，弗兰克，我亲爱的、心爱的孩子。”

她说话的时候，眼里噙着泪花。说完话，她倾过身子，把我的头拉下来，在我的前额上非常温柔地亲吻了一下，然后轻轻地起身，离开了房间。我感到自己都要哭了。她的言辞温和、明智、女性味十足，但我无法形容她声音和举止里的无尽温柔和高贵。在我隐秘的内心深处，我为她祈求所有的福分，而我肿胀的喉咙并不能阻止这些祈祷发出声音。世上或许还有像特雷弗夫人这样的女人，但我从未曾遇到，除了她本人。

正如可以想见的，我十分焦灼地想看到福斯林小姐，或者说当天余下的光阴，她时常出现在我的脑海里。晚上，福斯林妹妹来了一封信，为不能守诺来访而道歉，因为她婶婶不期而至，她得和婶婶去巴黎待几个月。那个夜晚，我睡在新房间里，既没有梦，也没有幻影。早上醒来时，我感到有点儿羞惭，居然曾那么在意在这样一所老房子里头晚所做的一个愚蠢、怪异的梦。

第二天早餐后，沿着过道走的时候，我看到我的老卧室的门开着，于是便进去再看看那幅画。盯着它看的时候，我开始好奇地想，她怎么能如特雷弗夫人所说的，那么像福斯林小姐呢。我越想越迷惑，直到突然地，梦又回来了——画里的面孔，床上的人物，夜里出来的幽灵，还有不祥的预言——“最公正和最优秀的那个。”当我想着这些东西的时候，这所老房子失落的传说的所有可能性飞快地涌入我的脑海，我开始感到耳鸣头晕，于是不得不坐下来。

“有没有可能，”我自言自语，“有些古老的咒语笼罩在曾经居住于这些墙内的生灵的头上，而她是其中之一？这样的事情一直有发生的！”

这个念头对我来说很可怕，因为它使我明白，我视为纯粹是杂乱无章的想象而引发的噩梦，其实竟是现实。要是我是在夜晚的黑暗、幽静里想到这一点，那就太恐怖了。我很高兴它伴着日光而来，外面正艳阳高照，小鸟唧啾，气氛轻快，老鸦高声发出充满生气的聒噪。

我在房间里待了稍长一点时间，反复想着梦中栩栩如生的场景，当我克服了余下的恐惧，我的理智开始质询真实性——梦的可能性。我开始寻找与事实不符的内部证据，急切地想了好一阵子之后，对我来说唯一重要的证据，就是福斯林妹妹那封致歉信函。在梦中，那惊恐万状的女子是孤身一人，而两位女子来访这一单纯的事实，似乎与梦的真实性有冲突。但是，正当事情凑在一起挑战梦的真实性时，姐妹中的一人不来了，而另外那个，正是与我在梦幻中看见正在睡眠，与画中原型极为相似的人。我几乎无法想象那只是一场梦。

我决心去问特雷弗夫人，看她能否解释一下福斯林小姐和画像相似的原因，因此我马上起身去找她了。

我看到她独自待在巨大的客厅里，随便说了几句之后，我便引入我来此寻求信息的话题。自昨天我们的谈话之后，她没再说关于结婚的任何事情，但当我提到福斯林小姐的名字时，我看到她的脸上露出欣喜之情，这让我极为高兴。当我不安地坐在沙发上，漫无目的地扯着罩子上的羊毛丛，痛苦地意识到自己的双颊绯红，声音勉强、不自然时，她没有像很多女人那样，当她们和一位男子谈论他可能心怀爱慕的女子时，认为有必要做出那种庸俗老套的评论，而是通过她的姿态，将我置于完全放松的境地。

她只是简单地说："当然了，弗兰克，如果你想谈谈福斯林小姐，或者其他话题，我都乐意。"然后她把书签放入书中，将它置于一旁，双臂交叉，带着一种庄重、善意、期待的笑容看着我。

我问她是否知道福斯林小姐的家族史。她回答道："我已经告诉你的，就是我所知的一切。她父亲的家族是上等的古老家族，尽管现在已大不如前。”

“他们和这个郡的任何家族有关联吗？比如，和斯卡普的前房主们？”

“据我所知是没有。你为什么问这个？”

“我想知道她为何和那幅画像如此相像。”

“我从来没有想到这一点。或许她的家族和斯卡普的前主人柯克家族有些遥远的联系。等她来了我问问她。等等，我们一起去图书室看看是否有涉及这个主题的旧书或者宗谱。弗兰克，我们现在有个相当不错的图书室，收有我们自己的全部藏书，再加上原来属于斯卡普图书室所有的那些书。这些书目前杂乱无章，因为我们一直盼着你来整理它们，我们知道你喜欢做这类事情。”

“没有比整理这些美妙的图书更让我享受的事了。多么堂皇的图书室，让它深藏在一所私人房子里，真是可惜啊。”

我们前去寻找那些家族历史的老书，这类书在郡级老房子里偶有发现。我看到，斯卡普图书室非常有价值，搜寻的过程中，我发现了许多美妙稀贵的书卷，我打算休闲时再细细检查，因为我在斯卡普会待上很长一段时间。

我们先在老对开本书籍架子上搜查，费了一番功夫之后，终于发现了一册很大的书卷，印刷精美，装订结实，里面包括了房子的视图和设计、柯克家族徽章的装饰图案，以及与这房子有关联的所有家族，并且对这些家族的历史做了详尽的介绍。扉页上的书名是

《柯克之书》，充满了逸闻趣事和传说，还包含了一大堆家族传统。由于这正是我们要找的书，所以搜寻工作就此结束，仔细地清理掉书卷上的灰尘，我们把它带到特雷弗夫人的卧室，在那儿，我们可以不受干扰地仔细翻阅它。

在索引处，我们发现提到了福斯林这个名字，翻到具体所指的页面，看到柯克的手臂一分为四，压在福斯林的手臂上。从内文处我们了解到，1573 年，柯克家的女儿之一违背父兄的意愿，嫁给了福斯林家的兄长，从而导致了十年或十二年的世仇，当时斯卡普的主人柯克，与福斯林兄长决斗，并且杀死了他。得知这一消息，福斯林发誓要为兄长报仇，要是不能砍下那只残杀了他的兄长的手，并将它钉在福斯林家的大门上，他祈求神灵在他自己和他的族人身上应验最可怕的诅咒。不和愈演愈烈，柯克似乎在这个问题上走火入魔了。当他听说了福斯林的誓言，知道自己几乎无处可逃，因为他的敌人在每种武器上都比他高强，于是他决定采取一种报复模式，虽然这种模式会让他付出生命的代价，但他满心希望通过他妹夫反向的誓言，而将之永久地破除。他给福斯林发去一封信，诅咒他及其族人，祈求他立下的要是报仇失败就自伤九族的咒语能够应验。信函末尾，他祈求福斯林家第一个跨入斯卡普大门的人，将会遭受灵魂、思想和身体的全面毁灭，而这个人，希望是该族中最公正和最优秀的那个。信发送出去后，他砍掉自己的右手，将它扔进为此目的而生起的熊熊燃烧的大火中。当手被完全烧尽，他拔剑自杀，死掉了。

当我读到“最公正和最优秀的那个”时，一股寒流穿过全身。我的梦立刻回来了，耳里似乎又听到了那恶魔般的笑声。我抬头看特雷弗夫人，看到她面色十分凝重。她的脸半是惊惧，好像某些狂乱的思绪撞击了她。我感到前所未有的慌张，因为没有什么东西像同情他人、关心他人的安危，更能加强我们的恐慌了，不过，我竭力不流露出来。我们无语地坐了好几分钟，然后特雷弗夫人站起来说:“跟我来，我们去看看这幅肖像画。”

我记得她说的是“这幅”，而不是“那幅”肖像画，好像其中包含的一些隐秘的思想一直占据着她的头脑。一个巧合带给她的畏惧，和一个幻觉带给我的畏惧，是同等的。当然，我当然很有理由感到害怕!

我们去到那间卧室，站在那幅肖像前，而画中人似乎也带着反射了我们的恐惧的表情盯着我们。我的同伴以略带激动的口吻对我说:“弗兰克，把画取下来，我们看看它的背面。”我照做了，发现在满是尘垢的帆布上，以奇怪的老式字体写着一个名字和日期，费了好大功夫，我们才认出是“玛格丽特·柯克，1572”。这正是书中那位女士的名字。

特雷弗夫人慢慢转过身来，面对着我，大惊失色。

“弗兰克，我一点儿也不喜欢这一切。有些事太蹊跷了。”

我差点儿告诉她我的梦，但心有不愿。而且，我担心会过度惊吓她，因为她已经很恐慌了。

我继续盯着画像，以此缓解我的困窘，画像背面的极度肮脏和前面的洁净相比，令我大为疑惑。我对同伴说出了自己的不解，她想了一会儿，然后突然说：“我知道是怎么回事了。它原来是正面朝墙的。”

我一言未发，把画重新挂上去，然后我们一起回到女主人的卧室。

路上我开始思考，我的恐惧极其荒谬，不足以相告。当明亮的阳光洒满四周，让人很难相信黑暗的恐怖。特雷弗夫人似有同感，因为当我们进入房间时，她说：“弗兰克，我认为我们两个太傻了，竟然被想象牵着鼻子走。这个故事纯粹是个传说，我们都知道报道是如何扭曲哪怕是最纯真的事实的。确实，福斯林家族以前和柯克家有牵连，那幅画像正是违背父愿而嫁人的柯克小姐，可能他因为她一意孤行，两人发生争吵，他就把她的画像翻过去对着墙了——愤怒的父亲总是玩这种把戏——但全部也就这样了。不可能有超出这些的其他事情。我们不要再为此纠结了，因为它很可能将我们引向荒谬。可是，画像真的很漂亮——排除她和戴安娜如此相像这一点，我要把它挂到饭厅里。”

那个下午这一变动产生了效果，她没再提及这一话题。和我说话时，她的态度略有拘束——这在她是很不寻常的一件事情，她似乎害怕我重提这个禁忌的话题。我想她是不希望让想象引导她偏离正轨，从而迷失自我。拘束的感觉在夜晚降临之前消散了，她没有重续这个话题。

那晚我睡得很好，一夜无梦，第二天早上——梦里许下的第三个明天——我下楼吃早餐，被告知夜晚之前，我将会见到福斯林小姐。

我情不自禁地脸红了，结结巴巴地蹦出一些套话，然后十分腼腆地向上一瞥，看见我的女主人正笑容满面慈爱地看着我。她说："你知道吗，弗兰克，昨天我们看画像时，我相当害怕，但自那之后我把这事仔细地想了又想，得出的结论是，我的愚笨完全没有事实依据。我相信你会同意我的看法。我现在把我们的惊慌当作一个很不错的笑话，等戴安娜到来时，我会告诉她。"

我又产生了说出我的梦的冲动，但又一次被羞耻心抑制住了。当然，我知道，特雷弗夫人不会嘲笑我，或者甚至想都不会想到我的恐惧心理，因为她太有教养、太善良、太慈悲为怀了，而且，我们曾共同分担过这份恐惧。

但是，我如何能够坦白或许在别人看来只是一个怪梦的恐惧，当她已经战胜了我们两个曾共同承受的，由一些十分奇怪的事实汇合起来而生发的恐惧？她看起来已经将这件事淡化了，我不能相背而行。眼下就这样吧。

第 3 节　第三个明天

下午，我正躺在花园里一棵巨大的山毛榉的树荫里时，看到特雷弗夫人朝我走来。我一直在读雪莱的《无题》，心中充满了忧伤和一种对人类同情心的模糊向望。我想到了特雷弗夫人对我的爱，但即便是这样的爱，也似乎还不足够。我需要某个和我年龄相仿、意气相投的人的爱，而我把特雷弗夫人视同母亲。某种程度上，我的思绪不断地回到福斯林小姐身上，直到她几乎如我记忆中的画中人那般站在我的面前。我开始自问："你陷入爱河了吗？"这时候，我听到了走近身边的女主人的声音。

"哈！弗兰克，我就想着会在这儿找到你。我想要你去我的卧室。"

"为什么？"我问，同时从草地上起身，拾起雪莱的书卷。

"戴安娜早就来了，我想在晚餐之前介绍你们相识，聊一聊。"我们朝房子走去时，她说。

"但你能不能容我换身衣服？我这身衣服不是合适的下午装。"

当引见近在眼前，我感到有点儿害怕那位未曾谋面的美人。或许这是因为我已经开始相信特雷弗夫人的预言了。

"废话，弗兰克，就好像有哪位女性会费神关心男人是如何穿着似的。"

我们进入卧室，看到一位妙龄女子正坐在可以俯瞰槌球场地的窗子旁边。我们进来的时候她转过身来，于是特雷弗夫人介绍我们认识，我们很快就相谈甚欢了。正如可以想见的，我带着不只是好奇的心情观察她，很快就发现她确实耐看。她美丽动人，并且她的美不仅仅在于五官特征，而是融于她的表情当中。起初她的外表并不像过后那样让我觉得如此完美，因为她像极了那位画中人，而我已经对此领略过了。但没过多久，我开始体会到画像和现实的区别。一幅画，不管画得有多好，总是远远不及原型生动。存在于一张真实的脸上的某种东西，在帆布上是找不到的——不管画有多美，在固定的一种表情和现实生动的五官及变化的表情之间，区别是非常大的。真实的面孔上的那种活泼和可爱，任何丹青妙笔都无法再现。

当我们按惯常的方式东拉西扯时，特雷弗夫人说："戴安娜，宝贝儿，我想告诉你弗兰克和我的一个发现。你肯定知道我总是称呼斯坦福先生为弗兰克——他更像我自己的儿子而非朋友，我非常喜欢他。"

她们一起坐在沙发上，然后她将手臂揽在福斯林小姐的腰上，亲吻了她，接着转身对着我，说："我不赞成当着先生的面亲吻女孩子，但你要知道，弗兰克本来是不该在这儿的。这儿是我的密室，入侵者必须承担后果。可是我得告诉你这一发现。"

她进而道出了那个传说，还有她在画像后面发现了玛格丽特·柯克这个名字。

听完故事，福斯林小姐令人愉快地笑起来，接着很突然地说："噢，我忘了告诉您，亲爱的特雷弗夫人，前几天我担惊受怕了。我以为我会受阻来不了这儿了。狄波拉婶婶上个星期来家里待了几天，当听说我要来斯卡普拜访，她似乎非常害怕，径直找到爸爸，让他禁止我来。爸爸问她为何做此要求，于是她便讲了一个关于家里任何人去斯卡普的长篇家族传说——和您告诉我的故事一模一样。

她说她肯定，要是我来的话，将会发生一些不幸。所以您看，这个传说也存在于我们家族这边呢。噢，你想象不出爸爸和狄波拉婶婶说话时的那个场景。虽然我当时因为担心婶婶会阻止我来而没有笑，但每次回想，就会笑出声来。爸爸变得很严肃，婶婶以为她已经讲明了要点，这时他却以他那种慈祥、老式、自负的姿态说：‘狄波拉，戴安娜已经答应去拜访斯卡普的特雷弗夫人了，当然得信守约定。要是除了你刚才已经声称的这个而不再有其他理由的话，我就更得让她去斯卡普了。我总是教育自己的孩子不要受这种无谓的迷信影响，我希望她们的实际行动和我灌输给她们的信诫，从不背道而驰。’可怜的婶婶受到了很大的打击。想到她的意愿被忽视，她瞠目结舌了好一阵子，要知道，狄波拉婶婶的意志，就是我们整个家族的指令啊。”

特雷弗夫人说：“我希望霍华德夫人没有受到冒犯？”

“噢，没有。爸爸和她进行了严肃的对话，最后——我得说费了很大的功夫——说服了她，她的害怕是没有根据的，至少，他迫使她承认，她所担忧的这些东西是不可信的。”

我想到了这个对句——“被违心说服的人，仍旧持有原来的看法”，但没有作声。

福斯林小姐以这样的话语结束了她的故事——

“婶婶最后希望我能玩得愉快，亲爱的特雷弗夫人，我相信我会的。”

“希望你会，宝贝儿。”

她们谈话中提到了霍华德夫人，我心中一震。我使劲地想，在哪儿听到过狄波拉·霍华德这个名字，突然，记忆全涌了上来。霍华德夫人曾经也叫福斯林小姐，是母亲的老朋友，所以，我还是个孩子的时候，她的名字常萦绕耳旁。我现在记起来了，有一次她曾带着一个几乎还是个婴儿的小女孩来访，那孩子是她的侄女。因此，现在我能够解释，到达斯卡普的第一晚，我为何对福斯林这个名字感到曾有所闻了。特雷弗夫人要带福斯林小姐去她的卧室，回想到我做的那个梦，于是我对后者说："你相信这些传说吗？"

"老实说，斯坦福先生，我不信。这种愚蠢的东西，我连一半都不信。"

"那么，你不相信鬼怪或者幻影啰？"

"肯定不信。"

对一位如此不信鬼神的女孩子，我如何能言谈我的梦呢？然而，我却感觉有什么东西在对我轻语，要我对她说出来。毫无疑问，对一个梦心存恐惧，实在是太傻了，但我无法自控。正当我打算冒着被嘲笑的风险，解下我思想上的负担时，特雷弗夫人看看表，惊跳起来，说："天啊，我压根儿没想到已经这么晚了。我得去看看有没有其他客人来了。怠慢客人，我就太不该了。"

我们都离开了女主人的卧室，这时，准备开晚餐的锣声响起，于是我们各自回房准备去了。

当我下到客厅的时候，发现那里聚集了一些人，他们都是在下午的时候陆续到达的。我被一一介绍给了他们，直到晚餐开餐之前，我一直和他们攀谈聊天。就餐的时候，我被安排坐在福斯林小姐旁边，一餐下来，我发现我们的关系亲近了许多。她是个非常讨人喜欢的姑娘，看着她的时候，我愉快地想到了特雷弗夫人的预言。偶尔地，我会撞上女主人注视的目光，当她看到我俩相谈甚欢，似乎非常享受的样子时，一种非常欣喜的表情浮现她的面庞。这是她最迷人的优点之一，在一片其乐融融中，她能把每个人都照顾得很好，还会尤其关注她特殊的朋友。无论身处何种位置，在这样的时刻，她仍然记得有些人会珍视她的认可和理解。

晚餐过后，我不太想和其他绅士进入客厅，于是独自漫步走到花园里，把事情整体地思考一遍，尤其是福斯林小姐。这个主题如此令人愉悦，我沉浸其中，不知不觉走得比我预定的要远得多。突然，我回过神来，环顾四周。我离房子已经很远了，正站在一条幽暗的走道中间，两边是古老的紫杉。由于树木长得十分茂密，我无法穿透它们看往两边，又因为走道弯曲，前前后后我都只能看到很短的距离。我抬头仰望，看到一片微黄发亮的天空，厚厚的云彩正在上面缓慢地飘移。月亮还未升起，总体的昏暗迫使我联想到威廉·布雷克[①]热衷于描绘的一些怪异的图画。这地方有种讲不清楚的忧郁和虚幻，令我不寒而栗，于是我赶紧向前走。

终于，走道扩展开来，我来到一大片倾斜的草地上，这儿那儿，四处点缀着紫杉和一簇簇茎上顶着巨花的高大的蒲苇。右边，矗立着那所房子，它在昏暗中显得严峻又硕大；左边，湖泊延伸得

① 英国诗人、画家。

很远，以至于尽头失落于暗淡的夜色之中。草地从绕着房子的阶梯平台向下倾斜，一直到水边，只有那条继续延伸，直至围绕着房子的路面的宽阔走道，才打破了它的整体性。

当我走近房子时，眼前一扇窗户的灯亮了，我朝房间望去，看到它正是我做梦的那个卧室。

无意识地，我向它靠近，登上阶梯平台的最高层，从那儿，我的目光越过绕着房子的深沟，急切地朝房间里望去。我一边看一边哆嗦。紫杉走道的幽暗和孤僻，已经把我的精神气浇灭了，现在，那个梦和所有随之而来的发现，展现在我的脑海里，如此栩栩如生，以至于恐惧再次攫取了我，比之前更加强烈而有力。我看到寝具的安排，看到那张垂死的妇人似乎曾躺于其上的床已经备好，而我曾睡过的另外那张床却是帷幕严罩，不禁呻吟起来。这正是厄运之链的另一条线索。我站在那儿观望的时候，房间里的仆人走过来，拉下一面窗帘，但是，正当她要去拉下另外一面窗帘的时候，福斯林小姐进来了，从仆人的举动来看，她显然是给出了相反的指令，因为仆人松开了窗绳，然后把已经放下的窗帘又拉了上去。做完这些，她随主人走出了房间。我如此全神贯注于那间内室所发生的一切，以至于一丝儿也没有为偷窥的不当而心感愧疚。

我漫无目的又紧张恐慌地在那里又待了一会儿。想到这几天发生的事，我的恐惧不断滋长，于是我决心告诉福斯林小姐我的梦，万一她看到我梦中那样的事情，也不至于被吓到，至少她能够对可能发生的任何事情有个准备。我一下定这个决心，“什么时候说”这个无可回避的问题便出现了。如何展开交谈是最难拍定的，但我既已决心去做，那我认为没有比现在更好的时机了。因此，我决定去客厅找她，我知道在那儿应该会找到福斯林小姐和特雷弗夫人，因为，理所当然地，我也不想对后者隐瞒此事。由于我实在害怕再次走过那条可怕的紫杉走道，所以我绕着房子走了半圈，进了后门，从那里我能轻易地去往客厅。

当我进去的时候，正坐在门边的特雷弗夫人对我说："天啊，弗兰克，你去哪儿了，面色这么苍白？人家会以为你见着鬼了呢！"

我回说我一直在花园里漫步，没有提及其他，因为我不希望当着与她交谈的人们的面，述说我的梦，他们对我而言是陌生人。我等了一阵子，想等到一个和她单独说话的机会，但是她作为女主人的职责，使得她应接不暇，我的等待落空了。于是，我决定不管什么情况，马上去告诉福斯林小姐，然后一有机会，再尽快和特雷弗夫人说。

费了一番周折——因为我不想引人注目——我终于把福斯林小姐从围着她的那些人中引了出来，将她带到一个炮眼处[①]，佯装欣赏夜景。在这里，由于厚重的窗帘完全遮掩了壁龛，我们远离人们的视线，几乎与其他人完全隔绝，好像待在一间单独的厢房里似的。我马上进入了寻求这次交谈的主题，因为我生怕客厅里活跃的聚会把我目前的忧虑抹去，不敢打破立于她和命运之间的唯一障碍。

"福斯林小姐，你做梦吗？"

---

① 墙上或护墙上的开口，作为枪眼或漏洞，通过它，可以投射炮弹。

“噢，当然，经常做。不过我发觉我的梦通常很荒诞。”

“怎么这样说呢？”

“嗯，你看，不管是美梦还是噩梦，做梦的时候它们都显得真实而连贯，但当我醒过来时，如果还能记得这些梦的话，却发觉它们既不真实，又不连贯。事实上，它们纯粹是互不相干的无稽之谈。”

“你喜欢做梦吗？”

“当然喜欢。梦带给我乐趣，因为当你醒来时，不管它们是有理还是胡扯，你睡着的时候，它们却是真实的。”

“你信梦吗？”

“老实说，斯坦福先生，我不信。”

“你喜欢听人家说梦吗？”

“喜欢，非常喜欢，要是它们值得一说的话。你是不是梦到什么了？如果是，请务必告诉我。”

“十分乐意遵从。我做了一个与你有关的梦，所以我来这里告诉你。”

“关于我的梦？噢，太有意思了。请说下去。”

我先是提到在女主人卧室里的谈话，作为一种进入主题的方式，以吸引她的注意力，然后把我的梦一五一十全告诉了她。我完全无意于渲染效果或者做出推论。我力图压抑自己的情感，而纯粹让事实说话。她饶有兴趣地听着，然而，我所看见的是，她既没有一丝半点的害怕，也没有一星半点相信梦的预兆。我说完的时候，她平静而轻柔地笑了，说："真有趣。我真的是那个你看到的怕鬼的女子吗？要是爸爸听到这样的事，哪怕是发生在梦里，他将会给我一番怎样的长篇大论！真希望我也能做个像这样的梦。"

"当心，"我说，"你可能会发觉它太可怕了。它可能真的印证了我们在那本老书里看到的，那个传说中的咒语的应验，也就是你从你婶婶那里听到的那个。"

她又如音乐般动听地笑了起来，对着我既明智又警告地摇摇头。

"噢，求求老天爷，别胡说这些来吓我了——因为我警告你，你不会成功的。"

"我以我的名誉向你保证，福斯林小姐，我这辈子从没这么真诚过。"

"你不认为我们最好进到房间里去吗？"停顿了一会儿，她说。

"请等一下，我恳求你，"我说，"我说的都是真的。我确实是非常认真的。"

"噢，如果我说的话让你认为我怀疑你的言辞，那么请原谅我。我只是不同意你的推断。我想你是在开玩笑，想吓唬吓唬我。"

"福斯林小姐，我不会如此冒昧。但我很高兴你信任我。我能不能斗胆请你帮个忙？你能答应我一件事吗？"

她的回答很有个性："不能。什么事？"

"今晚无论发生什么，你都不要害怕？"

她又轻柔地笑了。

"我没打算害怕。都讲完了吗？"

“是的，福斯林小姐，讲完了，但我想得到保证，你不会被吓着——你会做好心理准备，应对可能发生的任何事情。我预感到一种可怕的凶兆——某种我想都不敢想的灾祸——要是你能做到这一点，对我来说将是极大的安慰。”

“噢，一派胡言。哦，好吧，如果你真的希望如此，那我就听听我该如何做，然后再告诉你我会不会照做。”

看到我是这么热切，她的轻率消失了。她勇敢无畏地盯着我，但带着一种温柔、半是怜悯的眼色，就好像意识到她拥有比我更强大的力量似的。她的无畏显露在她自由、独立的态度中，但她的怜悯体现在她的眼睛里。我继续说下去——

“福斯林小姐，我的梦最可怕的部分，就是看到那个女子环顾四周，发现自己孤身一人时，脸上呈现出的那种痛苦表情。你能不能用个东西作为象征物，一直随身携带到早上，以此提醒你，不管发生什么事情，你都不是孤独一人——哪怕全世界都睡去或者死寂了，仍有个人记挂着你，有个人的理智为你而醒着？”

情绪高涨的我说得很带劲，因为她即将承受那份曾攻击过我的恐怖的可能性似乎每一刻钟都在增长。自那可怕的一晚之后，有时候我也不相信那个预兆的存在，但夜里想到它时，又不得不信，因为黑暗的空中似乎布满了我狂乱想象的幽灵。今晚紫杉走道的恐怖，还有从弥漫于走道的阴暗中生发出来的所有忧郁、虚幻的念头，又更进一步地完善了我的信念。

一时间两人无语。福斯林小姐斜倚在窗户边，看着外面黑暗无月的夜空。终于，她转过身，带点踌躇地对我说："可是，真的，斯坦福先生，我不喜欢出于对超自然的东西的恐惧，或者出于相信这些东西，而做任何事情。你想要我做的事情本身如此简单，我该毫不犹豫地照做，但爸爸总是教育我，不要相信你似乎非常害怕的这些东西会发生，要是我的行为表现出我相信了这些东西，我知道他将会非常不悦。"

"福斯林小姐，我真心地认为，这世上没有哪个人比我更不希望看到你或者任何其他人不遵从父亲的了，不管是在言语上还是在精神上，尤其是那个父亲还是位牧师，但是，我恳求你在这一点上满足我的心愿。这样做对你没有任何坏处，而要是你不愿意做，我想让你明白，我将会感到无法言说的苦恼。这三天我已经忍受了悬着一颗心的巨大痛苦，而今晚我感到的是一种紧张的恐怖，这种恐怖光是用言辞跟你说，你是毫无概念的。我有幸，或者说是不幸，接收到了这个预警，不然我知道自己是没有丝毫权利做此要求，也没有理由这么做的。我为自己如此冒昧真诚地道歉，但相信我，我的出发点完全是善意的。"

我是那么激动，以至于双膝发抖了，大颗大颗的汗珠滚下我的脸颊。

一阵长久的沉默，正当我几乎认定自己的恳求要遭受拒绝的时候，我的同伴又开口了。

"斯坦福先生，只就这个请求，我同意你的要求。我能看到，因为某些我不能完全理解的原因，你深受震动，而我或许能够省却别人的痛苦，因此我将按你的要求去做。请陈述你希望我做些什么。”

我认为从她的态度来看，我有点得罪了她，但我还是解释了我的意图：“我想要你上床睡觉的时候，把某种象征物带在身边，它能够立刻提醒你我们之间已经同意过的东西，这样，你也许就不会感到孤独或者害怕了——不管发生什么。”

“我会照做。我该带什么呢？”

她说话的时候手里拿着手帕，于是我将手放在上面，以圣父、圣子、圣灵的名义做了祈祷。我这么做，是想让她对它产生一点敬畏，从而加深它在她记忆中的存在感。“这个，”我说，“将是提醒你不是孤独一人的象征物。”我对着手帕祈祷的目的完全达到了，因为她真的似乎有点敬畏了，但仍然以一个甜蜜的微笑答谢了我。“我感到你的行为发自内心，”她说，“而我也发自内心地谢谢你。”说话的时候她以一种真诚、坦率的态度向我伸出手，更多地带着男人的独立，而不是女人的羞怯。我抓住它的时候，感到血直往脸上冲，松手之前，一阵冲动攫住了我，我躬身用嘴唇去触碰那只手。她马上收回手，口气比言语还要冰冷：“我并没有让你这么做。”

“请相信我不是故意冒犯，这纯粹是我感激之情的自然流露。我感觉你已经为我做了很多事情。你不知道我的心，现在比一个小时之前轻松了多少，那样你就会原谅我如此冒昧了。”

我做道歉性的解释时，热切地看着她。她无畏地回望我，但带着明快、谅解的微笑。然后她轻轻地摇摇头，仿佛想甩掉这个话题。

停顿了一会儿后，她说："我很高兴能帮你的忙，但如果你所害怕的事情有可能发生的话，是我受益。但请注意，我相信你不会对任何人透露这事一个字。我担心我们两个太蠢了。"

"不会，不会的，福斯林小姐。我也许是愚蠢的，但你为了省却我的痛苦而做在你看来是愚蠢的事情，那是高贵的行为。可我连特雷弗夫人也不能告诉吗？"

"不能，哪怕是她。除了我们两个，想到有人知道这事，我会很羞愧。"

"你可以相信我。如果你希望如此，我将守口如瓶。"

"请务必保密，不管什么情况，都要坚持到明天早上。注意，如果我嘲笑你的话，那我希望你会和我一起笑。"

"我会的，"我说，"能够嘲笑这件事，我只会感到十分开心。"然后我们就加入人群中去了。

当晚回到卧室，我太兴奋了，睡不着——即便得到了承诺，我还是睡不着。有好一阵子，我在房间里来回踱步，边思考边怀疑。我无法完全确信我认为要发生的事情，但我的心还是充塞着一种模糊的恐惧。我把今晚发生的事情仔细地想了一遍——尤其是晚餐后我漫步走过那条可怕的紫杉走道，还有我观望那间我曾在里面做过梦的卧室。我的思绪从这些事又飘到我给福斯林小姐象征物的那个深深的炮眼。我几乎意识不到整个谈话是真实的。我知道它曾发生过，但也就这些了。回忆一个已经发生过的，似乎半是喜剧半是悲剧的场景，感觉十分奇怪，而且想到这个场景是在这注重实际的十九世纪偷偷上演，就在满屋子人的听力范围之内，仅仅躲在一副窗帘后面，我感到半是激动半是羞愧，脸都发红了。然后我的思绪转到福斯林小姐同意我的请求的方式上，真是奇怪的方式。想到她，我莽撞的羞愧变为更深一层的热望。我想到特雷弗夫人的预言——“据我对人性的了解，我认为她也会喜欢你”——这么想着的时候，我感到福斯林小姐对我来说，已经变得如此可爱。但一想到她可能要忍受的东西，我的欣喜转为愤怒。想到她要承受痛苦或者惊吓，我比自己经历这些还要更心烦意乱。我的思绪再次飞回我的梦境和受惊的那个时候，连同随后发现的与之相关的事情，它们划过我的脑海。我再次感到极度的恐惧——好像有什么事即将发生——仿佛悲剧正在接近高潮。自然而然地，我想到了夜里的这个时间，于是看看表。差几分钟就一点了。我记得我做梦的那个晚上，特雷弗先生回到家后，钟敲了十二下。斯卡普有个巨钟，报时声很响亮，房子周围一带的乡下人都根据它来安排事务。后面这几分钟走得很慢，每一瞬间似乎都非常漫长。

我站着，手里拿着表，数着时刻，突然，一片光亮照进房间，使得桌上的烛光显得相当暗淡，我的身影因为透过窗子的明亮光线而投射在了墙上。有一会儿，我的心停止了跳动，接着血直冲我的太阳穴，我的眼睛看不清楚了，我的大脑开始眩晕。不过，我很快镇定下来，走到窗边，期待梦中的一幕再次上演。

光线和之前一样，但没有孩子的形象，或者女巫，或者恶魔。

月亮刚刚升起，我能够看到它在湖水远处的反光。我战战兢兢地转头朝下面的场地看，因为我曾在这个地方看到孩子们和妖婆，以为他们会出现在那儿，却只看到黑乎乎的紫杉树和一簇簇高冠蒲苇在夜风中轻轻摇曳。光线照到了蒲苇花边缘，使得它们相当惹眼。

我看着的时候，一个念头突然火花般地闪过我的脑海。我马上明白了自己狂乱想象的愚蠢。照进房间里的月光及其在水面上的反光，其实正是我梦中的光亮，或者说是幻象，我现在算是明白过来了。那拥簇在一起的三丛蒲苇草，依次是那三个幼小的孩子，它们旁边的紫杉那枯萎的树叶和暗黑的枝叶，与恶魔类似。至于其余的那些，空床和画像上的面孔，我对福斯林这个名字的似曾相识，以及那个早已被人遗忘的咒语的传说，都有了诠释。噢，傻瓜！我一直在犯傻！我居然是环境和自己狂乱想象的牺牲者！接着我想到了福斯林小姐，由于我的追求而可能需要承受的精神上的痛苦。我不断地唠叨自己的梦，还有我关于象征物的奇怪请求，连同夜色和夜景的自然因素，这一切所挥发出来的效应，岂不正是我害怕会产生的效果？只有在这苦而又苦的时刻，我才意识到自己原来有多么愚蠢。但我因她思想上的痛苦而痛苦，又是什么呢？有一瞬间，我生出唤醒特雷弗夫人的想法，告诉她这件事情的来龙去脉，那样她可能会去找福斯林小姐，让她不必惊慌。但是我没有时间将这个想法付诸实施。我急忙去开门的时候，钟敲响了一下，紧接着，我听到楼下一声尖叫——惊讶甚于惊恐的喊叫。福斯林小姐无疑是被钟声惊醒了，看到了窗子外面的形象，和我曾向她描述过的一模一样。

我飞一般冲下楼梯，跑到她的房间门口，这间卧室刚好在我的卧室正下方。我正准备闯入的时候，本能地想到这是否合乎礼节，不由得停了下来。因此有一会儿，我无声地站在那里，全身发抖，手放在门把上。

我听到里面有个声音——她的声音——带着神志不清的惊讶喊道——

“那么它已经来了？我是不是孤单一人？”接着她高兴地说，“不，我不是孤单的一个人。他的象征物！噢，感谢上帝。得感谢上帝。”

她的话像一股快乐的激流冲刷过我的心田。我感到胸口发胀，喜悦的泪水涌上了眼眶。在那一瞬间，为了她，我知道自己有力量和勇气独自面对全世界。然而我的希望还没来得及显露，就已经被粉碎了，因为房间里又传来了茫然绝望的哀号，使得我从头到脚浑身冰凉。

“啊——！还在那儿？噢！上帝，请保佑我。噢！派些人到我身边来吧。”接着她的声音转变为带点乞求的调子，“你不会扔下我一个人吧？你的象征物。记住你的象征物。帮帮我。现在来帮帮我吧。”然后她的声音变得更为狂乱，上升为含混、惊恐的哀叫。

听到这痛苦的哭喊，我意识到不能再耽搁了——我已经犹豫得太久了——要是我想修正自己致命的错误，必须把传统惯例抛于一旁。没有什么能将她从严重的伤害中拯救出来——或许是癫狂，或许是死亡，只有突如其来的震惊才能破除笼罩在她身上的魔咒，那份源自恐惧和她兴奋的想象的魔咒。我撞开门，冲进去，高声喊道："勇气，勇气。你不是一个人。我在这里。记住那个象征物。"

她本能地抓紧了手帕，但没有理解我的话，似乎并没有注意到我的出现。她坐在床上，直瞪着外面的景象，脸因惊恐而变形了。我于无声之处听到猫头鹰飞过湖边时的叫声，她也听到了，尖叫起来："还有笑声！噢，没希望了。甚至连他也不敢走到他们中间去。"

接着她一声大叫，如此惨烈，如此骇人，以至于我听到时，都禁不住颤抖了，头上的毛发直竖。我听到整座房子里回荡着惊叫声、敲钟声、撞门声，还有仓促的脚步声，但可怜的受难者却听不到这些声音，仍然继续瞪着窗外，等着梦境的完成。

我看到采取行动和自我牺牲的时刻到来了。现在只有一个办法可以修正我致命的错误：撞破窗户，试图通过巨震将她从恐惧的恍惚中惊醒。

我一言不发，冲过房间，把自己投射出去，最后突然侧转，以背部撞击巨大的平板玻璃。当我转身时，看到特雷弗夫人冲进房间，神色紧张。她大声叫唤："戴安娜，戴安娜，怎么啦？"

玻璃碎了，震成万千碎片，我感觉它们锋利的边缘像无数小刀般切割着我。但我毫不在意，因为在匆忙的脚步声、玻璃的碎裂声、房间内外的喊叫声之上，我听到了她喜悦、炽烈的哭声："得救了。他真有胆量。"说完，她倒在了已经冲到床边的特雷弗夫人的臂弯里。

然后我感到一阵剧烈的冲击，整个宇宙似乎充满了火星子，以闪电般的速度绕着我旋转，直至我好像处身于火花世界的中心，接着一阵疾驰的大风吹入我的耳里，声音越来越大，再接着，就是一片黑暗，压过了世间万物，所有的声音都沉寂了，好像地球停止了转动，我什么都不记得了。

第4节 后来

我稍微恢复意识的时候，正躺在一间黑暗的屋里的床上。我想弄清楚这是怎么回事，试图环顾四周，但脑袋几乎无法动弹。我想说话，但声音毫无气力——像是来自另外一个世界的低语。努力说话使我头晕，我再次感到一片黑暗聚集在我的周围。

前额上感觉有种冰凉的东西，我逐渐产生了意识。我想知道它是什么。脑里揣度万千事物，却又无法集中于任何一个。因此我就那么躺着，躺了好一阵子，最后张开眼睛，看到母亲正躬身端详着我——是她的手，放在我的眉头上，如此凉爽，令人舒适。我有点吃惊。我渴望看到她，但仍然感到吃惊，因为我已经有好长一段时间没有看到她了——很长，很长的时间。我知道她已经故去——是不是我也过世了？我再次仔细地看她，而我端详的时候，她往日的容颜特征消失了，然而表情依旧。接着，特雷弗夫人那熟悉、可亲的面容，慢慢地出现在我的眼前。当看到我认出她的眼神时，她微笑了，俯下身子，非常温柔地吻了我。当她的头收回去时，有个温暖的东西落到了我的脸上。我不知道那是什么，闭上眼睛想了很久之后，才明白那是一颗泪珠。又想了一阵子，我张开双眼，想看她为何流泪，可她已经走了，我看到虽然窗叶朝上，但屋里几乎是黑暗的。我感到比之前更清醒和更有力气了，于是叫唤特雷弗夫人。一个女人从床帏后面的椅子上起身，走到门口，说了些什么，然后走回来，调整我的枕头。

“特雷弗夫人在哪儿？”我虚弱地问，“她刚刚还在这里。”

那女人高兴地对我微笑，答道：

“她一会儿就来。哎哟，老天爷！看到你这么强壮和清醒，她会很高兴。”

几分钟后，她来到房间，躬身看我，问我感觉如何。我说我没事了，然后突然想到一件事，于是问她：“我怎么啦？”

她说我病了，病得很重，不过现在好多了。有个东西，我搞不清楚是什么，突然勾起了我的记忆，让我想起了那间卧室的所有场景，还有我的愚笨引起的恐慌。随着血液直往脑袋上冲，我感到十分眩晕，好在特雷弗夫人的手臂支撑着我，过了一阵子，眩晕退去，我的记忆完全恢复过来了。我从支撑着我的臂弯里猛地惊起，大声说道：

“她没事吧？我听到她说‘得救了’。她怎么样？”

“嘘，亲爱的，嘘——她没事。别激动。”

“你是在骗我吧？”我请求道，“告诉我发生过的一切——我能承受。她是好还是不好？”

“她病得很重，不过现在好多了，正在恢复体力，感谢上帝。”

我哭了起来，半是由于虚弱，半是由于高兴。特雷弗夫人看到了，出于女人温柔的天性，知道我此刻宁愿独自待着，于是对看护使了个眼色，让她又回到床帏后面的老位子上，自己也很快离开了房间。

我想了很久，从第一次来到斯卡普，到我投身窗户失去知觉的那一刻，从头到尾想了一遍，好像梦一场。房间慢慢地越来越暗，我开始对身边的事物胡思乱想起来，直到最后视觉世界从我困乏的眼前消逝，而在梦中，我依然继续想着发生过的一切。我依稀记得吃了些东西，然后又陷入睡眠，其他的，记不清楚了，直到早上我完全醒过来，看到特雷弗夫人又出现在房间里。她走到我的床边，坐下，开心地说：“啊，弗兰克，你今早看上去气色好多了，亲爱的。我相信你很快就会好起来的。”

她凉爽灵巧的手指将我的枕头固定好，并把我前额的头发向后拂去。我抓住她的手，亲吻着它，这样做，我感到十分幸福。没多久，我问起福斯林小姐怎么样了。

“好些了，今早好多了。自她能够开口说话，就一直问你的情况，今天我告诉她你好多了的时候，她立刻就精神焕发起来。”

她这么说的时候，我感到一阵难为情的红晕刷过自己的脸庞，但她继续说道：“她请求我，一旦你们两个好起来，就让她来看你。她想谢谢你在那个可怕的夜晚的所作所为。但是好啦，我不多说了，让她自己来说吧。”

“谢我什么呢？谢我用愚蠢的恐惧和想象，把她带到疯狂或者死亡的边缘？噢，特雷弗夫人，我知道你从不嘲笑任何人，但对我来说，这听起来像是嘲讽。”

她坐在床边，向我倾过身子，噢，语气如此温柔，但又如此坚定，令我无法否定其真实性：“要是我有个儿子，我希望他会像你想到的那样来思考，像你表现的那样来行动。要是他像你这样受罪，我会替他日夜祈祷，我会斜靠着他，就像现在斜靠着你一样。我会为他像一个真性情的人那样来思考和行动而感到由衷的高兴，就像我现在感受到的一样。我会为上帝给了我这样一个儿子而欣慰，如果他必须死去——因为我起初担心你会死去——跪在他了无生命的身体旁边，比紧抱着一个活着却不一样的儿子，更让我骄傲和幸福。”

噢，当她说话的时候，我那虚弱扑通的心是如何跳动的啊，带着对她凋萎的母性本能的怜悯，还有一个真性情的女人认同我对待自己心上人的行为的兴奋，以及领受到深爱的快乐。她言辞的真切确凿无疑——她说这些话时，脸上焕发着光彩。

我伸出手臂——这么做，耗尽了我全部的气力——绕着她的脖颈，对她轻轻地说了一个词：“母亲”。

她没料到这个举动，因为她好像吓了一跳，但她的手臂不由自主地环紧了我。我盯着她那充满爱意和期盼已久的快乐的眼睛时，感到扑簌簌的泪雨掉落到了我上仰的脸上。我看着看着，感觉越来越好，越来越强壮。她的喜悦，我感同身受，使我的体力恢复了许多。

她沉默了一会儿，然后仿佛是自言自语："上帝最终给了我一个儿子。谢谢你，上帝，如果我曾有抱怨，请原谅我。我所祈求的儿子，可能和我希望得到的儿子有所不同。你总是做出最好的安排。"

说完这些，她沉默良久，双臂仍然支撑着我。我感到无以言说的幸福。我被爱的氛围环绕着，这是我一辈子都渴望的爱的气息。我终于得到了一位母亲的爱，自我孤儿时期起就一直为之憔悴的爱，而比我所感知的母爱更为珍贵的另外一位女性的爱，也近在咫尺。

最后，我开始感到疲倦，特雷弗夫人把我放回枕头上。看着她现在对我的那种慈母的关怀，真是无以言表地愉快。我们之间的那层薄冰已被捅破，我们已互表深爱，而在表明的时候，银发老妇和年轻小子感受到了同样的快乐。

第二天我感到元气恢复了一些，第三天又有了差不多一样的进步。特雷弗夫人总是亲自照顾我，而她报告的福斯林小姐康复状况的好消息，对我大有裨益。如此这般地，时间慢慢过去，又过了些时日，我终于被允许从床上起身了。

一天，特雷弗夫人走进房间，带着压抑的高兴劲儿。这个时候，我已经可以每天端坐一会儿了，逐渐强壮起来，或者不如说是不那么虚弱了，因为我依然感到十分无力。

"弗兰克，医生说明天你可以移到另外一个房间，变换一下，还有，你可以见戴安娜了。"

可以料到，我急切地想见到福斯林小姐。生病期间能够思考的时候，我整天想着她，有时候夜不能寐。甚至在那致命之夜之前，我就已经爱上她了。当我等着钟声敲响，意识到自己围着那个梦兜圈子的愚蠢时，我的心儿告诉了我这个秘密。现在我不仅爱这个女人，而且把自己心目中的完美典范融于其身而加以膜拜了。那些在我俩之间不断传递的善意口信，使我的迷恋更加强烈，我现在非常渴望和她相见。

第二天早上我比平时醒得早，随着见面时间的临近而越来越兴奋不安。不过，我隐隐地感到，要是不能保持镇定的话，就必须推迟见她，这个威胁使我很快冷静下来。

预定的时间终于到来，我坐在轮椅上，被推往特雷弗夫人的卧室。进门的时候，我急切地环顾左右，看到一位女子，坐在靠窗的轮椅上，无精打采地转过头来，正是福斯林小姐的玉容。她非常憔悴，看上去轻飘飘的，似乎极度纤弱，不过要我来说，这倒更强化了她天然的美丽。当她看到我时，病态苍白的面孔涨红了，甚至连光洁的前额都略带红晕。不过红晕很快消散了，她又镇定下来，比之前还要苍白。我的轮椅被推向她，特雷弗夫人替她把椅子上的枕头调整好，弯身亲吻她的时候，说："戴安娜，亲爱的，我带弗兰克来看你了。你们可以说一会儿话，但我得提醒一句，要严格遵从医生的叮嘱，如果你俩有谁因什么事情激动起来，我就不再允许你们见面，直到你们两个都恢复得更好为止。"

说完她便离开了房间。

我感觉自己一阵红一阵白的，冷热交替。看着福斯林小姐，我说不出话来。不过，一会儿之后，我鼓起勇气和她说话了。

“福斯林小姐，希望你能原谅我，因我愚蠢的恐惧而带给你痛苦和危险。我向你保证，我从来没有——”

刚说到这儿，她打断了我。

“斯坦福先生，求求你，不要像这样说话。我必须感谢你的关心，你认为我配得到的关心。你将我从那个可怕的场景的恐怖中解脱出来而表现的勇气和智慧，让我感到十分骄傲。”当她说到后面那些话时，面色变得苍白起来，甚至比之前还要苍白，并且全身颤抖了。我替她担心，于是尽量欢快地说：“别害怕，请镇定。现在那一切都结束了，都过去了。不要再让那恐惧惊扰你。”

我的话使她镇定了一些，但还不足以消除她的惊慌，看到她真的激动起来了，我只好叫唤特雷弗夫人。夫人从隔壁房间走出来，跟我们说了一会儿话。她那轻松愉快的谈话，慢慢地把福斯林小姐的惊惧驱散了。可怜的女孩儿，她受到了可怕的打击，而我想到自己竟是罪魁祸首，真是无比懊恼痛苦。平静地聊了一会儿后，我变得开朗起来，但很快感觉虚弱，于是被推回房间，放到了床上。

好些日子过去了，我还是很虚弱，几乎没有什么进展。我每天都和福斯林小姐见面，时日愈多，爱意愈浓。她渐渐地强健起来，几个星期后，可以说是健康状况良好了，而我依然病恹恹的。她的病纯粹是由那个不愉快的夜晚所遭受的惊吓造成，而我的是在那个梦和它貌似完成之间，长时间的焦虑造成神经衰弱，再加上跳撞窗户受伤引起的生理虚弱而导致。在整个生病期间，特雷弗夫人待我亲如母亲。她日夜关照我，尽一个女人力所能及的，把我的生活变成一场幸福的梦。但那段时间最为精彩的，是时不时飘过脑海的这个想法——戴安娜关心我。她的父亲已经去欧洲大陆过冬了，在特雷弗夫人的挽留下，她继续留在斯卡普，和我的养母一块儿照顾我。一天又一天，她对我的照料越来越悉心，直到我开始把她当成我的守护天使。带着那种与体虚相伴而来的奇异的细微感触，我能看到她的同情与她的体力同步增长，而我的爱意又随着这两者同步发展。我时常想弄明白，是意气相投而不是同情怜悯领先抢占了我的需求和愿望；或者，当我的心为她跳动时，在她心里做出回应的，有可能是爱情。她的行为和言语只显示出怜悯和温柔，但我仍然希望并渴望得到更多一点东西。

那些长期病弱的日子，对我来说，是甜蜜的时光。她坐在我对面阅读或者工作时，我时常几个小时地盯着她看，想到丢下她死去，该有多么艰难，我的眼里便噙满了泪水。我的爱火如此强烈，以至于我不顾自己的宗教教义，坚信就算我死去，也要把最好的素质遗留下来。我常常信马由缰、模模糊糊地幻想，我会说些什么向她表白——要是我健康正常的话。我如何用比现在只是大致吻合我的思想的更高贵的语言，向她述说。当我说话时，又如何让我的热情、真诚和纯洁，使自己具有说服力，从而使她喜欢听我说下去。通过敞开的窗户，眼前是阳光灿烂的林中空地，我将如何和她漫步其间，傍着在石子上激起快乐的波痕的涓涓细流，在长满苔藓的河岸上，坐在她的脚边，凝望她深邃的双眸，从中看到我光彩迷人的未来生活的画面。我将如何在她耳边柔声低语，颤声说出使她战栗的甜言蜜语。她会如何不加责备地任我倾诉爱情，身子向我靠拢，无声地显示她对我的爱。但是接着，如一片突然而至的雨云的阴影笼盖着四月的大地，一个苦而又苦的想法不期而至，那就是，这一切渴望不过梦一场，等到这些美事有可能的时候，我极有可能正长眠于绿草之下。她或许会独坐静室，为她枯萎的爱还有我，伤悲泪流。这样一来，我的想法就没有那么自私了，我会试图设想我的死亡所带来的沉痛打击——如果她爱我的话——因为我知道，女人不因所爱的事物的价值而爱，而因对自己理想对象的情感及钦敬的深度而爱，这种情感和钦敬的深度，她认为能在某些男人身上看到具体化的存在。不过这些想法总是附带一个条件，即以幸福的梦想为前提。唉！我已经对梦完全失去了信念。我依然情不自禁地感到，即便我从未告诉福斯林小姐我的梦幻而致使她受到惊吓，她可能还是会被月光照在蒲苇花上的效果吓着的，那么在上帝的旨意下，因为她无法快速得到帮助，那我便会成为使她免除比已经遭受的惊吓还要更巨大的惊吓的手段。这个想法总是带给我希望。每当想象她因我死去而伤痛，我的双眼就会突然充满泪水，将我清晰看到的思虑的产物全都蒙蔽掉。然后她会走过来，将她凉爽的手放在我的前额上，在我的耳边低语安慰和希望的甜美的话儿。当我感到她温暖的气息落在我的双颊上，从眉头处吹拂着我的头发，我就失去了所有疼痛、悲伤和忧虑的感觉，只活在当下的明媚之中。这样的时刻，我会幸福得暗自落泪，因为身体虚弱，甚至非常细微的小事都能深刻地触动我。所听到的温言软语，或者所接受到的温柔举动的许多零散记忆，都会让我久久地回味咀嚼，激起我天性中所有的纤细的情感。

慢慢地——非常缓慢地——我开始强壮起来了，但很多时日，我几乎是非常无助。随着体力的恢复，我的热情也增强了——我对戴安娜的爱已经变为炽烈的激情。她已经深深地印入我的脑海，我对她的爱是我存在的一部分，我感觉要是和她分开，我未来的生活只是一具空壳，别无其他。但说来奇怪，随着我的体力和热情的增强，情形也变得不同了。她在场的时候，我感到局促腼腆，几乎不敢正视她，除了回答偶尔的提问，都不会说话了。我已经完全停止做梦了，因为我过去常做的那些白日梦，对我现在极度亢奋的想象力来说，似乎太胡来了，差不多可以说是亵渎神灵的。但她没正视我的时候，纯粹是看着她或者听她说话，都会令我十分快乐。她离开房间或者走进房间的那一刻，我马上就能知道，而她的脚步声对我的耳朵来说，如同最动听的音乐——不算她的声音的话。有时候她瞥到我羞怯地盯着她看，那样的情形下，对我涨得通红的脸，她会报以一个明快的微笑。笑得甜美又有女人味，不过有时我会认为，这只是她发觉时的宽容的表情罢了。她总是浮现于我的脑海里，怀疑和担心轮番攻袭我，以至于我感到郁闷不安——而我对此无能为力——这对我十分不利，或许严重地妨碍了我的康复。

有一天，我的情绪十分低落。一种苦涩的孤独感淹没了我，这很不寻常。这是恢复健康的好兆头，就像梦醒了，面对一个有烦恼也有关爱的真实世界。这个世界给人一种冰冷、孤独的感觉，我感到自己若有所失，却一无所获——实际上，我失去的是某种依赖感，是身体虚脱，还没有重获力量的结果。我坐在对着一扇窗户的阴影里，看着曾经在夏日里鲜花艳丽、气味飘香的花园，如今秋阳柔和的光线只照到某些部分，些许熬过初霜的花儿零星地散发光彩。

我坐在那儿，情不自禁地想到我的未来是什么样子的。我能感到自己正变得强壮，生活的各种可能性对我来说，似乎非常地真实了。我多么希望有勇气请求戴安娜做我的妻子啊！任何准信都比我目前时常忍受的悬而未决要好。她会不会接受我，我感觉希望渺茫，因为她现在似乎不如我生病前期那么关心我了。随着我的康复，她好像疏远我了。我的担心和疑虑不断增强，想到她要是接受的话，我会多么快乐，或者她要是拒绝的话，我会多么绝望，我都快受不了了。两种情绪都过于强烈，令人难以承受。

今天她走进房间时，我的担心更为强烈。她似乎比平时更加强健，双颊泛着健康的红光，如此可爱，我无法设想，这样一个女人，会屈尊俯就做我的妻子。她过来和我说话，文雅地围绕着我，轻快地处理只有女性才能为病号做的各类小事，举手投足间暗藏一种不同以往的克制。有两三次，她转向我，好像要和我说话，但又别过头去，一言不发，面带桃红。我能够察觉到她的心怦怦地跳。最后她终于开口了。

“弗兰克。”

噢！当我第一次听到自己的名字发自她的唇间，一阵强烈的悸动掠过我的身体。血急冲上头，有一会儿，我都快要昏过去了。她凉爽的手放在我的前额上，才使我苏醒过来。

“弗兰克，你能不能让我跟你随意诚恳地说几分钟话？”

“说吧。”

“你得答应我，不要认为我说话不像个女人或者说话太直接，因为我这么做，真的出于最良好的动机——答应我？”

这话说得缓慢又犹豫，她的胸脯剧烈地起伏着。

“我答应。”

“我们看到你没能如预期那样好转，医生说你思想上有个沉重的症结——你为它沉思默想，妨碍了康复。特雷弗夫人和我一直在商量这件事情。我们比较了笔记，我想我们已经发现了你的症结所在。喂，弗兰克，你不要像这样一阵红一阵白的，否则我就离开了。”

“我会镇定下来的——真的，我会的。请继续说。”

“我们两个都认为和你坦率地谈谈，会对你有好处，而且我们也想知道我们的猜测是否正确。特雷弗夫人认为我来和你说，比她来说要好一些。”

“那症结是什么呢？”

迄今为止，虽然她表现得情感饱满，声音清晰圆润，但回答这最后一个问题时，却是犹豫不决，微弱无力的。

“你迷恋我，而且你担心我，担心我不爱你。”

说到这里，她的声音哽咽了，别过头去。

“戴安娜，”我说，“亲爱的戴安娜。”并使出全部力气伸出双臂。

她的脸涨红了，连脖子都红了，然后她转过头来，颤声轻叹，把头枕到了我的肩上。我一只手无力地揽着她的腰，另一只手停放在她的头上。我什么也没说。我说不出话来，但能感到她的心和我的心一块儿跳动，我想，就算我死了，要是在另外一个世界能有记忆的话，我也将永远快乐。

她一动不动地伏在我身上，久久地沉浸于幸福之中，渐渐地，我们的心不再狂蹦乱跳了，平静下来。

这就是我们的爱情告白。没有约定，没有滚烫的誓言，但我们心心相印的默然和陶醉，比任何言语都要甜蜜。

戴安娜抬起头，大胆而深情地凝视我的双眼，问道：“噢，弗兰克，我说出来是不是对的？我再等待些时日，是不是更好？”

她看到了我眼里的愿望，于是朝我低下头来。我吻着她的前额，热烈地祷告：“感谢上帝，一切遂心如意。请保佑我亲爱的妻子，永远，永远。”

“阿门。”一个甜美、温柔的声音传来。

我俩都毫无羞涩地朝上看去，因为我们都熟悉我再生母亲的腔调。她的脸，流淌着欢乐的泪水，被一道突然透过窗扉的阳光，映照得熠熠生辉。

血色围栏

老海岸巡逻员讲述的故事

“乔治·兰杰号”接到命令前往马六甲海峡，镇压近来时常在那里出没的海盗时，我们正在中国站的南部。那还是40年代，船就是船，而不是浑身轮子和其他鬼玩意儿的铁汽锅，还有机会赤手空拳地搏斗——不会在铁窖子里被根本不懂是谁的人打爆。那是船就是船的日子！

有很多割喉和沉船的故事流传，因为那些魔鬼无所不为。我们乘装备有74门大炮的“波莉·菲莫斯号”去往中国站时，其中有些人从前曾穿越海峡，虽然我们从未安营扎寨，和马来人共处，但我们曾见过他们的一些工事，懂得他们是哪种人。因此，当我们乘“乔治·兰杰号”——我们小而精悍，装备有38门大炮的护卫舰——离开新加坡时，那地方和今天完全不是一回事，黄鬼们干得出什么，又干过什么的故事，在前甲板下的水手舱里，在轮流值守中，满天乱飞。有些人这样认为，有些人那样认为，不过除了极少数人，大家都愿意和海盗们短兵相接，理由是他们波浪形刀锋的马来刀，他们投掷到甲板上的臭蛋，还有他们使用的魔鬼工具。有些人并不介意普通种类的兵刃，任何时候都能从直面弯刀和水战矛中找到乐子，却受不了那些刀像歪扭的火焰，把人一劈两半，将他穿肠而过的想法。天生地，我们对这类东西不太注意总结评估，许多人拿它们来开玩笑，有些玩笑开得还相当残忍。

在轮流值班时，肯定有很多包含大量砍砍杀杀、血腥暴力、拷打折磨等内容的好故事被讲述，白天黑夜，几乎全体船员都忙于记住和发明让他们出气不匀和变得煞白的东西。不知怎的我认为，船长和官员们肯定知道正在发生的事情，因为来自官员起居室的故事比起我们的版本，更为可怖。船体中部人员和船员一样，经常拿这些故事来取乐，他们中有个人有把波浪形刀锋的马来刀，没事便把它拿出来，向人展示海盗们如何用它把男男女女的心脏给挖出来，将他们一直剖开到下巴处。有时候，这对那些胆汁缺乏的可怜家伙——我想，人对自己的肝胆是无能为力的——有点残酷了，但是，在战舰上，无论如何，他们不占一席之地，因为他们和各色人等住在一起所带来的危害，比起死掉，可能更加糟糕，因此用不着可怜他们，况且船长对待他们的态度，比任何人都更为恶劣。温亚德船长正是在中国站指挥“森蒂纳尔号”轻巡洋舰的那个人，因为击溃正在攻击从广州赶运首季新茶到南安普敦的“王公号”的一组帆船而受到提拔。他是个硬汉，可以说，战斗时，他是一条充满地狱邪火的斗牛犬，会不惜代价除掉缺乏胆量的家伙。“上帝讨厌胆小鬼，”他有一次说，“以英国女王陛下的名义，我在这里执行上帝的旨意。把他吊起来，打十二大板！”至少，这是他在上海时别人传说的他的故事。他的一个手下在登上一艘顺流而下的着火的帆船的紧要关头犹豫不决了，他挺身而上，用自己的双手将船驶离开来。

嗯，船长知道前面有什么样的工事等着我们，现在没时间戴羔皮手套和抹头油讲究外表，更没时间纽扣孔插花[①]和戴高帽纵情享乐，他可不打算让自己的船上存在畏缩恐惧。所以你要相信，对那些害怕落入马来人手里的人来说，要是船上的一切被弄得过于“赏心悦目”了，那可不是他的错。

时不时地，他故意对这些人面露凶光，要是有人在他面前脸色苍白，不管是孩子还是大人，他向来都是不择言辞，恶语相向。船上有个老家伙，我们叫他“老兰兹角”[②]，因为他是从那个地方来的，他有个儿子在“比利·卢菲安号”上，1827年的一个晚上，在纳瓦里诺[③]击毁一艘希腊单桅帆船的战斗中，船迷航了，他正在那艘船上。要是哪个男孩子遭遇麻烦了，我们便拿他开玩笑，因为他总是说他儿子可能也遭遇了同样的麻烦。现在取笑的内容是害怕马来人，我们便经常将它和这个老人糅合到一起，但他听到后会大为光火，回说他儿子是因公殉职，他儿子可什么都不怕。

一个晚上，船体中部人员中发生了吵闹，起因据说是他们中

---

① 纽扣孔插花作为装饰在过去的着装中比较常见，现在一般只在要求正式着装的特殊场合才佩戴。

② 兰兹角（Land's End），地名，英国康沃尔陆地最西端。

③ 希腊的一个城镇。

有个叫坦皮斯特的人，坦白说自己害怕被砍杀。他是个异常聪明的小家伙，约莫十三岁，属于爱嬉闹常惹事的那类人，但他心地柔软，其他小子有时会打趣他，他会老老实实地把自己的想法和感受全盘托出，现在他们将他引到坦白某些他们谁也不会说出来的事情上——不管这事有多么真实。哦，他们吵得热火朝天，因为那男孩的拳头从来不会往后缩。碰巧这事让船长注意到了，他坚持让大家说出是怎么回事，当小坦皮斯特毫无保留地说出来，告诉了他时，他在甲板上重重地跺脚，大喊："我不允许这条船上有懦夫。"他还要往下说时，那孩子打断了他："我不是懦夫，先生，我是一名绅士！"

"你说你害怕啦？回答我——是，或者不是？"

"是的，先生，我说了，它是真话！我说了我害怕马来刀，但尽管如此，我并不是说要躲避它们。纳瓦拉的亨利[1]也害怕，但他还是——"

"纳瓦拉的亨利去死吧，"船长大吼，"还有你！你说你害怕了，我告诉你，在女王的海军里，这就是我们所称的懦夫。如果你是个懦夫，至少你得有点风度，只让自己知道！不要回嘴！今天余下的时间就待在桅顶上！我要让全体船员知道需要防止什么，一看就明白！"接着他走开了，而那小子一言不发，跑上了主桅楼。

一定程度上，大家对此没有多说什么。唯一中肯地说了点什么的人，是老兰兹角，他说："也许是个懦夫吧，但我敢说他就像我儿子。"

---

① 指纳瓦拉国王亨利四世，1589—1610 年为法国国王，1610 年被暗杀。

我们往上穿越海峡，太阳照到身上时，那地方如烧壶一般冒出潮热——上帝保佑！你快速行进，整日整夜像一枚战舰上的铜板——我们开始东张西望，寻找海盗，值守的人没有一个敢昏昏欲睡的。我们沿着海岸北上，行进时仔细地查看小湾和河流，马来人就躲藏在这些地方。诸如热病这样的东西能将比他们更强壮的人像苍蝇一样扫除，却拿他们没办法。某些地段相当险恶，我跟你说，穿过芒果林上溯一些河流，举目远望，沼泽地绵延一英里又一英里，每样东西都带毒，野兽和鸟，还有鱼和爬行的东西，还有昆虫、灌木、花，以及蔓生植物，都像在自家一般自在。

但是海盗船一直在我们前面，或者他们再次往南去的话，是在夜里从我们旁边经过了，因此我们一路上行，来到了半岛中部，这是海上抢劫最为猖獗的地方。我们尽量装成落难船只的样子，果然，我们骗过了乞丐，有一天黎明时分，两艘船出来攻击我们了。它们看起来也很丑陋——船体长矮，斜挂大三角帆，每条船上的船员比传说的要多一倍。

要说船很难看，那那些人就更难看了，因为我从没见过更丑的魔鬼了。有些是黑不溜秋的黄种家伙，有些人头顶剃光、眼球发白，另一些人黑得跟你的鞋一样，让人羞愧的是他们中还有一两个白人，所有的人都携带和你的手臂一般长短的马来刀，腰带上别着手枪。

他们从我们这里没抢到多少零钱，我跟你说。我们让他们靠近，然后给他们一顿舷侧炮轰击，像冰雹一样扫过他们的甲板，但我们不够走运，没能抓住他们，他们设法避开，仓皇逃跑了。我们的小船快速出发，但不敢跟着他们进入一条宽阔的湾流，那里目力所及，两边的芒果树密密麻麻的。过了一阵子，小船回来，报告说他们逃进了一条足够深的河流，但河道蜿蜒曲折，夹在大片的泥滩之间，成百的鳄鱼伏趴在那儿。河流变窄的地方，似乎有座像堡垒的东西，海盗们逃跑到它后面，消失于河流的转弯处。

接着准备工作便开始了。我们知道至少有两条船被关在河里面，我们大有机会发现他们的老窝。船长不是会让事情悄无声息地过去的人，到第二天早上曙光初现，我们已经做好了攻击的准备。舰上的中型艇和四条小船在海军中尉的带领下，出发前去探路，其余的人尽量安心待在船上，直到我们回来。

那是极为糟糕的一天。我在第二艘船上，开始进入河道口狭窄处时，我们全部紧跟在一起。我们出发时，还在涨潮后的几个小时之内，所以天亮时我们所看到的，一切似乎都很清新水灵，但随着潮水退去，大片的黑色泥滩开始四处崭露头角，那就不好看了，我跟你说。我们几乎无法辨识河道，因为潮水四处急流，船触碰到黑色的软泥时，你才知道你到岸上了。我们的船有两次差点陷入这样的境况，不过因为运气好，而能及时地抽身离开，进入退落的潮水中。几乎没有一条船能幸免于触碰到什么东西。那条和我们其余的人隔着一点距离的船，最终卡在了两片泥滩间肮脏的开口处，当潮水流走，船在斜坡上翻掉了，尽管它的全体船员竭尽了全力，我们也只能眼睁睁地看着可怜的同伴被抛入软泥中。有几个人开始朝我们游来，但每个人的后面都冲上来某个暗黑的东西，虽然我们大喊大叫，尽量制造噪声，还射出很多子弹，但鳄鱼近在身旁，伴着一声又一声的尖叫，他们沉入了秽物和黏液之底。噢，天哪！这是多么可怕的景象，更别提对我们大家来说，这是见所未见。要是有时间细想，我们会如何接受此事，我不知道，不过我猜不止几个人，想到它便会全身发冷，但就在那时，从一队偷偷接近我们的小船上，发射来一阵弹丸。他们从一处比其他地方更陡高的大泥滩后面驶出来，由于潮水把泥土冲刷带去，沙砾显露出来，这泥滩也呈现一个士兵的模样。我们毫不遗憾，我跟你说，在退去的潮水中，在一条陌生的热带河流上，不是与鳄鱼和泥滩，而是与人类大战一场。

我们马上追上去，中型舰船头朝挤成一堆的船只发射 12 磅重的弹药，当鳄鱼转身朝马来人的头颅在流动的潮水中上下浮动的地方冲去时，哭喊声腾空而起。然后海盗们掉转船头逃跑，我们紧追不舍，一直追过河流的一个急转弯，来到一片狭小的地方。那里一边有点陡，然后逐渐收窄，伸入一片沼泽荒野，比我们所曾见过的沼泽地更加恶劣；另外一边顶头有个堡垒样的东西，修建在一处高堤的顶部，由它底部的一排围栏和一片泥滩保卫着。从那个地方射来一阵枪林弹雨，我们看到有些枪口掉转，对准了我们。这样一个位置，没有侦察便进攻，我们实力不足，于是我们撤离，但速度不够快，在驶离枪支射杀范围之前，一阵弹雨把我们一条船右侧的全部船桨都打飞了。

撤回大船的经历不堪回首，海潮和我们反着来，我们想的全是该如何交差——丧失了一艘船及其全体船员，一套船桨被打飞，却一事无成。

船长火冒三丈，那个晚上，在军官起居室里，在前甲板下的水手舱里，没有什么东西不带上愤怒和诅咒的色彩。就连那形形色色的男孩们，从小舱里的男孩到船体中部人员，都想抓住马来人。然而，军令严厉，天亮时，三艘小船已经抵达围栏护卫的堡垒，展开了详尽的调查。我又乘坐在其中一条船上，尽管船长的话使我们大家如此气愤——他的舌头像硫酸一样刻毒，我跟你说——但当我们再次来到那可怕的泥滩之间，借着早晨灰蒙蒙的亮光，看到它们上面亮闪的黏液冒出气泡的时候，我们都感觉相当低落和发冷。

我们发现，要是我们想跟着海盗往河上面去，就必须拿下这座堡垒，因为它拦住了去路，绝无其他机会。在两条隆起的沙砾形成的巨大山脊之间，有一条细细的河道，这便是有机会通过的唯一渠道。哎呀，从堡垒那里，他们可以用石头砸向经过那里的船上的任何人，只不过我们可以看到，在他们整个该死的国家，连一颗石头都没有！

我们回去的时候，有两人中了暑，向船长做了汇报，他下令做好准备，攻占堡垒，第二天早上，出击开始了。这是一份凶险的工作。我们接近堡垒，但是，由于退潮，我们不得不稍微避开，以免搁浅，陷入困境。整个地方密集着龇牙而笑的魔鬼。显然，在围栏后面，他们有某种办法可以上下船只。他们没向我们发来一枪一弹——起初没有——而那是你能想象得出来的最恼火的事。他们似乎知道某件我们不知道的事，只需等待就行了。随着海潮消退得越来越低，泥滩变陡了，落在上面的阳光开始嘶嘶作响，蒸汽升腾，差点把我们的胃都倒翻了。哎哟，光是看到它们就会让你的心直沉！

黏液五光十色，就像沾满焦油的手上的水一样，整个地方似乎因所有这些而充满生气，太恐怖了。鳄鱼没有靠近船只和我们近旁的河岸，但浓稠的水中满是鳝鱼和水蛇，泥淖被水虫和水蛭以及样子吓人、色彩华丽的螃蟹激发出了活力。空中到处飞舞着害虫——各种各样的苍蝇，还有一种他们叫作“虎斑蚊”的大条纹昆虫，它们白天出来，像烧红的火钳一样叮咬你。对我们这些脸上长毛的成人来说，这够糟糕的了，我跟你说，有些小年轻变得惨白失色，有一会儿，他们一言不发，十分沉默。突然，围栏后的马来人群开始眼珠转动，刀剑挥舞，高声大喊。我们知道肯定有原因，但又想不出来，这使我们比之前更为愤怒。接着船长打手势让我们进攻围栏，于是我们全都动身跳入泥中。因为下面的沙砾，我们知道那里不可能很深。有一会儿，我们陷在膝盖深的泥泞中，但我们挣扎着前进，滑倒，一个跌在一个身上，到达河岸的顶部时，我们是你曾见过的最怪异、最脏臭的一群人。但烂泥并没有使我们意志消沉，当脖子伸过围栏、脸上带着魔鬼让他们拥有的似笑非笑的表情的马来人听到我们的欢呼声时，他们缩了回去，一个落在另外一个身上。

在他们和我们之间，有一小片低洼，退潮时水流过那里，但现在好像和其他地方一样干燥，我们最前面的人冲下坡，然后我们便明白他们为什么保持沉静和等待了！我们陷入了一个普通的圈套。第一行列马上消失在坑里的泥浆中，那些紧跟其后的人在能停住脚步之前，也陷到了腋窝。接着那些马来魔鬼朝我们开火了，当我们试图把伙伴们拉出来时，他们使用各式小型武器将我们干掉——他们有五花八门的怪武器，我跟你说。

我们所能做的，就是翻过坡，重新回到船上——我们余下的人——而且，由于剩余的人手不够全速航行，我们只好尽快地朝大船靠拢，因为他们的船开始通过围栏边的狭窄河道，如云雾一般散发出来。但在离开前，我们看到他们用顶端装有钩子的长竹子从泥坑里把活人和死人拖拉出来，当波浪形刀锋的马来刀劈砍过一些可怜的同伴时，凄惨的叫声传了过来。我们不敢久留，但我们的所见已足以让我们发誓报仇。当看到他们这些魔鬼将我们同志血淋淋的头颅插在围栏的尖端上，而船长却不让我们回去再战一场时，差点发生兵变。他现在已经足够冷静了，当他脸上的笑容呈露出嘴角的白牙，我们中那些深知他的人明白他在想些什么，感觉海盗们已经达到了目的，我们这天干得很糟糕。

我们回到大船讲述我们的故事，没多久大伙儿便怒火中烧，热血沸腾了，几乎每个人都转身而去，磨刀霍霍，直到它们锋利得像剃刀一样。船长召集船上所有的人，详细地说明了每个人在小船上的任务，为下一次行动做好准备，我们知道，等天一亮，我们将再次对海盗发起进攻。在大多数船上，我们有发射6磅重和12磅重弹药的大炮，在靠近之前，我们会给他们下一剂猛药。

我们接近围栏时，海潮已经转换，我们认为最好等到黎明再动手，因为在黑暗中退潮的泥滩之间，行动困难。我们等了一会儿，然后天开始放亮，我们便朝堡垒发起进攻。我们刚看清楚周围，便无人不想血债血还，因为在那儿，在围栏的尖端上，是我们头天失去的所有可怜同伴的头颅，在黎明时分，已有一大群蚊子和苍蝇开始绕着它们嗡嗡叫了。除此之外，他们还用鲜血涂抹了围栏外部，因此整个地方是一大片的深红色。太阳出来时你闻得到！

哦，那真是艰苦卓绝的一天。我们用枪开火，马来人则用他们拥有的一切做出回击。堡垒远处那边出来很多小船，有一阵子，我们不得不将注意力转向它们。小枪对我们很管用，因为子弹穿过它们，半数小船沉没了，达到了罕见的破坏作用。水中满是上下浮动的人头，但潮水将他们带走了，从堡垒远处那边传来哭喊和尖叫，然后渐渐停息了。其他船只认识到危险，掉转船头，通过狭窄的河道，逃了回去，之后几个小时没再烦扰我们。接着我们再次攻击堡垒。我们掉转枪口，对准一大堆的围栏，当然啦，每颗子弹都发挥了作用。但他们的火力太接近了，借着步枪和火绳枪还有其他的武器，他们可以很快将我们逐个消灭，我们不得不躲开，躲到我们人不在他们的射程范围之内，而我们的重金属武器又有效的地方。在避开之前，我们可以看到，我们在围栏上击开的洞，只是外部工事，真正的壁垒在里面。我们不得不顺流而下，由于横穿河流有触岸的危险，我们无法走得够远，这使我们只能看得到侧景，不管怎么做，都无法留下深刻的印象——至少对我们能看到的任何东西都无法留下深刻的印象。

那是漫长的、可怕的一天！太阳像熔炉一样炙烤着我们，我们快要被炎热、苍蝇、干渴和愤怒逼疯了。它是那样一种炎热，要是你碰到金属，可能会被灼伤。当海潮涌起快到高点时，船长下令将船只调往前线，到现在正对着堡垒的宽阔的水面上，在那里，有短短一点儿时间，我们拥有一个公平的机会，直到开始退潮，我们又得离去。到这时候，子弹差不多打完了，我们以为我们不得不停止行动，但突然来了命令，准备攻击，几分钟后，我们穿过河流，直扑围栏，为宝贵的生命而战斗。大伙儿发出一阵呼声，海盗们现身围栏上部，挥舞着他们的马来刀，好几个人将围栏尖顶上插着的人头削成碎片，嘲笑我们，就像在说轮到我们受此对待了！我们靠近的时候，他们全部消失了，只有坟墓一般的寂静。我们知道有问题，但又说不上来是什么，直到从堡垒后面又冲出很多小船。我们转向它们，和我们之前所做的一样，把它们打了个稀巴烂。这次海潮是向着我们涨来的，成打的人头从我们旁边漂过。鳄鱼将某个人拖入泥浆之中，时不时地传来一阵撕心裂肺的喊叫。这种状况持续了一会儿，我们将他们打退，有足够的时间把用来攀爬围栏的挠钩准备好，这时在外围船上的少尉大喊:“回到船上！回来，快点，退潮了！”我们匆忙离开。然后，一瞬间，那个地方又复活过来，到处是马来人，他们开始朝我们开火，如此敏捷，在我们能够启动进入浪流之前，船上已死伤了很多人。

那天采取更多的行动已是无益，竭尽所能地处理好伤员，有很多弹孔需要塞住，我们修补好船只，之后，我们撤回大船。鳄鱼们度过了美好的一天，我们经过的时候，随着潮水降落，泥滩变得越来越高，我们看到它们懒洋洋地躺着，好像已经撑饱了。啊！还有足够多的，供即将出来的大鲨鱼享用，因为船上的人告诉我们，每过一会儿都有什么东西随着潮水一起退下，在涌浪里上下浮动，直到不久一道鳍状物快速游动形成的涟漪出现，然后就再也没有海盗了。

哦！当我们登上船，其他人都焦急地想知道发生了什么，我们说到血色围栏尖顶上插着的头颅时，大伙儿都咬牙切齿，老兰兹角站起来，说："血色围栏！我们不会忘了这个名字！下次轮到我们了，那么我们给它里面上色吧。"就这样我们开始叫这个地方这个名字了。那个晚上船长像个想要杀人的凶手。他的面孔像钢铁一样坚硬，眼睛像火焰一般血红。他好像谁也不放在心上，所做的每一件事都冷酷无情，仿佛心是黄铜做成的。他下令为伤员做一切需要做的事情，但对医生加上一句话："记住，尽快让他们好起来。我们已经人手不足了！"

到目前为止，我们都知道他对待男人像男人，但现在他只把我们当成战斗机器！完全正确，他把自己也当成了同样的东西。正是那个晚上，他以新的方式发了两次火。自然而然地，大伙儿都在谈论进攻，其中有很多吹嘘和打趣的成分，因为大家畅所欲言，毫无顾忌，一些老家伙便讲到血腥和酷刑。船长来到甲板上，当他走过去时，看到一个不喜欢马来刀的人，显然他也不喜欢此人的样子，他转回身，凶狠地说："把医生叫过来！"于是医生来了，船长对他说话，声音冷得像冰，又礼貌得可以："费尔布拉泽医生，这里有个病人！瞧他苍白的脸。我想，他的肝有问题。大战在即，只有一样东西会使一个海员的脸色发白。把他带到病人隔间，替他做些什么。我想把那可恶的白肝从他身上全割出来！"说完他便回自己的船舱了。

嗯，如果说我们之前为战斗而血热，这番话之后，我们的血液沸腾了，我们都知道对血色围栏的下一次进攻，是最后一次，结果不是这样便是那样！因为小船和用具得装备好，这次不能出现任何差池，所以在出击之前，我们休整了两天。

午夜刚过，我们准备就绪。各归各位。月亮当空，夜色比伦敦的白天还明亮，船长站在一边，看着每个人就位，什么也逃不过他的眼睛。不久，当 6 号船上人的时候，在该船指挥官前面上去的，是船体中部人员、年轻的坦皮斯特，船长看到他，把他叫了过来，当着全体船员的面，嗤笑道："为什么你这么苍白？你到底怎么啦？你的肝也出故障了吗？"

完全正确，那孩子面色苍白，但听到这冒火的侮辱，血冲上头，我们能看到他的脸在星光下变得赤红。接着马上退去了，他比之前还要苍白，虽然站得跟推弹杆一样笔直，但他声音温和地说："先生，我对自己脸上的血色无能为力。要是因为我面色苍白，便说我是一个懦夫，或许你说得对。但我仍旧会克己尽责！”说完这些他挺挺身子，手碰碰帽子，上了船。

老兰兹角和我在同一条船上，在我后面的位置，他5号，我6号，他透过紧闭的牙齿对我耳语:“那太粗鲁了！他该想想，他只是一个孩子。哪怕他害怕，他还是来了！”

我们轻轻地划桨，悄悄地离开，了无声息地进入涨潮的河中。如果有人在其他时候曾怀疑过我们的热忱，那个时候不管怎么说，疑心全没了。那是非常严峻的时刻，我跟你说，因为我们大多数人感觉，这次不管输赢，那天晚上“乔治·兰杰号”上都会出现很多空床，但我们决意要赢，哪怕是进入鲨鱼和鳄鱼的胃里去取得。我们在涨潮中接近堡垒，立刻展开了进攻。当然，我们先得不声不响地爬上河岸，我想乞丐们大吃了一惊，因为在他们意识到之前，我们已经在那里了。尽管如此，他们还是迅速出来迎战了，围栏两边马上响起了军乐声。这次我们不想在泥滩上冒险，于是我们直奔围栏之下，用钩子钩住。我们发现他们已经修补了我们上次造成的缺口。他们像魔鬼一样战斗，因为他们知道，一旦我们进入，就能徒手将他们打败。他们使用了之前每次都采用的办法，派出船只，侧翼进攻我们。但这次我们没有从进攻中抽身出来，而是让我们外围的船只对付他们，我们集中注意力干我们的事。

那是漫长而血腥的一场战斗。他们躲在里面，知道时间对他们有利，因为潮水退落的时刻到来，要是我们还没进去的话，那我们的泥滩麻烦将会再次上演。而我们也深知这一点，绝不浪费时间。

不过，毕竟，人只是人，我们无法从船上飞出去，越过围栏，而那些过去了站起来的人，却被残忍地砍杀得到处都是——他们马来人使刀用剑得心应手，毫无疑问！我们为手头的任务拼杀得如火如荼，以至于压根儿没注意到时间，突然，我们发现身下的船只被牢牢地固定住了。

潮水已经退去，把我们留在血色围栏下面的岸上，另外一半装备更好的船只和我们隔离开了。我们大约剩下 30 人，心知肚明不管喜欢还是不喜欢，必须战斗下去。不管怎么说，这并没有多大关系，因为我们是心甘情愿坚持下去的。船长看到这个情形，下令船只去到河流正中，朝堡垒开炮和射击，与此同时，我们则千方百计地进到里面去。试图在泥滩上架桥是行不通的，因为一艘装备有 74 门大炮的老船的桅杆承受不了。我们所处的地方很紧凑，在交火的双方之间，然后，我跟你说，因为船上的枪炮没办法每次都发射得够高，没有全打到堡垒，为我们开路，我们自家的子弹不止一次伤到了我们自己。小艇也加入进来，开始从管子里发射火箭弹。海盗们不喜欢这个，我跟你说，早就说了，我们也不见得更喜欢，因为我们挨吃的枪火和他们一样多，直到船长注意到我们所受的损伤，下令停火。不过他知道自己该做什么，他让所有的火力集中到围栏的一边，直到敲开一个我们可以进入的洞口。这事完成时，马来人离开了外墙，进入严格意义上的堡垒里。因为无法直接朝下边的我们开火，而我方的炮弹又把能从河边轻取我们的船只隔开了，这给了我们一定程度的保护。但这是危险的工作，我们的人数随着不断扔过围栏而击中我们的流弹、臭弹和手榴弹而开始减少。

我们发现必须猛闯堡垒的时刻到来了，否则会一个接一个地被就地消灭。这时候，我们的一些船只正努力朝洞口接近，围栏后边的活动似乎减弱了，他们有些人转移了，有些改去从事其他的魔鬼活动。但他们仍在堡垒里放枪，如果我们的船只试图穿过堆积物之间的洞口，将是很危险的。有条船这么做了，不到一分钟，船身便被打了个洞而沉没下去。于是我们冲进围栏里，发现进入了一个狭窄的地方，两边是两堆东西形成的墙体。不管怎么说，这地方更干燥些，我们为能脱离散发着蒸汽、高及膝盖的烂泥而感到欣慰。必须争分夺秒，少尉韦伯斯特让我们攀登面前的围栏。

它并不高，但它下面黏滑上面油腻，我们竭尽全力，就是无法更靠近。一支手枪射来的子弹夺去了少尉的生命，一时间，我们群龙无首。小坦皮斯特和我们在一起，一直一言不发，尽管他和其他人一样尽力而为，但脸白得跟鬼似的。突然，他高声大喊："嘿，小子们！把我扔进去。我身子轻好办事，我知道我进去了，你们全会跟上来。"

大家一动不动。接着那小子跺跺脚，又大声喊起来，我现在还记得他那年轻的高音："海员们担起你们的职责！听我的指挥！"

听到这话我们都立正了，就好像在宿舍里一样。然后杰克·普林——我们叫他"巨人"，因为他身高 6 英尺 4 英寸，像公牛一样强壮，开口说："先生，把一位长官抛入地狱，不是我们的职责！"那小子盯着他看，点点头。

“任务危险，自愿者上！”他喊，人群中的每一个人都站了出来。

“好的，弟兄们！”他说，“现在把我托起来丢过去。不管怎么说，我们得把那面旗帜弄下来。”他指向堡垒里旗杆上飞扬的海盗旗。接着他拿出一面船形图案的小旗，放在胸口，说：“这个更合适。”

“要是我不照办呢，先生？”杰克说。那小子又响亮地大笑一声。

“噢，真想不到！”他说，“有人有起重机把巨人吊起来吗？”那小子让我们抓住他，当巨人犹豫的时候，他说：“杰克，我们一直是好朋友，我希望你是最后一个触摸我的人！”于是杰克抓住他的一边，老兰兹角走出来抓住他的另外一边。其余的人到这个时候，都踢开鞋子，扯下衬衫，拔出刀子衔在齿间。两人一齐用力，把那孩子干净利落地送过了围栏顶。当我们开始攀爬时，听到从河那边我们的船只上发出一阵欢呼声。堡垒里的活动停顿了几秒钟，接着我们看到那小子爬上在他下面摇摇晃晃的竹旗杆，将黑色的旗帜扯下来。他从胸口把我们自己的旗帜拉出来，挂在旗杆顶部。他挥手欢呼，欢呼声在河那边得到了雷鸣般的响应。然后一颗子弹把他打了下来，一声狂叫，他们全都朝着他开火，而船上传来了如暴风雨般的欢呼声。

我们一直搞不清楚是怎么翻过那围栏的。直到今天，我甚至无法想象我们是怎么办到的！但我们一跃而下时，看到有个通体红色的东西躺在旗杆脚下——马来刀也是红的！魔鬼们已经坏事做绝！

但这是他们的最后一次，因为我们带着弯刀来取他们的性命了——我们的唇间没有发出一丝声音，我们像猛烈的冰雹打倒直立的玉米一样驱赶他们！那天在血色围栏内我们没有留下一个活口，要是有一百万人在那里，也不会留下一个！

没多久我们又听到了喊声，船只沿河而上，现在堡垒是我们的了，那些人有比欢呼更重要的事情要干。

那天我们两班人马对海盗们的老巢进行了一次罕见的清理。我们摧毁了河上的每一条小船，还放倒了我们正在寻找的两条大船。我们捣烂烧毁了那个地方的每一座房子、防波堤和围栏，抓住的人格杀勿论。有些人通过他们知道的小路逃跑了，这些小路穿过沼泽，我们无法跟进。我们撤回大船时，太阳正在西沉。尽管损失惨重，但这还算得上一次高高兴兴的回家——除了在船长专用的小船上，用英国国旗覆盖住的一样东西。可怜的孩子！当他们把他提升到甲板上，大家都围过来看他，他的脸现在够苍白的，当船长俯身亲吻他的前额时，我们每一个人都感觉得到，这是在赔罪。

“我们明天安葬他，”他说，“但是是在蓝色的海水里，因为他已成为一位英勇的海员。”

第二天拂晓时分，他躺在缝入他的床位的格栅上，脚上带着弹丸，全体船员被召集起来，牧师为死者念祷告词，接着说了一点儿有关他的事——他是如何尽职尽责的，是大家的榜样——他说到大家是如何热爱和敬重他的。然后那些被吩咐执行任务的人站好，准备将格栅脱落，让英勇的孩子坠下，加入海下的其他英烈，但老兰兹角站了出来，对船长碰碰帽子，问他能不能讲两句。

“说吧，兄弟！”船长说，他笔直地站立，手里抓着三角帽。老兰兹角开口了:“弟兄们！你们已经听了牧师的话。这孩子完成了他的职责，像一位勇敢的绅士那样死去！我们希望他现在还在这里。但是，尽管如此，我们不能为他感到遗憾，或者为他的所作所为感到遗憾，虽然他为此付出了生命的代价。我曾有自己的孩子，我对他寄予了自己未曾敢奢想的厚望——赢得名声和荣誉，成为一个舰队司令，和其他前辈一样。但是，上帝做证！我宁愿看到他躺在那面旗帜之下，就像我们现在看到这勇敢的孩子躺着一样，并且知道他为什么躺在那里，而不愿看到他在旗舰后甲板上佩戴着军官的肩章！他为女王和国家而死，为国旗的荣誉而死！你还期望他多做些什么！”

预见者

第 1 节　第二视觉

我刚刚到达克鲁登湾，开始了一年一度的造访，早餐吃得很晚，餐后我坐在矮墙上，它是克鲁登海域大桥引桥的延长部分。马路那边正对着我，只有一小丛树木，树下站着一个高挑、瘦削的老妇人，一直在专注地盯着我看。我坐着的时候，一男两女从这里经过。我发觉自己的眼睛追寻着他们，因为在我看来，他们从我旁边走过去之后，似乎是两个女的并肩走，而那个男的独自走在前面，肩上扛着一个小黑盒子—— 一具棺材。这样一想，我禁不住打了一个寒战，但片刻之后，我看到他们又和原来一样，是三个人并排走的。那老妇人现在紧盯着我看的眼睛，像火一般燃烧。她穿过马路，没有任何开场白地说："那你看到了什么，你的眼睛看起来这么惊恐？" 我不想告诉她，所以没有回答。她的大眼睛紧紧地盯着我，目光十分锐利，好像要把我看穿。我感觉自己浑身变得通红，然后她说道，明显是对她自己说的："我就知道！哪怕我看不见他看到的。"

"你什么意思？"我问。她模糊地回答："等着！明天这个时候之前，你也许就会知道了！"

她的回答令我兴趣大发，我设法让她多说一点，但她住口了。她迈着一种庄严高贵的步伐走开了，这种步伐似乎已经构成了她极其瘦削的形体的一部分。

晚餐后，我正坐在旅馆前面时，村庄里一片喧闹，男人们和女人们带着悲痛的神色，跑前跑后。问他们，得知一个孩子在下方的小港口淹死了。就在这时，一个男人和一个女人，正是当天早些时候过桥的两人，神情狂乱地跑了过去。一位旁观者带着同情的眼神看着他们的身影，说：

"可怜的家伙。他们晚上回家该多么悲伤啊。"

"他们是谁啊？"我问。那人恭敬地脱下帽子，答道：

"淹死的那个孩子的父亲和母亲！"他说话的当儿，好像有人叫唤我，我转过头去。

那边，站着那个瘦削的女人，脸上带着得胜的表情。

阿伯丁郡，克鲁登湾弧形的海岸，背衬一片荒沙丘地，沙丘低谷处，海草、苔藓、野紫罗兰，连同美丽的"帕纳萨斯山草"[1]，一起构成了一片绿地毯。沙丘表面被糠穗草固定起来了，却处于永

① 帕纳萨斯山是希腊中部的一座山，希腊神话中缪斯生活的地方。帕纳萨斯山草其实不是草，而是一种花。

恒的变换中，因为风把细沙扬起，将它们吹来又吹去。这一切的后面，是盎然绿意，从海湾南部边缘的牧场到凸起的高地，一直延伸到很远，很远，直到布雷马山脉上的蓝雾设置起某种屏障为止。海湾中央，是向海伸展的陆地最高点，看起来像座微型小山，称为霍克洛。从该点到南部尽头，陆地地势很高，微微向下倾斜。

克鲁登沙滩宽阔、坚实，大海舒展得相当遥远。暴风雨来临的时候，大风横扫海岸，整个海湾就是一大堆跳动的波浪和破碎的水块，每一刻都威胁着要淹灭沿岸四处张开的桩网。在这宽阔伸展的海滩上，许多渔船消失不见了，也许是浅海的咆哮及其激发出来的恐怖，将船员们送入了鬼门关，他们的身体后来被冲上岸，又被运送到山上的教堂墓地。

如果将克鲁登海湾形象地比为一张嘴，那沙丘就是柔软的上腭，绿色的霍克洛就是舌头，而岩石的尖端就是它的牙齿了。北部，锯齿状、不连贯的红色花岗岩耸立着。南部一英里半，形同乌鸦展翅，大自然似乎已经展示了它最狂野的力量。就是在这儿，被叫作威尼弗德的小海角突伸出去，阿伯丁海岸最显著的两种地理特征会合了。北部红色的正长岩和南部黑色的片麻岩连接起来。这种联合肯定是原始又天然的，有证据表明，发生了一次震动到地心的剧变。这儿那儿，到处是这两类岩石的簇群，以人类可以想象的各种形态向上冲突，有时候合二为一，或者被挤压在一块儿，以至于要想准确地说出片麻岩在哪儿结束，或者正长岩从哪儿开始，是不可能的，但大致说来，这里是一条不规则的分隔线。这条线朝海延伸到东方，其力度显示于岩石露出海面的部分，因为有半英里之长，岩石或以单个，或以断续的簇群的形式升出海面，最后收于危险的一丛，大家称之为“斯卡雷斯”。几个世纪以来，斯卡雷斯已造成无数沉船和灾难。要是大海能够保留从落水处死去的人们，斯卡雷斯周围的海底，该是白骨一片，堆积的船只残骸，能够形成新的岛屿了吧。在这儿，人们有时能看到大海最暴怒的心情，因为当暴风雨从东南部压过来时，大海在凹凸不平的岩石间狂躁不安，将它的泡沫送往陆地。较为平静的时候，从咸咸的海水深处升起的岩石，会在突然来袭的大波浪里隐去身影。海鸥通常会提亮这些岩石，盘旋鼓翼，尖声大叫，它们尖厉的声音随着大风一阵阵地传来，由于单个的声音混合于大海和空气的咆哮之中，因而它们的声调几乎是接连不断的。

蹲伏于海湾北部克鲁登海域河口旁的村庄，十分简朴，几排渔夫的村舍，渔夫们房子后面的沙堆上，是两三间红砖大晾干棚。这地方的其余部分，和我第一次看到时一个样，北部悬崖上，一根旗杆旁，有个小瞭望台，内陆前方，散落少许几个农庄，一家小旅馆坐落于克鲁登海域西岸，旅馆周边有一片柳树，保护着永远都是花果飘香的低矮的花园。

从克鲁登湾最南部到威尼弗德村庄，距离只有几百英码，先是陡峭抬高的岩石表面，然后是一条平坦的道路，路边时不时地流淌着一条涓涓细流。这条小道左方朝着威尼弗德方向的地面升起，成为一个明显的陡坡，然后又落下，周围全是这个状况，形成了一片宽阔的微型小山，约有十八或者二十英亩。这片地的南边是陡峭的，黑色的岩石浸入威尼弗德小湾的水中。在威尼弗德小水湾中央，一个风景如画的岩石岛陡直地向北边水域倾斜，正如这片地区所有的片麻岩和正长岩均具有的那种趋势。但在东部和北部，却到处是不规则的海湾或者缺口，因此海角的最远点伸展出去，形同手指一般。这些海角的尖端，是下陷的岩石的礁脉，落入深不可测的水中。这水只有在恶劣的天气下，当暗流涌动，送上来旋转的涡流或者螺旋状的大块泡沫时，才会让人疑心它的存在。这些小海湾大多是曲折的，落土或者流沙遮住岩石最外部边缘，让海草和三叶草得以立足的地方，是绿色的。这儿在某个时期曾经是巨大的洞穴，现在不是塌落了，就是被沙子充塞了，或者在大雨滂沱下个不停时，被表层急流冲刷下来的泥土毁掉了。这些海湾中有个叫作“宽阔的天堂”，正好朝着斯卡雷斯，当中孤零零地站立着一根岩柱，当地人称之为“可怜人”。时光和天气在它的底部穿出一个洞，人们可以干脚穿过去。

自这些海湾的岸边，众多的岩石向大海伸展，穿行其间的，到处是边缘笔直的天然通道，它们仿佛是被特意切割出来的，用来容纳属于威尼弗德渔民的鹅卵石。

我第一次看到这个地方，就爱上了它。如果可能的话，我本该在自己的房子里，在那儿度过夏天的，但不愿在任何地方定居下来的想法阻碍了这个机会。所以我逗留于那家小旅馆，基尔马诺克徽章旅馆。

第二年我又来了，接着是下一年，再下一年。然后我签协议在威尼弗德租了块地，给自己盖起了一座可以俯视斯卡雷斯的房子。处理这事的细枝末节，使得我经常去往威尼弗德，而我的脑子里，总是记挂着我的房子。

我的生活迄今为止，平平常常。在中学里，虽然我暗地里野心勃勃，但结果平凡沉闷。在大学里，我有了起色，因为我体格高大，运动型的气质力量让我处于某种地位，使我不得不克服自己天生的羞怯。将近二十八岁的时候，名义上我成了一个律师，没有多少法律的实际经验，仅有一点儿理论知识，在“魔鬼本身”——“律师志愿者协会”的不恭称谓，领取佣金。我没几个亲戚，但有点儿财产，虽然不是很多，但过舒服日子还是足够了。我已经泛泛不经意地周游了世界。

第 2 节　戈玛拉

那一夜，我整晚想着那个死去的孩子，还有我看到的那个奇怪的幻象。不管是睡着还是醒着，情况都是一样的，我的头脑无法将想象中看到的那对父母，或者现实中他们心烦意乱的样子，连贯起来。和他俩混合在一起的，是那个大眼睛、鹰钩鼻、瘦削的老妇人，她对这件事，还有我在其中的角色，饶有兴趣。我问房东是否认识她，因为作为邮政局局长，他认识方圆几英里内几乎所有的人。他告诉我她是个外地人。然后他又加上几句：

“我搞不清楚她干吗来这个地方。她最近从彼得黑德过来了两三次，但好像根本无事可做。她既不卖东西，又不买东西。她不是游客，不是乞丐，不是贼，也不是从事任何工种的劳动者。总之她属于样子怪异的那种人。听她说话，我想她来自西部，可能是从哪个很远的岛屿来的。从她讲话的方式来看，我敢说她有受到盖尔语[①]的影响。”

那天晚些时候，我正在靠近霍克洛的海边散步时，她走过来和我说话。海边相当清静，因为这些日子里，除了退潮时三文鱼渔夫来收网，海滩上难见人影。我正朝威尼弗德的方向走，她悄无声息地从后面赶上来。她一定是藏身于沙丘上的糠穗草丛中，因为要是她在荒凉的海边的任何一处，我肯定早就看到她了。显然，她是一个非常专横的人，一开口跟我说话，就带着一种让我自感有点低人一等的腔调和态度，并且还莫名其妙地该受到责备：“昨天你干吗不告诉我你看到的东西？”

我本能地答道：“我不知道为什么。也许是因为这太荒唐了。”

她严厉的五官凝聚成轻蔑，回道：“难道死亡和厄运有这么荒唐，能让你乐于闭口不说？”

我感觉这有点太过分了，正准备言辞犀利地反驳她，却突然意识到她已经明了一切，这事太神奇了。我满心惊讶地直接问她：“哎呀，你到底是怎么知道的？我都没跟任何人说。”我住口了，因为

---

① 苏格兰和爱尔兰部分地区使用的语言。

感到一派迷茫，这里肯定有我搞不清楚的谜团。她好像阅读一本打开的书本一般，看到了我的思想活动，因为她说话的时候继续锐利地紧盯着我，带着一种奇怪的微笑。

“什么！老弟，难道你不懂得你有双能够预见的眼睛？难道你不明白你有双会说话的眼睛？一个具有‘第二视觉’天赋的人，竟然对它浑然无知。啊，你看到那个‘厄运’的标记时，在我眼里，你的脸就像一本印刷书。”

“你的意思是说，”我问道，“仅仅是看着我的脸，你就能说出我看到了什么？”

“不！不！老弟。虽然我是个可以预见的人，但并不是全部都能看见，不过我知道你看到了厄运！又没有多少花样，容易让人弄错。毕竟死亡就是死亡，不管我们怎么把它说出来！”

我略微停顿之后，问她：“如果你有‘第二视觉’的神力，那你自己为什么不能看到那个幻象，或者不管说它是什么东西吧？”

“啊！老弟，”她回答，摇着头，“你对命运的安排知之甚少！记住，‘天音’只能被挑中的耳朵听到，‘幻象’只能被挑中的眼睛看到。没有人能够随心所欲地想听就听，或者想看就看。”

“那么，”我说，感觉自己的语调里有了胜利感，“如果只有被挑中的人才有权知道，那为什么你还是照样知道了，无论如何，在这个场合下，你似乎并没有被选中啊？”

她有点不耐烦地答道：“你知道吗，年轻的先生，如果有思想，还有知识和经验正确地引导他们的话，哪怕是凡胎肉眼，都能够看见很多。你想想，怎么有些人前进时能看到很多，学到很多，而其他人却像鼹鼠一样瞎了眼，行程结束了，还和启程前一个样？”

“那么或许你能告诉我，你看到了多少，你又是怎么看到的？”

“啊！对那些已经看到厄运的人，他们的思想需要一些指引。长久以来，我自己常常看到裹尸布、烛光变化，还有死坑，并不知道对其他人的眼睛来说，什么时候才能看到这些。不，不！我能知道你看到的东西，不是因为天赋，而仅仅是好好地利用了我的眼睛。我对你所看到的懂得不多，不知道是死了一个，还是有其他的陪死鬼，但我很清楚那是死亡。”

“那么，”我质疑地说，“‘第二视觉’，全在于机会啰？”

“机会！机会！”她不屑一顾地重复道，“不！年轻的先生，当‘天音’开口说话，根本没有多少机会，机会不会高过白天之后就是黑夜。”

“你误解我了，”我说，因为抓住了她的一个错误，现在感觉有点更胜一筹了，“我压根儿没有认为厄运——不管它是什么吧——不是一个真实的先兆。我的意思是，‘天音’——不管它是什么——对着谁的耳朵开口说话，似乎是个机会问题，一旦天命注定，就会在某个人的耳朵里发出声音。”

她再次带着轻蔑地回答：“不，不！根本没有机会去思考厄运。给谁发出‘天音’和让谁‘预见’，他们知道得很清楚，也知道是为什么。难道你不理解，这样的事情朝前发展，是不由得动脑筋的。当‘天音’开口说话，紧接着的，大多是眼泪、哀痛和悲悼！不！

它也不仅仅是单个事件的一点儿表现，和其他事情没有联系或完全隔绝。实际上这是一大套体系的一部分，不管是谁被选中能够看见或者听见，都是确保为最佳人选的，而且肯定会在后面要发生的事件中扮演角色，直到最后。”

“我能不能这样理解，”我问，“那个‘第二视觉’，只是某个大意图的一小部分，这个大意图将由各种方式解决实现，而不管是谁看到了‘幻象’或者听到了‘天音’，都只是盲目、无意识的命运的工具？”

“是的！老弟。命运十分清楚它们的意愿，还有它们的运作，不需要人类的任何帮助或思考——不管看不见还是看见了，明智还是愚蠢，有意识还是无意识。”

这一番话里，老妇人“命运”（fate）这个用词令我印象颇深，尤其是她使用的是复数形式（fates）。很明显，虽然她可能是个基督徒——而在西部，人们通常虔诚地严守他们的教规职责——但在这方面，她的信仰却是来自古老的异教徒的观点。我很想在这一点上质问她，但我担心她反感我而闭口不谈了，于是我问她：“要是你不介意的话，能不能告诉我，你知道自己具有‘第二视觉’的一些事例？”

“它不是给予能够看见命运之手的人用来自夸或者吹嘘的，但因为你自己也是个‘预见者’，能够从中学习，那我就说说吧。我看到大海无缘无故地波浪起伏，恰好就是后来有条船在那儿沉没的地方。我听到荒凉的沼泽地上钉棺材的锤子声，同时有人从我身边经过，很快就死在了那里。在我睡着或者醒来的梦里，我都看到过裹尸布包起一个淹死的人的灵魂。我曾听到交厄运的人背后发出的说话声，也曾看到行路人群里的哭泣者。是的，我还看到和听到过厄运来临的许多其他形式。”

“但所有看到和听到的都变为事实了吗？”我问，“有没有过这样的情况，你听到古怪的声音或者看到奇怪的东西，却什么事都没有发生？据我了解，你并不总是知道具体是谁将有事情发生，而仅仅是知道死亡将要降临在某个人的头上！”

她对我的质疑不怎么高兴，但马上回答了：“毫无疑问！但也有看到或者听到的东西，随后没有显示的情况。不过你想想，年轻的先生，有多少尸体，躺在大海深处，又有多少躺在沙丘上，或者跌落深渊，骨头变白而无人知晓，都还在等着显灵呢。不但如此！有多少人们以为的自然死亡，其实是出自人手加速致死的，数量难以估量。”

这事太难说清楚了，于是我改变话题，或者说宁愿转换话题。

“预兆成真需要多长时间？”

“你自己知道，因为昨天你已经看到了，死亡可以如何紧跟着恶兆，但也有些时候，大多数情况不是这样的，好些天或者好些个星期过去了，恶兆才最终完成。”

“是这样吗？”我问，“你什么时候知道那个被厄运命中的人？”她带着一种肯定的神气回答了我，这种肯定不知怎的，暗暗地带着说服力。

“知道！我知道有个人现在正精神抖擞地走在大地上，但是厄运已经点中了他。我就是用这双眼睛，看到了他俯卧在岩石上，水从他的发间流淌下来。还有，他在一条路上从我旁边走过时，我听到了时钟鸣响，而那里方圆 20 英里都没有钟。是的，并且我还看见他在教堂里，黑色的乌鸦绕着他飞，而更多的乌鸦，正从远方聚集过来！”

这确实是个可以测试“第二视觉”的例子。于是我马上质问她，虽然这么做，我不得不克服一种奇怪的抵触情绪：“这可以被证明吗？要是死亡发生了，就可以证明‘第二视觉’这东西确确实实是存在的，这不是一个极好的用来证明的例子吗？”

我的建议没有被高兴地采纳。她带着温和的轻蔑答道：“毋庸置疑，置疑！为何对恶兆的存在有疑问？你也该学学，年轻的先生，恶兆以及由此派生出来的所有东西，不是用来做交易的，这些交易只关心猎奇和宣传。‘预见者’听到的‘天音’和看到的‘幻象’，不是给精致的夫人和闲散的先生用来消磨时间，如同玩玩具一般，去让人相信的！”

我马上屈服了。

“原谅我！”我说，“我说话不经思索。我不该这么说的——无论如何不该对你说这话。”她带着一种王者气派接受了我的道歉，但她说出的话立刻显示出，她毕竟只是一个妇人！

“我得告诉你，这样你自己就再无疑问了。因为你是个‘预见者’，他们被给予天赋，拥有力量，像我这样的人，是不能拖累他们做事，挡他们的路的。那么你要知道，并且好好记住，在岛外一直被人称为劳赫拉·麦克劳德的戈玛拉·麦克尼尔，是怎么告诉你的。虽然‘天音’还没有吹入你的耳朵，只有我听到了，不过你将会看到，时间——”

她突然住口了，好像猛然想到了什么，接着令人印象深刻地继续说道：

“当我看到他俯卧在岩石上，有一个东西躬身向着他，虽然月光照着他的周围，但在夜里我认不出那是什么。我们会看到的！我们会看到的！”

没再多说一个字，她转身离开了我。不理会我在她身后的呼唤，她大踏步地走过海滩，消失于沙丘之间。

附 录

勃拉姆·斯托克的朋友圈

欧阳耀地

立志成为作家的勃拉姆·斯托克，生活在一个文学艺术繁荣昌盛、人才辈出的时代，成为伟大演员亨利·欧文的得力助手，更是让他处身于群星璀璨的文艺圈中心。生前，他最为人所知的身份，是欧文的兰心大剧院的商务经理。英国、美国、欧洲大陆的成功巡演，节目推广，道具运输，甚至宴会宾客就座位置的安排，耗去了他绝大部分的心力和时间。就连辞世，讣告上的简短介绍，也是强调他对伟大演员欧文的忠诚服务，作为作家，他主要的文学成就，是1906年出版的《对亨利·欧文的个人回忆》，只顺便提到了，他偏好写作“耸人听闻，令人毛骨悚然的小说”。繁星满天的背景下，又紧挨着大放异彩的巨星，他的个人光彩几近于无。再加上他是个“自控力极强，天生对世界深藏不露的人”，正如他在给惠特曼的信中自我介绍的那样。因而，对《德古拉》一书的作者，世人所知不多。

就算在今天，吸血鬼以各种形式出现在荧屏上、小说里、电视剧和青少年喜爱的卡通故事中，也没有多少人知道，他们其实拥有同一个祖先：斯托克虚构的人物形象德古拉。更别提德古拉大名下面看起来陌生的作者名了。

斯托克是作品广为人知，但其自身却少人听闻的一位作家。

这位作家在1882年的时候，从渡船上跳进泰晤士河，救起了一个溺水者，是个挺身而出的英雄。

他的生活绝非简单平常。看看他的朋友圈，便可略知一二。

弗罗伦丝·巴尔科姆（Florence Balcombe）1858.7.17—1937.5.25

她是勃拉姆·斯托克的妻子，比朋友更像朋友的人。

她是有名的美人儿，梦想成为演员，也有证据表明，她曾于1881年首次登上舞台。可惜她的演员梦自此之后，便没有了下文。

她是奥斯卡·王尔德的初恋，而他，也是她的。斯托克和王尔德早在学生时代就互相认识。两人同时追求弗罗伦丝，弗罗伦丝选择嫁给斯托克。王尔德最终坦然地接受了这个结果，给弗罗伦丝写了封信，充满苦涩地谈到和她在一起的“甜美的两年——我整个青年时期最甜美的时光”。后来斯托克和王尔德重续友谊，王尔德和弗罗伦丝的交往极为克制小心，尽量避免不快、尴尬和丑闻。

斯托克赢得了美人，却对妻子的美貌无动于衷，婚后一年，两人的儿子出生，从此便分房而睡，维持的是没有激情的无性婚姻。

无数个漫漫长夜，斯托克在灯火辉煌、座无虚席的剧院忙碌，留下妻子和儿子在家中相依为伴。

斯托克生命的最后几年，疾病缠身，经济窘迫，她操持家务，照顾丈夫。斯托克对她颇有怜惜感激之意，两人也算惺惺相惜。

她最为世人所记住的，是与德国“生命之息”电影公司的诉讼大战。1922 年，该公司制作发行的黑白片《诺斯费拉图》，是在未经授权的情况下，改编自斯托克的作品《德古拉》。作为丈夫的遗稿保管人，当时生活艰难的她得知消息后，反应十分激烈和迅速，委托英国作家学会的律师将电影公司告上法庭，要求立刻销毁此电影的底片和所有的印刷物。官司打了很长时间，其间电影公司曾宣布破产，以避免支付改编费。1925 年，法庭最终裁决弗罗伦丝胜诉。也就是在诉讼过程中，《德古拉》这部作品开始受到广泛关注。

她去世后，和丈夫一样，也是在伦敦戈尔德斯·格林火葬场火化，但根据其遗愿，骨灰没有按家庭原计划的那样，和丈夫的放在一起，而是撒在了那里的安息园。

亨利·欧文（Henry Irving）
1838.2.6—1905.10.13

他是勃拉姆·斯托克的老板兼朋友，一个对斯托克的人生轨迹、职业生涯、文学追求具有至深影响的人。

他出身平凡甚至卑微，有语言缺陷，小时候的一个事故造成了他有拖腿的毛病，但凭借对戏剧的强烈爱好、惊人的毅力和努力，他一步步地走向成功。他是英国维多利亚时期光彩夺目的大明星，1895 年成为历史上第一个受封爵士的演员。

他和斯托克同样身材高大，两人的妻子都叫弗罗伦丝，只不过斯托克的弗罗伦丝貌美如花，是众多文人钦慕的对象，而欧文的弗罗伦丝则是俗人一个，完全不适合做一个伟大演员的伙伴。然而文雅也好，粗俗也罢，两人的丈夫都更愿意他俩待在一块儿，而将妻子撇于一边。

他和斯托克相识于 1876 年，当时他在都柏林出演《哈姆雷特》，《都柏林晚间邮报》上一篇敏锐的剧评引起了他的注意，于是邀请作者斯托克共进晚餐。心机颇深的他感觉碰到了一个很有利用价值的人，于是又邀请斯托克参加第二天的聚会。聚会当中他朗诵了一首诗歌，在斯托克身上引起了化学反应般的激动，从此两人成为亲密的朋友。

当他终于成为兰心大剧院的老板，一声召唤，正过着公务员安稳日子的斯托克的人生来了个大转弯。1878 年年底，斯托克从他的朋友变成了他的雇员，携娇妻移居伦敦，职位为演务经理（后为商务经理）。

在两人将近二十七年密切的工作关系中，他是驱动力，斯托克是追随者；他是前台明星，斯托克是后台跑腿。在斯托克的眼里，他是上帝，不可能出错。才能出众的斯托克为他有条不紊地安排演出，精明小心地管理财务，可谓鞠躬尽瘁，不遗余力。

他是个有魅力的自我中心主义者，一个苛刻的老板，一个善变无情的人，喜欢在他的追随者之间制造竞争，要想在他的圈子里待下去，必须时常小心地琢磨他的心思。然而，斯托克却能和他保持没有摩擦和积怨的战友关系，组成了一对独一无二的搭档。

作为演员，他对任何东西都给出表情；作为自己，他小心遮掩不露痕迹。斯托克真的了解他吗？或者说，斯托克了解他几分？

他的遗嘱里，没有斯托克分文。

1906年10月，也就是他去世后一年，斯托克出版了充满赞誉之词的《对亨利·欧文的个人回忆》（2卷）。

由于斯托克没有对《德古拉》的创作原型做出说明，学界普遍的看法是，斯托克只是借用了罗马尼亚王子弗拉德·特彼斯（别号德古拉）的名字，而人物的外形和个性，灵感却是来自与之朝夕相处的欧文。

为了保护小说的戏剧版权，在《德古拉》出版前的一个星期，《不死之人》——《德古拉》的舞台版，在兰心大剧院做了一次通读式的表演。读完之后，斯托克在后台找到欧文，问他感觉如何。

“糟糕透了。”他回答，拒绝出演德古拉。

《不死之人》就这么死在了兰心大剧院。伟大的演员就这么错过了伟大的角色。

沃尔特·惠特曼（Walt Whitman）
1819.5.31—1892.3.26

他是斯托克的文学偶像，光芒穿越辽阔的大西洋，投入彼岸斯托克的内心。

他被尊为“自由诗之父”，虽然自由诗体并不是他的发明。他的诗集《草叶集》，以颂扬人体和物质世界，公开探讨感官快乐而著名，被认为是美国诗歌的核心作品之一。

然而，在斯托克接触到惠特曼的诗歌的时代，这些作品正饱受争议。斯托克第一次阅读《草叶集》，立刻为之倾倒，甚至在都柏林三一学院哲学社团的辩论会上，替它辩护。1872年2月的一个寒夜，斯托克给心目中的偶像写了封两千来字的长信，表达了对其率直风格的尊重，并做了自我介绍，包括身高、体重、外表，表示希望有一天，能够和他面对面，握手致意。

午夜的激情表白随着白日的降临而显得鲁莽。这封信没有寄出去，而是被压在抽屉底。

几年后的1876年，斯托克又一次在辩论中挺身捍卫心中的偶像。当晚，激情燃烧的斯托克第二次提笔给惠特曼写信，再次表示希望有朝一日，能够与他在爱尔兰会面。

这一次，连同第一封信一起，“情书”发送了出去。

三个星期后，也就是说很快，美国来鸿翩然而至。回信感谢了斯托克“清新、男子气概、情感真挚”的来信，也表示希望有一天，两人能够见面。

但这个愿望看来只是镜花水月，因为当时惠特曼的健康状况恶化，已不适合旅行。天公作美，日后倒是斯托克横渡大西洋，在美国见到了倾慕已久的文学英雄。

两人一共有三次会面，三次都是借兰心剧团美国巡演的机会而成，都是在惠特曼的朋友托马斯·唐纳森的陪同下进行。第一次是1884年3月，欧文也去了。第二次是1886年秋天，两人如故友一般漫谈，从伦敦的文坛闲事，到欧文最近成功地扮演亚伯拉罕·林肯。第三次是1887年12月，斯托克提出编辑诗人的一些作品，不过需要做些删减，遭到了诗人的否定。尽管如此，分别时，惠特曼赠送给斯托克一本1872年版、有亲笔签名的《草叶集》，以及一张本人的照片。“那是我最后一次看到，将近二十年来，如亲爱的朋友一般，紧贴着我的心灵的这个人。”斯托克后来写道。

1894年，惠特曼已故去两年，斯托克经过费城，惊讶地得知，惠特曼在朋友唐纳森处，遗留了一些东西给他：1886年4月15日在栗子树街剧院关于林肯的演讲的原始笔记。

斯托克去世后，其藏书在苏富比拍卖公司拍卖，惠特曼遗赠给斯托克的林肯演讲笔记也在其中，成交价格25美元。

霍尔·凯恩（Hall Caine）
1853.5.14—1931.8.31

他是斯托克最亲密的朋友，《德古拉》一书的受题献人。

和斯托克相反，他生前大名鼎鼎，死后名声湮没。他是当时收入最高的小说家，属于国际文学明星。他的《不朽城》是世界范围内第一部销量超过百万册的小说，他的《基督徒》是英国国内第一部销量超过百万册的小说。同时，他也是那个时代最具商业价值的剧作家之一。他的大多数小说都被改编成黑白默片，其中《马恩岛人》是阿尔弗雷德·希区柯克执导的最后一部默片。

1878 年 12 月，他受亨利·欧文的邀请，去伦敦兰心大剧院观看《哈姆雷特》，被介绍认识了斯托克，两人从此成为好友。

斯托克小心谨慎地为欧文管理财务，对自己的理财却不够精明，在一个欧洲大陆出版风险项目和一个马克·吐温促销的投资计划中，损失惨重。是霍尔·凯恩出手相助，借给了他六百镑，以渡难关。

斯托克 1912 年 4 月 20 日去世，霍尔写下这些文字："他和欧文的关系，众人已经说了很多，但我疑惑，有多少人真的知道，他俩合作的整体深度和意义。斯托克似乎把生命都献给了这份关系。不仅仅是他的时间和服务——是他的心，从未有片刻缺乏忠诚、热情、欢喜，以及人对人最强烈的爱……我可以毫不犹豫地说，我从未见过一个人的生命，如此专注于另外一个人的生命。"言辞间，颇有替斯托克打抱不平之意。

困顿时借钱给你的人，替你打抱不平的人，是真朋友。

斯托克对此了然于心，因而把心血之作《德古拉》题献给了他："献给我亲爱的朋友霍米－别格。"霍米－别格是霍尔·凯恩的绰号，意思是"小托米"，是他祖母给他起的昵称，充满了戏谑的爱意。

奥斯卡·王尔德（Oscar Wilde）
1854.10.16—1900.11.30

他也出生于都柏林，也就读于都柏林三一学院，也追求美女弗罗伦丝·巴尔科姆，是斯托克的老乡、校友、情敌。

他是著名的诗人、剧作家，唯美主义的代表人物，代表作品有小说《道林·格雷的画像》，剧作《莎乐美》《不可儿戏》《无足轻重的女人》等。他的许多名言警句，至今常常被人引用。

他出生于富有的精英之家，父亲威廉·王尔德爵士是爱尔兰领头的眼科医生，母亲是成功的诗人和作家，喜欢每个星期六在家里举办沙龙。他的哥哥也就读于都柏林三一学院，是斯托克的同级好友，因此，斯托克常常出现在爵士家周末的聚会上，并且深受爵士夫妇的喜爱。

斯托克比他年长七岁，当他入读都柏林三一学院时，斯托克已是该校深有影响的哲学社团的主席。他母亲请斯托克介绍他成为该社团的成员。

他和斯托克在很多方面是相反的类型：他特立独行、张扬花哨、唯美主义、缺乏纪律，而斯托克传统内敛、沉稳自制、有条不紊、爱憎分明。他们不算密友，只是很早就认识的朋友。

他和长相精致的弗罗伦丝·巴尔科姆小姐约会了两年，当他前往牛津大学深造，异地之恋未能顺利进展。斯托克出人意料地突然向弗罗伦丝求婚，得到了应诺。他闻讯后很伤心，虽然最终平静地接受了这个事实，但和斯托克的友情也就此断绝了。

然而深爱戏剧的两个人注定要重逢，因为伦敦是有抱负的文人不可错失的大舞台。两个爱尔兰都柏林人，一个成了兰心大剧院的商务经理，陪伴在光芒四射的大明星欧文身边，一个成了如日中天的剧作家，有个时期，伦敦的舞台上竟同时上演他的三部作品。抬头不见低头见，两人重续老相识之谊。

不过，他这样标新立异的天才，是不可能安于平稳日子的。因为沉迷男色，1895 年 5 月，他被法庭判决“严重猥亵罪”，强迫劳役两年。出狱当天，他即离开英国前往法国，再也没有回头。

他因为诉讼而破产，监狱生活严重地损害了他的健康，他生命的最后几年，穷困潦倒，颓废买醉。社交界和文学界大多数曾经的朋友，对他唯恐避之不及。

斯托克在他流落欧洲大陆时，曾去法国探访他。

在他的判决之后仅几个星期，斯托克开始写作《德古拉》。

关于他的审判，报纸上铺天盖地的报道，很可能激起了斯托克内心的恐惧，1912 年，斯托克撰文提议将不列颠所有的同性恋作者投入监狱。然而，很多学者反过来认为，这不过是欲盖弥彰、自我憎恶的反映罢了。斯托克本人奇怪的无性婚姻，他对欧文、惠特曼、霍尔·凯恩等男性的强烈喜爱，以及《德古拉》一书里同性爱恋的特性，不得不让人怀疑，斯托克是个隐蔽的、压抑的同性恋者。

说到底，他俩拥有相同的品味和兴趣。

阿瑟·柯南·道尔（Arthur Conan Doyle）
1859.5.22—1930.7.7

他是斯托克的好友，既有业务往来，也有私人交情。

他是个多产作家，作品包括科幻小说、幽默故事、戏剧、诗歌、历史小说、纪实作品等。他是夏洛克·福尔摩斯的创造者，人们普遍认为，福尔摩斯和华生的侦探故事在犯罪小说领域里，具有里程碑的意义。

1894 年，他的戏剧《滑铁卢》由欧文担纲主演，斯托克也参与了制作，两人由此书信往来，成为朋友。

他不仅是作家，运动生涯也极为出彩。他在足球、板球、拳击、高尔夫、台球等运动项目上，水平非同一般。这和曾当选为都柏林三一学院“大学运动员”的斯托克，极为相似。

1892 年出版的《菲奈娜的命运》一书，是一部实验性的长篇小说，由二十四位不同的作家各写一章节协作而成。他和斯托克均为参与者。

《德古拉》出版时，他给斯托克去信表示赞赏："我敢肯定，要是我写信告诉你，我有多么喜欢读《德古拉》，你不会认为这是无礼。我认为它是我这么多年来读到的最好的妖魔故事。一本这样篇幅的书，有这么多令人激动的趣味，从未有一处令人扫兴，真是太精彩了。它从一开始就攫住了你，越来越引人入胜，直至极其鲜活生动。老教授太出色了，两个姑娘也一样。我衷心地祝贺你，写了这么好的一本书。"

1902 年，斯托克的《海之谜》出版，他也发去祝贺便签，称之"令人叹服"。

1907 年，斯托克在柯南·道尔家里采访了他，作为那年为报业巨头撰写一组人物传略的一部分。《阿瑟·柯南·道尔爵士述说他的事业和工作，他对美国的眷恋，还有即将到来的婚礼》，发表在 1907 年 7 月 28 日的《纽约世界报》上。该文更长的版本发表在伦敦 1908 年 2 月 14 日的《每日纪事报》上，标题为《阿瑟·柯南·道尔爵士述说他的工作和事业》。

斯托克出席了柯南·道尔的第二次婚姻的婚礼。

斯托克是个夏洛克·福尔摩斯迷。

一百多年后的今天，全世界有超过两百部的电影是关于吸血鬼德古拉的，仅次于柯南·道尔的夏洛克·福尔摩斯。

吉纳维夫·沃德（Geneviève Ward）
1837.3.27—1922.8.18

她是吉纳维夫·沃德女伯爵，是以英国为事业基地，美国出生的俄国女高音歌唱家和演员，祖父是纽约市第六十任市长。1921 年她获得“大英帝国杰出人物勋章”。

她和斯托克于 1873 年在都柏林相识。斯托克很钦慕她，1875 年曾去巴黎看望她，和她及她母亲待了一段时间，但是斯托克的父亲反对儿子和女演员们走得太近。斯托克的短篇小说《鼠的葬礼》里的爱丽丝，可能指的就是她。

1909 年 7 月，斯托克的《披裹尸布的女人》出版，她是该书的受题献人。

她和斯托克保持了终生的友谊。

马克·吐温（Mark Twain）
1835.11.30—1910.4.21

他是美国著名的作家、企业家、出版家和演讲家，代表作品有《汤姆·索亚历险记》《哈克贝利·费恩历险记》等。

将近二十年，他和斯托克书信往来，保持良好的关系。1893 年，他在给斯托克的一封亲笔信里，感谢斯托克提供了一张亨利·欧文的照片："亲爱的斯托克：这是一张精彩的照片。我从未看到过一张能与之相比的欧文的照片。我对您不胜感激。"

两人最后一次会面是在 1907 年，他最后一次访问伦敦期间。会面地点为旗舰街的叶奥德柴郡芝士酒吧，两人在摇曳的炉火旁谈论鬼故事。该酒吧至今仍在营业。

他在《德古拉》里占有一席之地。吸血鬼追杀者范·海辛教授提到"一个美国人"，此人将"信念"定义为："信念，是让我们相信我们明知并不真实的东西的能力。"这话出自美国人马克·吐温的名言："信念，就是坚信我们知道并非如此的东西。"

艾伦·泰瑞（Ellen Terry）
1847.2.27—1928.7.21

亨利·欧文是 19 世纪末 20 世纪初英国最伟大的男演员，她则是同时代最伟大的女演员。斯托克是并秀红花下面的绿叶。

她九岁即登台表演，尤其擅长扮演莎士比亚和其他经典戏剧中的人物，晚年还出现在荧屏上，艺术生涯持续了将近七十年。

她是英国第二个被封为女爵士的演员。

斯托克刚成为兰心大剧院的演务经理，她也加入了欧文的公司，三人合作了二十多年，一同四处巡演，出席活动，接触之密切，可想而知。斯托克常常为她的戏服提供建议。

斯托克曾为她写过一篇短传记《艾伦·泰瑞的艺术》，先后发表在美国和英国的杂志上。

她是斯托克在《德古拉》里提到的唯一一个真实的人物。

温斯顿·丘吉尔（Winston Churchill）1874.11.30—1965.1.24

全世界都知道他，第二次世界大战时期的风云人物，1940—1945年、1951—1955年的英国首相，但不是很多人知道，他还是一位高产量、高稿酬的作家，一生中的绝大多数时间，写作是他的主要收入来源。1953年，他以“高超的历史性、传记性的描述，以及出色的雄辩，捍卫了崇高的人类价值”，获得诺贝尔文学奖。更少的人知道，他还是个业余画家和砌砖工。

斯托克还在爱尔兰的时候，就和他的父亲伦道夫·丘吉尔相识，斯托克移居伦敦，成为亨利·欧文的剧团经理和私人助手之后，这份友情依然存续。他父亲经常去兰心大剧院看戏，一个晚上，他把自己十三岁的儿子温斯顿·丘吉尔介绍给了斯托克。

欧文的猝死中断了斯托克稳定的收入来源，他不得不自找工作，精心策划了一个人物传略系列，丘吉尔是名单上的一个。

时任负责殖民地事务副国务卿的他，极少接受采访，要是接受的话，必有非常特殊的原因。斯托克是丘吉尔早期职业生涯中，得到采访许可的第二人。

采访是在他的书房里进行的。他对斯托克说："我讨厌被采访，我全都不接见。但我不得不为你破例，因为你是我父亲的朋友。"接着他又得体地加上一句很私人的话："还因为你是《德古拉》的作者。"

还因为两人都是自由主义者，坚定地认为爱尔兰应该留在大英帝国的框架之内。

采访稿先是发表在 1907 年 10 月美国的两份报刊上。1908 年 1 月 15 日首次发表在英国的《每日纪事报》上，标题为《温斯顿·丘吉尔先生：和勃拉姆·斯托克谈论他的希望、工作和理想》。

1926 年，他在给儿子的信中，询问其是否阅读了斯托克的《德古拉》，并说阅读这本书，曾带给他极大的乐趣。

阿尔弗雷德·丁尼生（Alfred Tennyson）
1809.8.6—1892.10.6

他是英国大诗人，维多利亚女王是他的诗作的热心追随者。英语中很多常用语出自他的诗句，比如"爱之不得/胜过从未爱过""知识易得，智慧难及"等。根据《牛津引语字典》，他是第九名最常被引证的作家。

斯托克如此喜爱他的诗歌，以至于随时都能倒背如流。

1879年3月，他去伦敦兰心大剧院看《哈姆雷特》，斯托克经人介绍认识了他。自此之后，两人有多次会面。他和妻子来伦敦逗留，斯托克和妻子与他们共进午餐。斯托克在自己的家中，在星期天的晚上，多次招待诗人的两个儿子。“与丁尼生和他的家人聚会，给我们的生活带来了许多快乐的时光，而我也有幸到诗人在法林福德和奥尔德沃思的两处府宅做客。能够把丁尼生勋爵叫作朋友，我感到十分骄傲。”斯托克后来回忆道。

他去世前不久，斯托克和妻子曾去怀特岛探望过他。

西奥多·罗斯福（Theodore Roosevelt）
1858.10.27—1919.1.6

他是政治家、博物学家、作家，1901—1909年美国总统。他的口号是：“说话轻柔，手持大棒。”

他童年时期患有哮喘，体弱多病，无法出门，和斯托克相似。

斯托克经常因公出差美国，1895年认识了时任纽约警察局局长的他，并在日记中写道：“肯定有一天要成为总统。一个你无法哄诱、无法吓唬、无法收买的人。”

预言成真，他成为总统后，曾在白宫接见了亨利·欧文和斯托克。

斯托克在一次采访中曾说，《德古拉》中吸血鬼的追杀者亚伯拉罕·范·海辛教授确有真人原型，但并未透露是谁。后人根据范·海辛教授的样貌描述、荷兰人、科学家身份等细节，推测此人为罗伯特·罗斯福——西奥多·罗斯福的叔父，一位当时大受欢迎的作家和杰出的国会议员，正是在这位最亲近的亲戚的影响下，西奥多·罗斯福对自然、环境保护以及政治，产生了浓厚的兴趣。

水牛比尔·科迪（Buffalo Bill Cody）
1846.2.26—1917.1.10

他是美国西部最具传奇色彩的人物之一，因为杀死数目惊人的水牛而得此名。他组织的“狂野西部”剧组在美国和欧洲巡回演出，赚得盆满钵满。

1887 年一个夏日，伦敦万人空巷，大家聚集在奥特兰兹公园，观看一组明星团队骑行而过。着装奇异的阵容里有名气冲天的亨利·欧文、英俊潇洒的水牛比尔，还有大多数观众不知其名的勃拉姆·斯托克。

斯托克有两部小说以美国为背景，并采用美国人作为笔下人物，最知名的就是昆西·莫里斯了。

在《德古拉》中，有三个人追踪德古拉伯爵，其中之一就是昆西·莫里斯，一个美国得克萨斯人。

毫无疑问，水牛比尔正是得克萨斯人昆西·莫里斯的原型。

伯德特 - 库茨男爵夫人（Baroness Burdett-Coutts）
1814.4.21—1906.12.30

她是英国 19 世纪著名的慈善家，因继承巨额遗产而成为英格兰最富有的女人之一。她造福穷人，从养蜂到为狗修建饮水处，资助了数不胜数的慈善事业。爱德华七世曾称赞她为“我母亲之后，王国内最非凡的女人”。

斯托克兄弟姊妹六个，有三个兄弟后来成为医生，其中哥哥索恩利·斯托克成就卓越，是爱尔兰皇家医学院主席，被封为准男爵。他与库茨夫人关系密切，从现存通信来看，两人保持了一种审慎的浪漫关系。

因为这一层关系，斯托克和男爵夫人成了亲近的朋友。

2019 年 11 月 20 日

英国利兹市

勃拉姆·斯托克年表

1847年11月8日 阿布拉罕·斯托克（勃拉姆）出生于都柏林。

1854—1864年 在长期无行动能力的病患儿童时期之后，开始在私立日校上学。

1864—1870年 在都柏林三一学院杰出的学生生涯：大学体育冠军，无可匹敌的竞走运动员和足球队员；哲学社团的发言人，并于1867年成为该社团主席；1870年以文学学士毕业。1867年8月28日，在都柏林皇家剧院第一次看亨利·欧文表演。对戏剧产生了强烈的兴趣。

1870年 在都柏林堡（爱尔兰政府办公建筑群，会议中心和旅游景点），成为行政文职人员。

1871年5月 在都柏林歌舞剧院再次看到欧文。接受代言中产新教教徒的报纸《都柏林晚间邮报》无报酬的戏剧评论职位。成为威廉·王尔德爵士家的常客。

1872年2月18日 写了一封充满钦敬、自白的长信给沃尔特·惠特曼（未发出）。当选三一学院历史社团的审计员。9月，短篇小说《水晶杯》发表。11月13日，在三一学院食堂发表演讲《政治诚实的必要性》，后于都柏林发表。

1873年11月—1874年3月 在短命的《半便士报》担任兼职编辑。

1875年 《报春花道》《被埋葬的珍宝》《命运之链》发表。

1876年2月14日 再次给惠特曼写信，并附入第一封信；3月6日，惠特曼回复了信件。欧文在都柏林皇家剧院演出《哈姆雷特》。12月3日，在斯托克和欧文意义重大的会面之后，两人成为朋友。

1877年6月 欧文在三一学院举办朗诵会；十三天后，斯托克去伦敦度年假，在兰心大剧院观看欧文演出。

1878年6月 拜访并协助欧文，重写W.G.威尔斯的剧作《范德华肯》。11月中旬，接受欧文的邀请，成为他的兰心大剧院的演务（商务）经理。12月4日，迎娶弗罗伦丝·巴尔科姆。12月9日，加入欧文在伯明翰的巡演。艾伦·泰瑞加入欧文公司，在12月30日为《哈姆雷特》的开演扮演奥菲莉亚。

1879年 《爱尔兰即决法庭文书职责》出版。12月29日，弗罗伦丝生下儿子欧文·诺埃尔·索恩利·斯托克。

1881 年秋天 组织了欧文和爱伦·泰瑞的第一次地方巡演。11 月，儿童故事集《夕阳之下》出版。

1883 年 10 月 安排欧文第一次美国巡演（共六次）。

1884 年 3 月 20 日 与惠特曼在费城见面。和马克·吐温成为朋友。

1885 年 12 月 19 日 《浮士德》在兰心大剧院首演，欧文扮演靡非斯特，它是公司商业上最成功的剧目。12 月，在皇家学会做演讲《美国掠影》。

1886 年 10 月 参观美国，为 1887 年《浮士德》在美国的巡演做安排。在新泽西州卡姆登拜访了惠特曼。《美国掠影》发表。

1889 年 《蛇道》在《大众》及几个地方报纸上以系列故事发表。

1890 年 3 月 8 日 为后来的《德古拉》一书做出首份笔记。11 月，《蛇道》出版。

1895 年 《水口》作为阿瑟·柯南·道尔的《寄生虫》的姊妹篇发表。7 月 18 日，亨利·欧文被封为爵士。10 月，《沙斯塔的肩膀》发表。

1897 年 5 月 18 日 斯托克的剧作《德古拉》，或者称为《不死之人》，首次同时也是唯一一次，在兰心大剧院上演。5 月 26 日，《德古拉》出版。

1897年2月 《贝蒂小姐》出版。兰心大剧院储藏间起火，烧毁了公司所有的布景和道具。

1901年4月 便宜平装本《德古拉》出版，由斯托克进行删节。

1902年7月 兰心大剧院关闭，进入破产清算阶段。《海之谜》出版，柯南·道尔发来祝贺便签，称之“令人叹服”。

1903年11月 《七星宝石》出版。

1905年9月 《那人》出版。10月，在谢菲尔德告别巡演时，欧文突然倒下死亡。

1906年10月 《对亨利·欧文的个人回忆》(2卷)出版。斯托克中风，行动和视力因此受损。

1908年1月15日 温斯顿·丘吉尔采访稿发表于《每日纪事报》上。6月,《阿斯林夫人》出版。《大雪围困:一个戏剧巡演团的记录》也出版了。

1909年7月 《披裹尸布的女人》出版。

1910年12月 《著名的冒名顶替者》出版。

1911年11月 《白虫之穴》出版。

1912年4月20日 于伦敦逝世。

1914年 《德古拉的客人及其他怪异故事集》出版。

Bram Stoker

Bram Stoker

Bram Stoker

Bram Stoker